我拆开盒子，有一张纸条：

谢谢江老板，谢谢刀锋，让我窥见天命。

• • • •

刀鋒

毛姆和刀锋书酒馆有着极深的关联。开店前取店名的时候，我突然想起了自己当年在西哈努克的海边读《刀锋》的场景，那是我生命中的一个天启时刻。

摄影@陈国森

书店工作确实拥有某种奇妙的能力或者神奇的力量，它对于店员们的影响是持续的、无形的，甚至是颠覆性的，唯有那些将生命的某段时光完全浸入书店之中的人才能把握住这种力量。

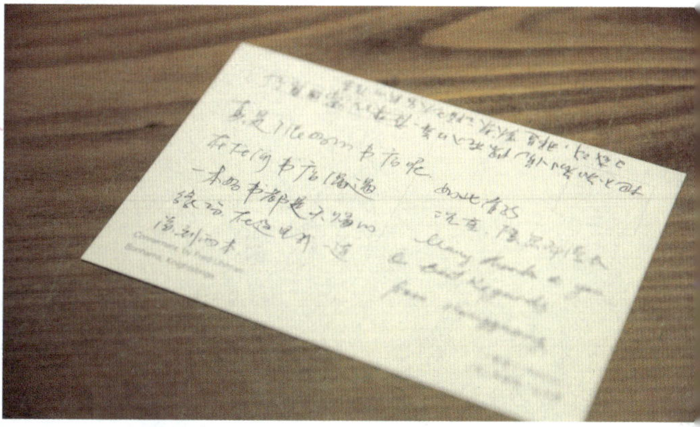

菊正宗
HOKUSAI

因为友情是从刀锋书酒馆开始的缘故，她们经常来店里碰头，一起喝下午茶，一起看书聊天，然后再去逛街游玩。她们更喜欢做的是组队来参加店里的读书会。

她每次来都喝卡布奇诺，几乎固定的靠窗位置，安安静静地看一下午的书。我印象最深的是她喜欢看历史类的书，甲骨文系列是她的最爱，这在女生中很少见，她说她家里几乎收了全套，来我们店里专门挑绝版的那几本看。

经营一段感情和做一碗拉面是同样的道理，并不是两个人在一起生活就是爱情，它也需要很多的铺垫和准备，并且耐心地将各种滋味融进去。

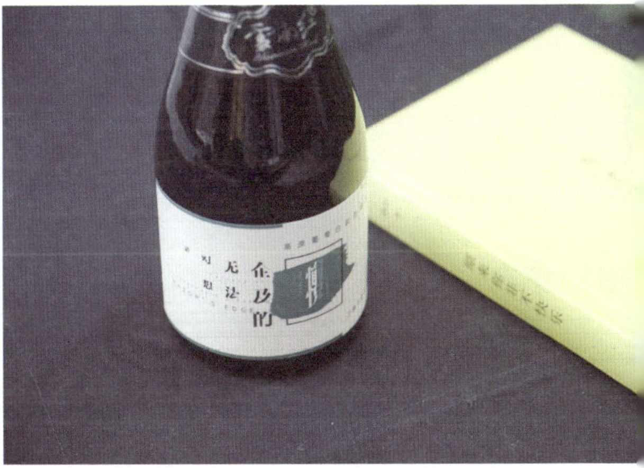

摄影@陈国森

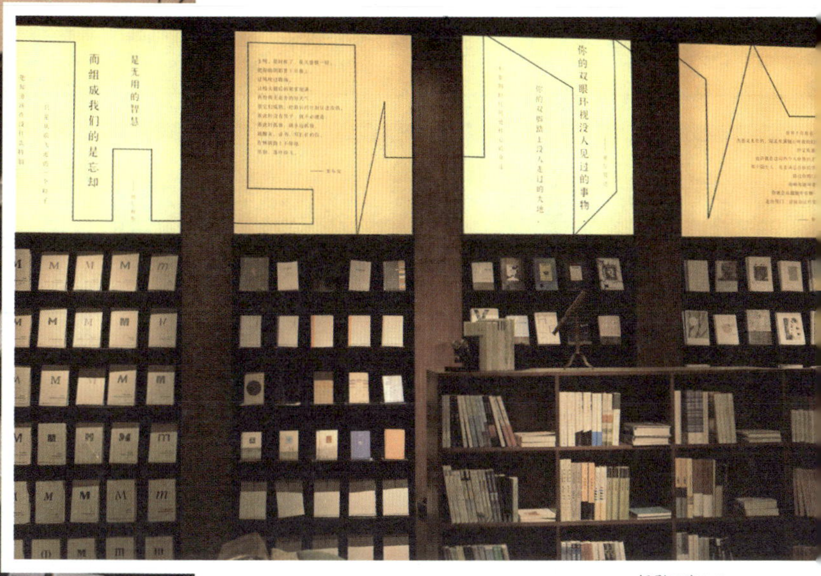

摄影@陈三天

田希很多次跟我提起过澎河图书馆，那是她这些年一直在独力进行的一件事情——在她老家的河边修建一座公益的图书馆。那是一个纯粹的理想之地，承载了田希对故乡和书籍的爱，没有任何商业目的，全部工程是田希的家人一砖一瓦地完成，资金也基本由田希自掏腰包。

摄影@陈国森

那天是我第一次去刀锋。我之前一个月都在国外旅行，在朋友圈里看到你们店的照片，然后关注了公众号，真的很喜欢你们店。所以，我回重庆之后跟他见的第一面就约在你们店里，因为我想要和他分享我喜欢的东西。

生活本来就是由各种琐碎的日常构成，这是它的常态，那些高光时刻，都是生活中偶然亮起的灯火，如果你希望一直处在高光时刻，势必会提前耗光你们的能量。

我真的面临过这样的选择。为了爱情，我们可以抛弃什么？能抛弃一切吗？钱和物都是具象的，很容易做出决定，真正让人纠结和痛苦的，是那些抽象的事物，比如生活，比如人生。

摄影@陈国森

她们会就一本书到底好不好看讨论半天，也会逮着一条明星八卦扯一个晚上，她们可以坐两个小时的公交车去找一家偏僻的小店，也可以攒一学期的零花钱飞去上海看一场一票难求的话剧，这就是青春的模样，每个人都是轻盈的个体，没有身份的束缚，也不承担意义的重负，自由是青春的底色，拥有的也是最简单的快乐。

威士忌
C

生活研究
卡夫卡

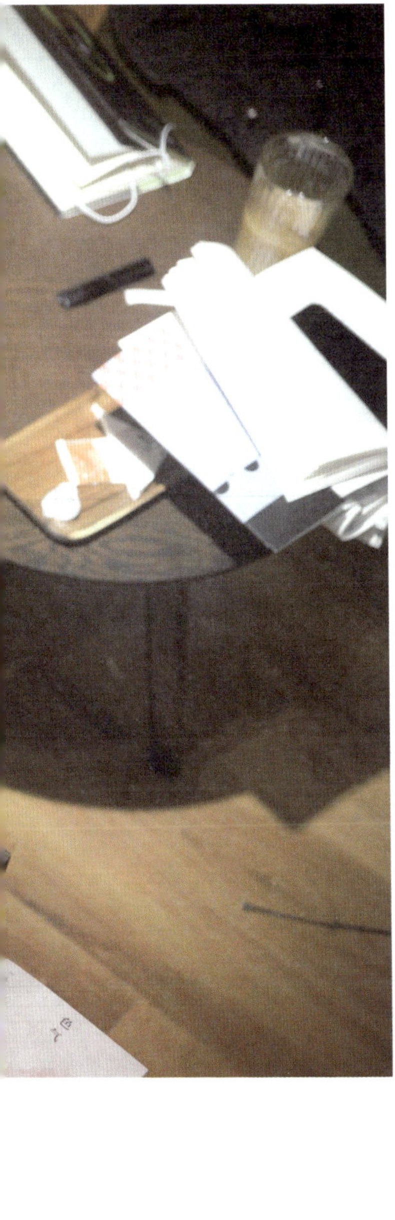

因为从她家小区到书店，一路上至少有 20 个分叉路口，每一次都是二分之一的选择，她大概只有百万分之一的概率能够抵达这里，我们似乎只能承认冥冥之中有一只手指引了她的路线。

怀念，其实是一种美好的情绪，即使是伤痛的记忆，在怀念的时候，也会化作千帆过尽的淡然；然而，时过境迁，却是一个很玄妙的词，多久才算是时过呢？对有的人来说是一年，对有的人来说是十年。

摄影@陈国森

Mémoires
18
LAWRENCE
IN
ARABIA
阿拉伯的
劳伦斯
洪
业
ALEXANDER
OF MACEDO
356–323 B.C
PETER GREEN

黎美嘉真的很喜欢佩索阿，她看完了佩索阿所有的书，还把《惶然录》放在床头，翻来覆去读了很多遍。有一阵子，我建议她也学佩索阿写点东西，诗歌、随笔之类的，她很努力地尝试过，最终发现用文字进行表达非她所长，只好作罢。

所有的相遇都需要时机，背后的逻辑就是缘分的深浅。有些人只是在人群中打了个照面，有些人却可以相识、相知，进而影响彼此的生活轨迹。

opus

无意中经过他们身边的时候，我经常能听到诸如人生、理想、意义、价值、虚无、存在、艺术、创造之类的字眼，他们有时面色深沉，有时慷慨谈笑，偶尔还会从书架上找出一本书读给对方听，引经据典试图说服对方。

摄影@陈国森

那抹金黄吸引我们驻足，那抹深青催促我们赶路，我想要和她说些话，但一出声就会破坏了那微妙的和谐。于是，我们便默契地一前一后地走着，走着……只有我们沙沙的脚步声和沉重的呼吸声。

SPECIAL DISPLAY

摄影@陈国森

尽管大众的热情都是短暂的，几个月之后他们又奔向了新的网红店，但在这个过程中，刀锋书酒馆被更多人知晓，迎来了更多真正喜爱它的人，这些人留了下来，变成了店里的常客，喝一杯咖啡或买一本书，支撑着这家小店继续存活。

深夜書店

THE MIDNIGHT BOOKSTORE

江凌——著

金城出版社
GOLD WALL PRESS
·北京·

图书在版编目（CIP）数据

深夜书店 / 江凌著. —北京：金城出版社有限公司，2022.10（2022.12重印）
ISBN 978-7-5155-2201-2

Ⅰ. ①深… Ⅱ. ①江… Ⅲ. ①长篇小说–中国–当代 Ⅳ. ①I247.5

中国版本图书馆CIP数据核字（2021）第279616号

深夜书店

作　　者　江　凌
责任编辑　雷燕青
责任校对　张礼文
责任印制　李仕杰
开　　本　880毫米×1230毫米　1/32
印　　张　9.25
字　　数　200千字
版　　次　2022年10月第1版
印　　次　2022年12月第2次印刷
印　　刷　天津旭丰源印刷有限公司
书　　号　ISBN 978-7-5155-2201-2
定　　价　58.00元

出版发行　**金城出版社有限公司**　北京市朝阳区利泽东二路3号　100102
发 行 部　(010) 84254364
编 辑 部　(010) 64210080
总 编 室　(010) 64228516
网　　址　http://www.jccb.com.cn
电子邮箱　jinchengchuban@163.com
法律顾问　北京市安理律师事务所　（电话）18911105819

自序

从来没有想过，有一天我写过的小说竟然会在生活中真实再现。

来到刀锋书酒馆的顾客如果曾经读过我的作品，当他们知道站在眼前的就是老板兼作者本人时，在兴奋之余问的第一个问题通常都是："你写的那些故事都是真的吗？"

假如我据实告知，恐怕他们都会大失所望吧。他们不愿意相信，那些激发了他们强烈共鸣的故事或者人物原本并不存在。所以我都会故弄玄虚地回答道："真真假假，假假真真，又何必分得那么清楚呢？"

那么这一次，可以说是弄假成真了。

我们店的打烊时间是弹性的，如果你有好故事能讲给我听，你想待到凌晨两点都没问题，还可以免费送你酒喝，如果饿了，我还可以亲自下厨房做夜宵。

本书未署名摄影图片均由刀锋书酒馆拍摄

16 千里红尘，自在读行

锦　衣
自在观书店店长

嘿，亲爱的朋友们，当你们翻到这本书的这一页，会看到一家 2019 年春出生的小书店——自在观独立书店。我们在岭南之南的一个滨海小城里，孤傲又美丽地生活着，像一朵沉默冷傲的郁金香，又像清静温暖的水仙，散发着书的香气。

开书店，情怀第一

说到成立书店的初衷，我想先谈谈我们的生活。我们处在一个科技与资讯膨胀式发展着的时代。科技的进步、网络日新月异的发展正在慢慢吞噬着我们对物质世界的理解能力，碎片化的资讯正在一步步蚕食着我们系统性的思维模式。短视频的影像和声音带给我们更直接的刺激和更便利的成名途径……当一切被科技改造得轻便快捷时，人们的生活将变得索然无味。

或许人们觉得自己进步了，换新不到两年的 4G 产品已经被迎头赶上的 5G 技术变成历史，而 6G 的快马加鞭更让人们沉浸在手机里不能自拔。其实，我们只是依靠着科技发展带来的惯性自顾自地滑行着，这一切永远无法承载人生应有的精彩和厚重。

在朋友聚会上，我看到一个三四岁的孩子能熟练地运用平板电脑刷着各类短视频，却无法完整地与父母和长辈们进行一次简单的沟通；我见过一群年轻人在咖啡店聚会，却又相对无言，低头刷了两个小时手机后相互道别。

从那时起，我在想，应该开一家书店，让生活、审美、友谊和亲情回归应有的精彩，让低头赶路的我们看到诗和远方。

说到书店定位，我不赞同“网红”书店这样的说法，因为这是大多商家用来包装快餐式理想和空洞情怀的工具，就像一两句鸡汤能激起怀揣梦想的年轻人的热情，一两个场景能让白天职场厮杀的白领在小资的幻觉里格调暴涨一样。

自在观独立书店自成立以来，至遥远的未来，永远不会为自己添加固定标签或释义，因为它不仅属于怀揣文学梦想的人们，更属于一切追求独立、创新与自由的灵魂。

就让自在观独立书店的定义永远以形形色色的形象，流传在千千万万位读者的思想里，正如莎士比亚所说：“1000 个读者眼里，有 1000 个哈姆雷特。”

说到经营模式，自从书店运营以来，也是广大读者朋友和路过书店的大叔大婶们最关心的问题：“书店靠什么盈利？”其实在情怀背后，这是一个非常现实和严肃的问题。

书店筹备初期，自在观主创团队已经详细讨论过书店未来的经营模式，经过理想与现实的反复博弈，“盈利”最终还是给“情怀”让路。

开业前，我们为书店开业当年的发展定了个小目标：每月除去成本，收支平衡。自在观独立书店搭建的是一个文化艺术交流共享的综合性平台，仅靠书籍、艺术品和饮品的利润，无法维持店面运营和保持系统性更新。

来到书店的读者是我们“坐下来”的朋友，正因为大家的支持和喜爱才让我们拥有了勇往直前的动力。在不久的将来，大家还会看到更多自在观“走出去”的身影，以此传播更多的光和希望。

作为书店人，我觉得除了要有吃苦的毅力，更要有走出去的勇气。“读万卷书，行万里路”，学为所用，学以致用，知

行并进，我做得还不够多，走得也还不够远。繁华世界里，有这么多生机勃勃的面孔和美景，希望广大读者与我一起，在电子屏幕上少耗一点时间。广袤世界，远方总有一段穿着高跟鞋走不到的路，有一片隔着屏幕触不到的风景，有一些在写字楼里永远遇不见的人。

春天给书店送了一场大雨作为贺礼

记得 2019 年的 3 月，南方的回南天，是春雨的专属。

湛江在春天的气息里一直阴沉沉的，终于在春分这天下起了瓢泼大雨，整个城市好像被笼罩在一块深灰色的大幕中。想起孙燕姿的“雨后的城市，寂寞又狼狈”，苏打绿的“就算大雨让整座城市颠倒，我会给你拥抱”，被大雨冲刷过后的城市平添了许多情绪，让人简直又爱又恨。

因为，这天是自在观独立书店正式揭牌开张的大喜日子。雷声轰隆，大雨滂沱。

那天，我们早早地来到店里准备开张事宜，还记得我担心地问主理人，怎么办，这么大的雨，我们还有很多流程，邀请了那么多嘉宾和客人，万一雨下个不停……

主理人宽慰我说：放心吧，时辰到了雨自然就停了。

其实我知道他心里也没底，只是安抚我们的担忧与焦虑。朋友们也一直在安慰我们，这么大的雨，好兆头啊，水为财嘛!

到了剪彩舞狮子的环节，雨果真慢慢地停了，接下来的流程非常顺利。就这样，招牌上七个大字“自在观独立书店”正式出现在大众眼前。

一间书店，一个集小成的文化杂货铺

5 年多时间里，我们做了很多工作，吸收会员，举办活动：引进来——把场地作为各单位机构的沙龙场所；走出去——带着书店的书作和文创产品参与音乐节，定期举办音乐会、各种画展、课程、插花、手作 DIY 等沙龙活动。

幸运的是，自在观书店得到了许多顾客朋友们的青睐，成了他们心灵的栖息地。我作为店长，和许多有着共同爱好的顾客成为朋友，他们有空的时候会带来好喝的咖啡，和我们一起谈天说地；和我们一起安静地做一页手账，商量什么时候一起参加书展；在新书到店的时候买上几本，分享阅读的惊喜和乐趣。

经营一家书店，不仅需要维系书店的内部元素，还要经常走出去，到外面的世界学习同行的先进理念，多交流，多沟通。自在观书店参与了湛江海豚音乐节、手账分享会、咖啡文创沙龙，最让我们难忘的，莫过于被单向街书店邀请，作为“第五届单向街书店文学奖”的提名书店前往单向空间·杭州乐堤港店参加颁奖晚会，有幸与《繁花》作者金宇澄老师和单向街老板许知远老师合影，并探讨了独立书店的发展之路……这趟杭州之行可谓获益匪浅！

每到一个城市，我都必定去当地的书店看一看，这些年，几乎网上能搜到的“网红书店”我都走了个遍。最喜欢西西弗的读书氛围，整面落地玻璃窗前，是一排挨得紧密的座位，每个人都安安静静地看书，做自己的事情，那种全然沉浸在书中的氛围就是一种充满能量的磁场，不知不觉就被吸引进去；钟书阁的华美、言几又和方所的“大”，苏州慢书房的“麻雀虽小五脏俱全”，温暖又让人莫名的心安；猫的天空之城还是那样的小清新文艺范儿，可爱又俏皮地吸引着年轻读者。

还有很多很多书店，每走进一家都有不一样的感受，或许是书店陈列的书籍吸引了我，或许是文创精品让人流连忘返，或许是热情好客的老板和店员，又或许是一杯香气浓郁的咖啡，好像每了解一家书店，就对这座城市有了更多的认识。在探店过程中，如果有幸认识不同书店的主理人，和他们建立联系，这是我觉得最有收获的事情。因为三年疫情，不方便出行，只能靠微信联系。如今能够与一群有着相似的观点和相同的爱好的书店人一起畅聊关于书和书店的未来，是一件多么令人兴奋的事情呀。

在 2022 年和 2023 年，自在观书店举办了两次特装书展，一次是对大众的，一次是走进本地大学图书馆的，展出这些年收集的几百本限量的特装艺术精品书籍，得到了大家的赞赏和喜爱。这两次书展，也是自在观这些年来比较盛大的事件，不仅代表了自在观的风格和特色，更代表了自在观在城市的定位和高度。但是，我们不会满足现状，因为我们做得还不够，我们可以做得更好、更完美，定位更广阔，引进更多新鲜、优质的活动，书店的未来会更光明。

不管“引进来”，还是“走出去”，都是为书店打造一个交流平台，引进更新鲜有趣的文学艺术咨讯，开阔眼界，让本地的读者朋友们感受来自大城市的文化冲击，提升本地的文化自豪感。

我们的书店，他们的故事

自在观书店开业以来，得到了很多读者朋友们的喜爱。在每天来来往往的客人当中，不乏白领和学生党，而我们有幸与他们成了朋友。

记得有个在小红书看到自在观慕名前来的小姑娘，一个爽朗的女孩子，第一次到书店刚好遇到瓢泼大雨，我非常诧异这种天气下居然来了顾客。她一进门就和我攀谈起来，边看店内的装潢和书品边惊叹不已，还帮衬着买了很多文创用品。细聊之后，发现这个女孩子最爱打探城中新鲜事物，和她聊天你会知道很多新奇有趣的事情，例如哪里新开了家咖啡店，什么风格、品质怎么样，等等。她很爱带朋友来书店看书，有时和我们聊聊工作、感情和生活，书店也见证了她的一段感情始末。对我来说，她不只是一

个客人，还是一个可爱的小妹妹，更是一个值得深交的好朋友。

每逢寒暑假，时常有大学生来店看书学习，出双入对是常有的事，每次看到座位上一对对相互依偎着看书的身影，像是打开了青春时期的懵懂回忆。有一次，一个男生正在认真地看书，旁边小女朋友低声叫他一起回去。我当时恰好在旁边调节空调温度，只听到男生小声说，你的手真凉，不舒服吗？小女友支支吾吾地说好像大姨妈来了。男生马上放下手中的书问我，可不可以加钱给他们冲一杯红糖水。我笑了笑说，不用加钱。当他们要走的时候，一向不怎么打招呼的男生走到我面前说了声谢谢。

许多天之后，男生再来的时候却是一个人，我问他你的小女朋友呢？他微微低了低头说已经分手了，但她很想来书店，以后我会尽量错开她来的时间，说完沉默地继续低头看书。不久之后，那个小女生牵着另一个陌生男孩的手来到书店，小声地商量要买哪本书送给朋友做礼物。我微笑地看着那女孩，对她说好久不见，带朋友来看书吗？女孩的脸微微一红，浅浅地笑着说，嗯，对呀，我们都很喜欢书店呢。

还记得一个快要打烊的夜晚，来了一位大叔，问我店里有没有关于风水学的书籍，我笑了笑说没有这类型的书。他也不在意，反而和我分享他看书的心得，我就着他的话匣子倒也相谈甚欢。聊了大半个小时，已经快23点了，我只好和大叔婉转道别。大叔说，很久没有遇到像我这样和他聊天的女孩子了，有时间会再来。其实我懂得也不多，只是大概知道他们想要倾诉的心情吧，有时候倾听也很重要。

有时，热情的客人会给我们写“夸夸信”。在接到信还没有打开之前，那种忐忑的心情无以言表，原以为是客人的投诉，没想到看完信之后又是感动又是感慨，原来自在观书店带给他们这么多的感受和正能量，这也让我有了继续走下去的动力。

最难忘的是一位从远方来探店的客人，她在店里的手账上留下了一幅温馨的图画，是她对自在观书店的简单手绘，旁边写了史铁生的一句话：“在人口密集的城市里，有这样一个宁静的去处，像是上帝苦心的安排。”啊，多么窝心的一句话，那一刻的感动，那种被读者理解并认可的心声溢于言表。

虽然每天面对不同客人，处理一些很细碎的事情，但是总能被他们感动。比如，考试季中雷打不动来书店复习的学子；趁着孩子熟睡的时间偷空来看书的妈妈；互相支撑的彼此温暖的学生伴侣；虽然不买书却希望和我们谈论的大叔大妈们；看到满柜的珍藏“大部头”止不住惊叹的爱书、懂书的朋友们……

在这家小小的书店里，承载过许多形形色色的灵魂，四季更迭了一次又一次，自在观书店依然安静地恭候每一位知心朋友，这是我们的书店，却装满了他们的故事，未完待续……

让人又爱又恨的猫店长

书店主理人是一个非常喜爱猫咪的中年直男，拗不过他一直想要养猫的意愿，我答应了他。把一只 4 个多月大的蓝白虎斑纹的英短公猫接到书店的那天，刚好是书店主理人的生日，主理人给它取名为“十三”，它的头和眼睛一样圆滚滚的。

十三是一只很乖巧的小猫，不怎么爱动，也不怎么粘人和唠叨，只有在喂肉干的时候才会回应几声，总体来说是一只十分高冷的喵星人。自从绝育之后，它的体积以肉眼可见的速度火箭般上升，现在已经是一只“巨型猫咪”了。

客人们都很喜欢十三，每次到店都会问“十三呢，十三在哪里？”找到后一顿撸，十三也不抗拒，“任人鱼肉”的呆萌傻相更惹人疼爱。很多客人都是因为十三，才经常来店里撸猫的，不，来店里看书的，不得不说猫店长十三真是招财猫本猫了。

十三大多时候都在睡觉，有几位初次到店的客人会问，这是不是一只假猫？听得我和主理人哈哈大笑，我还曾经开玩笑地说，对，这是一只电动猫。他们竟然信以为真了。十三啊，可真是懒得令人真假难辨。

在十三满三岁的时候，主理人又养了一只矮脚美短弟弟和它做伴，至此，店里又多了一位猫店长。如果说十三是可爱担当，那么这只猫弟弟就是搞笑担当。因为弟弟是只矮脚猫，走起路来一顿一顿的，所以我们给它取名为“吨吨”。自从吨吨进店之后，又收获了一大波粉丝。

平日里安静的书店，因为多了两只猫店长，也变得生动起来。虽然它们都很乖巧，但是偶尔也会追逐打闹，不是打翻这个，就是碰倒那个，无处不在的猫毛挑战着我们的呼吸道和衣服。每天开店的第一件事和闭店的最后一件事，都是把两位猫店长安顿好。虽然麻烦，但是看到它们可可爱爱的样子，瞬间就忘记了所有烦恼，所有不开心都被治愈，这也许

希臘

那时我们有梦，关于文学，关于爱
关于穿越世界的旅行。
Sylvia Plath
Ariel
怪谈百物语

就是人们喜爱它们的原因之一吧。

千里红尘，牵手读行

碎碎念了许多，我想大家对自在观独立书店也有所了解了。书店不大，人也不多，地理位置比较偏僻，以西方文艺复兴时期风格为主，一个佛系的主理人，还有一个时常焦虑的店长我及两只可爱的猫店长。

佛系主理人和焦虑店长，是一对夫妻搭档。我们有很多共同的理念和梦想，都是普普通通的工薪阶层，在二三线城市挣扎奋斗了 10 年，积累了刚好能够支撑书店情怀的物质基础，所以促成了这家书店的诞生。开书店的过程不可能只有甜言蜜语，更多的是命令、服从、执行、争吵、彼此的固执，互相伤害又互相扶持。

单方面的退让是我们最难妥协的步骤。主理人对书店有着非常强烈的发展目标和方向，他希望把书店做成情怀，不能有太多的功利性，但同时他又希望收支保持平衡；而对于店长——一个对经营没有任何意识和经验的“前电视民工”的我说，无疑是一份巨大的压力。

自开书店以来，数不清吵过多少次架，流过多少次眼泪，总觉得付出的只有自己，对另一半的建议和态度不采纳、不理解、不支持，甚至厌倦过每天书店和家两点一线的枯燥生活，全然提不起任何兴趣。虽然凌乱得毫无章法，但确实真实无比。

当夫妻关系变成合伙人关系，对我来说，承受不起另一半对我的质疑和管理，但是我又不得不服从和执行。很多时候，我会失望和后悔，开这家书店的初心是什么？是为了逃离了无生趣的上班生涯，还是挑战原本融洽的夫妻感情？

当我满脑子都是负面情绪时，我知道我又在钻牛角尖了，我告诉自己要理性地和主理人谈一谈，我们做书店的前因后果，现在和未来，处于经营者的角色和角度沟通和构想有关书店的运营。

我们是幸运的，也是幸福的，不仅仅因为有共同努力的目标，更是因为在为目标奋斗前进的路上，我们的手牵得更紧了，愿意奋不顾身地走上这条看似文艺浪漫其实风雨飘摇的书店之路。我们没有那么伟大，开书店这条路一直艰难崎岖，只不过是为自己所在的城市增添些许温暖的文艺之光罢了。我们相信，只要一步一个脚印脚踏实地往前走，千里之路，总有和我们一起自在地边走边读的小伙伴，我们不会孤单。

自在觀 文創

城市獨立書店 原創文藝空間

INDEPENDENT BOOKSTORE

书店地址：广东省湛江市自霞山区友谊街友谊路 5 号
保利原景花园 3 栋一层 01 号

开业时间：2019 年 3 月 23 日

书店格言：千里红尘，自在读行

微信公众号：千里红尘自在观

小红书账号：自在观独立书店

抖音账号：自在观独立书店

17 无事此静坐，有福方读书

郭　妩
遇见书房创始人

在徐州老城区，有一条贯穿市中心的南北中轴线，从北宋苏轼所建的黄楼，向南经黉学巷到彭城路，再到云东一道街、泰山路，纵贯城区核心地带，绵延 5 公里。紧邻中轴线两侧人文景观中的运河文化、红色文化、汉文化、彭祖文化，构成了徐州千年文脉的基底。徐州中轴线南端的云东文化街区，与回龙窝、户部山、彭祖园等文化街区相连，形成了一条内涵极其丰富的文化通道。

书香浸润彭城

城市的人文魅力离不开书店的便利服务，实体书店不仅培育着社会大众的阅读兴趣，也是一座城市不可或缺的文明符号。在这条徐州南北历史文化轴上，既有国营的综合图书商城，也有特色阅读空间、连锁书店，还有市图书馆的城市书房。

在云东一道街即云龙山东坡转角处，有一家仅有 40 平方米的小众文艺书店——遇见书房。因为处于闹市中的僻巷，路人邂逅遇见书房也不是那么容易，但大多读书人都知道这家有颜值又有内涵的超文艺书房，也成了回头客。

遇见书房之所以称书房而不叫书店，缘于我的初念。我想把它营造成爱书人的书房，一个小型的文化客厅，促进“书与人”“人与人”的相遇，以氤氲墨香滋养每一位读者的心灵之海，用清澈的人文之源，浇灌这座城市的阅读风景。

“是谁传下这行业，黄昏里挂起一盏灯。”书店的灯光，总是这样的温暖人心。顺着云龙山北门的东坡文化城东侧拾级而上，转角遇见书香——遇见书房。如果来早了，书房可能还没开门，但门口的花草和桌椅都在静候着你，还有写在门前白板上的汪曾祺老先生的话：“如果你来访我，我不在，请和我门外的花儿坐一会儿。”

2018 年，当我从《都市晨报》副刊编辑岗位退下来，从事了近 20 年编辑工作、对文学情有独钟的我毅然决然地要开一家小书店。经过近一年的筹备，我终于将这个小小的梦想变成了现实——在古城徐州云龙山北门东坡文化城，开了一家小而美、小而雅的遇见书房独立书店。虽然此前做过的书业调查并不乐观，然而，“做一家读书人自己的书店”是我心中多年的梦想。

2018 年 5 月盘下这家店，直到年底才开业，为装饰这家小小书房，我花了 7 个月的时间。书房实际面积大约 40 平方米，为合理利用空间，四周墙壁都打上了顶天立地的书柜，柜子里、书桌上摆满了精心挑选的文史哲类书籍，因书店规模有限，在选品时下足了功夫，刻意增加品类的数量，很多书都是孤本，复本较少。

其实，绝大多数书店看上去相差不是特别大，但能吸引人的书店，却是胜在细节，包括书籍的陈列、场地的布置，以及对书架的巧妙运用，还有引进的文创产品是否独具特色。而这些小细节和书店氛围，正是吸引读者、留住读者的可能。

书房里的每一个物件，我都花费了心思。一块小黑板上写着：“读书，为了遇见更好的自己。”诠释了“读书”和“遇见”的微妙关系。在遇见书房，书友遇到的不仅仅是一本本好书，还有我从全国各地，甚至印度尼西亚、韩国等地亲自背回来的文创产品，有些已经珍藏多年。

或许觉得花香与书香最为和谐，朋友们来访总喜欢带上鲜花。

有个花艺师朋友，每周都会来书房插一瓶不同造型的花。鲜花衰败后，我舍不得扔掉，于是一一晒制成干花，干枯的玫瑰、绣球、康乃馨、满天星、莲蓬……装饰在书房的角角落落，房顶橘黄色的灯光洒在干花上，温馨而又安宁。

遇见不仅是一家书房，也是一间工作室，朋友们经常在这里举办沙龙和雅集活动。于是，店里又陆续添置了一些家具，拆掉局部书柜做了一面背景墙，墙壁铺上做旧的英式墙纸，装上三层黑色的置物架，然后摆上一张老榆木大书桌和配套的老榆木方凳。

对于爱书人来说，逛书店是一种享受。在大型书店游走，可以尽览书业繁华，而逛小书店可以让人找寻理想中的桃源。为方便书友在店看书，书房内准备了几张桌子、茶几和圈椅，铺上扎染或蜡染的印花布。其中一张从广东淘来的玄关柜，6 种颜色的抽屉上手绘着图案，呈现锈迹斑斑的做旧效果，令很多书友一见钟情。

读好书，交好友，怎么能少得了好茶？书房里摆放了不少茶具和茶叶。一张黑色的石制茶台上，印着遇见书房的 LOGO，旁边

的杯架上摆放着朋友们形制各异的专用茶盏，以备来访时自用。书房还与本地一家知名文艺机构联名定制了“遇见”主题老白茶茶饼，作为书房的特色茶礼，受到书友的拥趸。

室雅何需大，书香引朋来。一家小众的文艺书店，小而美，小而暖，书影浮动，墨香灯暖，让很多人放缓了忙碌的脚步，感受城市的书香。书房的留言簿上有书友的留言：“遇见心仪的书，邂逅喜欢的人，此乃人生美事。”

一间懂书的小书店

书店从来不是一门好生意，它赚不了什么钱，却可以让现世的人在过去的文字里找到自由。开一家小小的温暖的书店，是很多读书人的理想。

开一家书店，聚一群书友品茗、聊书是许多文人的理想生活，但是，真正把书店开起来并不只有浪漫。书店的优雅更多时候是外在的表象，除了每月的房租、水电等费用，受网购冲击、疫情影响都是横亘在书业人面前的难题。书店首先要生存下来，才有力量求得发展。

遇见书房门面不对主街，有一份遗世而独立的安静。书房主营文学性强、文艺范浓、文化味重的图书及文创产品，创办伊始，就提出了“三不”运营理念——不励志、不畅销、不实用，旨在打造一间有灵魂、有温度、有态度的独立书店，一个集阅读体验、讲座沙龙、咖啡与茶、创意美物为一体的多元城市文化空间。

遇见书房的铁杆书友，可以概括为几个关键词：书虫、知识分子、不从众的阅读者、对内容比较挑剔的人。遇见书房也销售特价书，主要有两种来源，一是从出版社直接采购，二是从批发商手中购买。特价书虽是积压的库存，但有些书品质很好，甚至品相也不差。有的是几年前的畅销书，有的是比较小众的学术书，超低的价格吸引了许多市民，还有一些淘书者、收藏爱好者，甚至中小学图书馆的采购员。

开书店之前，我一直在传统纸媒从事编辑工作，在工作之余致力于独立出版。因此，对出版行业并不陌生，遇见书房的图书多淘选自各大出版社的库存，很多是十几年前甚至二三十年前的初版本，其中不乏已经绝版的稀见版本，以及毛边本、签名本等。遇见书房的意义也许在于，它给真正的爱书人、懂书人提供了一个温馨的站点，可以随时淘到令人惊喜的好书。书友们喜欢这里，正是因为书房有自己独具特色的选品，这些关于艺术、文学、音乐、哲学、历史、文化的书籍，共同构成了遇见书房小而雅致的空间。对读者而言，实体书店的现场感是网上书店不能替代的。读者需要直接与图书、与作者“亲密接触”，需要文艺、休闲的环境氛围，满足体验、社交等多方面需求，这些都是实体书店的凸显优势。

遇见书房更像是一个私人书房，主人的意趣性情，尽藏于书架之中。买书不单单是银货两讫的交易，还可以是天南海北的闲聊，倾盖如故的盘桓，亦是读书人之间一点萍水相逢的奇妙缘分。每个周末，总会有书友们不约而至，来到书房品茗聊天，大家因为书、因为书房而结识，并成为志趣相投的朋友。在遇见书房，遇见有缘之人，只是早晚的事。

尽管当下实体书店面临网上书店、数字阅读等多重冲击，但仍有不可替代的实际优势。毕竟对于一个热爱阅读的人而言，轻轻翻阅、慢慢品读的乐趣是难以复制的，穿行于书架之间、仔细研究比较的体验也是无法比拟的。在书店，你也许会在不经意间和某本你正需要却不知道书名的书不期而遇，像一场浪漫的邂逅，一见钟情买下，然后一往情深地读她千遍也不厌倦……谁说书店是与世隔绝的世外桃源？分明是充满着烟火气和书香味的城市文化生活家园。

遇见书房是一家小众文艺书店，但又不仅仅是一家书店，创立5年来，一直秉持“为好书找读者，为读者找好书”的立业之本，倡导让阅读回归生活，先后举办读书沙龙、名家分享会、新书发布会、习字课、茶艺、插花等文化雅集活动，同时也选择性地对外承接团体文化活动。

在逆境中成长

说起实体书店的困境，有一个话题是绕不开的，那就是疫情对书店的影响。

适逢遇见书房开业一周年，刚刚积累了点人气，有了点起色的经营，因疫情受到严重影响。疫情期间，遇见书房无法线下营业，只能通过微信群开展线上售书。根据不同主题给书籍拍照，发到书房的微信群和朋友圈，供读者选购，并拿出部分精品图书低价拍卖。这种低版本的“直播带货”受到了书友的欢迎和支持，有些书刚发到读书群和朋友圈，就被书友抢购一空。

的确，遇见书房是一种典型私域流量的小书店，没有大型连锁书店那样一呼百应的影响力，但在运用私域流量进行社群营销中，为书房续命的都是书友们用情谊、用一本本书积累起来的。集众人之力为书店解困，维持着书店的基本经营。大家都希望遇见书房能一直开下去，而不是冻毙于风雪。

疫情期间，许多书友觉得只看我的朋友圈晒书不过瘾，还时常预约来书房淘书，“解解馋”。根据书友提前预约的时间，专程为某位书友去书房守候，是我在特殊时期的常态。有了众多书友的鼓励与支持，让我挺过了那段艰难的日子。一位南京的书友

夜闻早眠
日闻早起

天长
地久
福

遇见书房
遇见

遇見書房

如果你来访我
我不在
请和门外的花儿
坐一会儿
——汪曾祺

看到我朋友圈晒的书房照片，留言说：羡慕书店掌柜！只要能活下去，一定在书房里多摆几把椅子，让读者舒服地读书！

线上分享不为赚钱只为情怀。疫情期间，全国许多出版社联合书店在线上举办多种形式的读书分享会，遇见书房积极参与，收获颇多。在线上活动两个多月里，我一直在努力寻找线上活动与图书销售紧密结合的有效方法，但囿于小书店的平台、技术、渠道等因素，至今未能探索出一条比较好的路径。而且，民众消费观变得前所未有的谨慎和理性，在这样的趋势下，作为书店的从业者，我已做好了心理准备。

既然线上活动对促进销售影响十分有限，为什么还要不遗余力地组织呢？每个人心中都有一个理想的书店，但无论哪一种存在，书和人永远是书店的灵魂。我想要传达一个书店人对书店不屈不挠、不放弃的信心，以回应那些一直支持、喜爱遇见书房的书友们。我想通过线上活动告诉他们，虽然书房受疫情影响暂时不能开门营业，但阅读不会停止，只要有一分希望，遇见书房都会坚持下去。

无论是线上还是线下，只要用心为读者选好书，我想，遇见书房依然可以影响那些热爱文艺、热爱阅读、独立且深入思考的人群。在万物互联的趋势下，实体空间更大的价值，在于文化现场的氛围营造和阅读人群的精准链接。

疫情期间，书房的微信公众号充分发挥联系读者、发布信息的功能，同时也给线下营销奠定了基础。现在，书房的线下活动已经恢复，同时，继续开展线上书友会活动，借助新媒体手段为图书营销开辟新的路径。

现在很多有趣的实体书店层出不穷，个性化与书店气质相结合，背后藏着的是有趣的爱书人。个性化、人文化的书店呈现，是书店行业从大而全演化为小而美的趋势。我觉得，一方书店虽小，亦可点亮城市精神，为文化传灯。遇见书房会继续做好“一站式”文化服务：策划与组织读书会、名家讲座、文化沙龙、文创手作、绘本课堂、家庭书房私人定制、团体购书及配送服务等，坚持高品位选书标准，引导优质阅读方向。

同时，我深刻体会到流量对于实体书店的作用，蕴含新的生机和转变。为了做大遇见书房的私域流量，服务更多书友，除了一如既往地做好书房新媒体平台的推广，扩大书房的影响力，还可以结合书房的选书优势，开启线上合作版块。目前，书房的微店和网店已陆续上线。因为销售的大多是从出版社库房淘选的老版甚至是绝版书，而且品相八九成新，很快就打开局面，吸引了全国各地的书友来淘书。

鉴于电商平台对出版物价格的控制，一些出版机构选择将一些特色书籍出版特装版本（毛边本、签名钤印版、藏书票版、文创纪念套装等），直供且只供独立书店销售，实行控价、限量策略。遇见书房积极参与其中，与多家出版机构、出版品牌合作，为读者提供在网上和其他书店买不到的选品。同时，在图书选品上，注重与徐州本地文化结合，开发相关文创商品。

此外，鉴于多年的编辑工作经历和出版工作经验，我利用闲暇时间承接了几家出版品牌的外编外审工作，赚取一点审稿费来贴补书店亏空。

疫情影响了书店行业，同时也在重新塑造这个行业。我常

遇見書房
《日日是好日》主题茶会
三毛在《送你一匹马》中曾说：读书多了，容颜自然改变，在气质里，在谈吐上，在胸襟的无涯，当然也可能显露在生活和文字里。金秋十月，在云龙山畔，在“遇见书房”，打开书本，认真阅读，顺其自然。你若读书，风雅自来，藤庐茶坊秋季读书茶会，遇见你真好。
时　间：2019年10月26日下午3点—5点
地　点：遇见书房
茶　品：红茶调饮
茶艺讲师：青　藤

遇見·茶生活
清雅素静
把时间浪费在
美好的事物上。

问自己：网上购书那么方便，本市的大型实体书店也有不少，读者凭什么要跑到我这小书房来买书？因为我经营的不只是一家懂书的小书店，更是一个以书为媒，从阅读出发，构建美好生活体验和创意分享的空间。在自救求生的同时，以变应变，未雨绸缪，只有这样，书店才会有明天，才会焕发真正的生机。

春风醒万物，烛火照书人

春和景明，气温回暖，一切似乎慢慢好起来了。书房的顾客虽然还不太多，但已不再单纯是回头客了，新面孔占了客流量的多数。一部分是听朋友推介过来的，也有路过偶遇的，更多的人是看了“某点评”上的高质量探店点评专程寻来的，大多是年轻人，其中不乏外地游客。因为书房就在云龙山东麓，与徐州博物馆隔路相望，周末总会有不期而遇的外地游客闯入书店。他们往往出于对偶遇遇见的欣喜，在店内翻书、拍照、流连。作为东道主，我自然少不了和他们聊起徐州的特色景点和风物，当然也会聊和徐州相关的书籍。听他们说对徐州的各种好感，我竟有几分感动和自豪。临别时发自内心地邀请他们“有空再来徐州”，当然更欢迎他们再来遇见书房。

书店的故事与趣味是滋养书店的灵魂。不同的人物在书店登场、相遇，那一种美好或忧伤让人惦念、回味。5 年来，遇见书房在逆境中努力生长，为读者选好书，为好书找读者，链接起彼此的遇见。

在与熙攘繁华几步之遥的安静书房里，一段静下心的阅读时光，把生活中的寂寞交换成为巨大的享受。在即将老去的时光里，感谢每一个你，真诚且温暖的陪伴。感谢每一位书友，你们穿过大半个城市，走入一屋书香。

我将用温暖和坚持感恩所有，以一个书店人最纯粹的初心，坚守着读书人的理想书房。掬一捧书香，字里行间心意浓。且待，春风醒万物，烛火照书人。

无事此静坐，有福方读书。常去泡书店吧，邂逅心仪的书，偶遇有趣的人。常与书亲，常与人近，找到阅读的乐趣，找到与你一样的读书人，在阅读中感受到故纸之美、铅墨之香、藏书之乐。

书店地址：江苏省徐州市云龙区和平路75号东坡文化城东侧（七天酒店对面）

开业时间：2018年12月8日

书店格言：遇见书房，为了人与书的相遇

微信公众号：遇见书房独立书店

18 凡璞藏玉，以书塑造城市肌理

刘　帅

璞玉书店主理人

璞玉的名字取自《天工开物》："凡璞藏玉，其价无几。"

璞玉意指店内每一本书，不会因任何潮流而沦为氛围摆设，本本皆"凡璞藏玉"。因此，一家书店提供什么样的书品，在璞玉的伙伴们看来至关重要。

璞玉书店基于城市书店的定位，最终确定了包含文学、人文、经管、艺术、自然科学、心理教育、童书等 11 个书区，共计 3.5 万个品种 9 万余册书籍。

此外，针对同一本书的版本较多，读者搞不清楚如何选择的情况，我们根据图书分类，从全球 1500 余家出版社、70 多万种书籍中逐一挑选，除了对比内容、封面、版次、印次、出版时间等基础信息，还以不同专业、职业背景等多个角度出发，层层把关书籍品质，最终保证书籍版本经得起大众的考求。

有了好书远远不够，毕竟书不应成为书架上的艺术品，而应该让更多读者走进实体书店，拿起一本本书进行阅读。因此，如何进行实体书店阅读空间的运营创新，让更多人爱上逛书店，热爱阅读至关重要。

答案就在璞玉书店的书籍堆头上、玻璃墙面上、书店内的文化精神立柱上。整个璞玉书店的阅读空间，以四个季度阅读为大主题、12 个月度阅读为小主题，以及每周的小话题，进行阅读主题推荐，包括图书的选配、组合和展览式陈列等，让读者每次来都能发现新主题、新看点、新书籍。

运营至今，我们创作过 400 余个大大小小的阅读主题，或反映当下社会正在发生的，让读者在互联网大数据推流下，看到的世界更加完整立体；或让主客共享，本地人更加了解城市历史文化、自然风貌，外来的游客清晰了解云南，了解昆明的独一无二，也就是书店推崇的在地主题创作。所以，每周来璞玉，周周都不同。

一家书店，也承载着城市文化空间的属性。我们希望读者来到璞玉，不仅通过一本本书籍关注其文化内容，也能通过书店空间的文化活动回关话题相关书籍本身。因此，璞玉常年开展各类文化活动，至今，参与人数百人以上的活动已举办 500 余场，若加上中小型活动，覆盖人数已超过 10 万人次。

在璞玉，我们做过新书发布、作者分享、学者讲坛，也做过年度音乐会、电影和纪录片放映、摄影策展以及舞台剧、地方戏，还独立策划过市集、文化工作坊、年轻人喜爱的脱口秀等多元的文化活动。

从精选书籍开始，着力主题策划，通过璞玉小伙伴的文化力，面向城市读者、外来游客，提供主客共享的多样文化体验。让阅读不仅停留在字里行间，也浸透生活中的分分秒秒、点点滴滴，成为读者们柴米油盐酱醋茶式的生活陪伴。

我是北方人，2007 年高考考到昆明读书，大学二年级时，有幸认识了现在的领导，从一名实习生到参加工作的 14 年，一直追随他是我的全部也是唯一的职场经历。我的领导也从单身青年成为一位父亲。

因为我们的生活很单一，除了工作、休息和运动之外，没什么社交，很多时间都在看书。后来发现，在每个阶段遇到的问题，角色身份转化带来的困惑，企业发展一路的变革挑战，最终都可以在书中找到答案。也就是说，书成了我们的亲密朋友，也成为我们最好的老师。

于是，我们想做一家“以书为大”的书店，从一名婴孩呱呱坠地到步入学堂，从一名学生懵懂无知到踏足社会，从单身生活到成家立业，在人生的每个阶段的不同困惑，我们都能在书里找到答案。

虽然璞玉书店成立不到6年，但想做一家书店的想法，其实在脑海中已经跑了快10年了。2019年之前，我们的足迹遍布全球各类书店、图书馆和公共文化空间，比如大家熟知的南京先锋书店、台湾诚品书店、代官山茑屋书店、赫尔辛基中央图书馆，等等。我们一边参观学习，一边体验感悟，看到被阅读照顾和滋养的人们，也感受到在书籍构成的长河中，人们与作者的思想一起触达世界。

因此，我们想做一家书店，且要用10年为一个单位，进行马拉松式渗透、滋养我们所在的城市，以阅读的力量和一座城市共同成长。在这个过程中，很多前辈给予我们支持与指导，比如刘苏里老师、张立宪老师、蒋磊老师等。

在璞玉书店的运营初期，我们首要考虑的不是书店的现金流和利润率，而是如何选好书，做好主题，让更多喜欢书、爱看书的人了解璞玉，走进璞玉。然后，逐步扩大社会影响力，在不断试错中，在不断变化中，找寻璞玉的阶段性商业目标。

如果说“不断试错”是一种经营思路的话，那么璞玉书店其实一直没有变化。当然，在“不断试错”的背后，是对在逆流中做一家不断前行的书店的坚持。

开店时，我们以为书店店员只要爱书就够了，后来发现并不

原版进口书籍
NEW ARRIVALS

放开"脑洞" 好奇身边的一切事物
彼米诺好奇身边的一切事物，
在疑问中让自己变得更加有趣
好奇从来都不是年少的特权
无论何时，
对未知的每次追问都将会播下一粒星火
将世界照亮的更大一点
我们为什么还没有死掉？
Why Aren't We Dead Yet?
The Curious Person's Guide to the Immune System
How to
如何不切实际地解决实际问题

一个孩子的诗园
A CHILD'S GARDEN OF VERSES
经典之作
协力之作
动物
小鬼悠悠

RAPHAEL

Pomelo

是这样，如果爱书人没有强烈的好奇心、分享欲和成就动机，就很难向大众进行阅读推广。因此，璞玉的用人不拘泥于传统书店人，我们更喜欢跨行业人才，只要他热爱图书、有阅读习惯，我们就能够结合个人志趣在书店中找到适合他的位置。

有读者说，要在昆明书店找人文社科类图书的最好版本，一定在璞玉。这也是璞玉的伙伴们自认为的最大特色——书好。

目前，璞玉的在售图书9万余册，从内容、封面、版次再到作者、译者的筛选，每本书经过不同选书人的三轮把关，璞玉年度广选品通过率为70%。依托选书人不同专业、不同职业背景的多元视角，璞玉书店的选书真正做到了广博而精深。在分类和陈列上，璞玉具备“图书馆＋书店”功能，当读者查阅某一个知识类目时，能够清楚地看到由浅入深、从精到广的不同阅读阶段的图书。因此，书架陈列两个复本，陈列不同的知识品类，码堆则是这些品类所代表的价值延伸。

爱书、懂书，如何让书和人之间建立连接，如何通过空间运营和内容运营体现璞玉的价值主张和阅读主张，是每个璞玉人必须具备的职业素养。

在书店的日常运营中，璞玉每个书区都设立专职责任人，并给予每个责任人极大的自由空间，让他们用自己的语言对书区进行“编辑”和“设计”，用书架表达、创造出独特的世界观。负责杂志区的小伙伴特别厉害，之前是杂志区的忠实读者，因为热爱投递了简历，成为杂志区负责人，一个女生每周要跑2—3次杂志市场，一车一车地拉杂志，杂志区在她的管理下销售越来越好。

璞玉做过很多活动，和大家分享一下代表性活动吧。

2020 年，因为疫情原因不得不闭店，但璞玉书店换了一种方式与读者见面。我们邀请昆明本地美食界流量担当——敢于胡乱老师，带着璞玉的小伙伴在昆明的篆新菜市场进行了一次别开生面的直播，希望阅读也成为柴米油盐酱醋茶一样的日常必需品，平抚当下人们的焦虑与不安。

2021 年，联合国《生物多样性公约》缔约方大会第 15 次会议（COP15）第一阶段在昆明召开，我们当季的大主题叫“比邻相息　万物相生”，生活书区对应主题是“我在璞玉有块田”，自然书区对应主题是“璞玉迷你动物馆”。前者探索植物的多样性，我们将书堆全部移开，直接种了一块地，读者认领植物小苗，亲手去触摸泥土，亲身感受大自然，观察植物的生长，在相关联的书籍中找寻植物与人类的相处法则；后者探索动物（主要是昆虫）的多样性，璞玉设置了一个迷你动物馆，让大众读者有机会近距离观察动物，思考人类与其他生物的关系，也能在相关联的书籍中找到答案。同时，周末辅以对应的生物多样性主题沙龙，呼应大众关注及保护“生物多样性”。

2021 年，由云南省归国华侨联合会指导，云南英国校友会主办，立心青年人才创新中心和璞玉书店承办的“学者讲坛”系列活动，为云南归国科学家、留学学者提供交流平台，展现其为国家发展、科技进步作出的巨大贡献，也在讲坛聆听者的心中种下一颗科学的种子。至今已成功举办 14 期，一代又一代的专家学者，从天文到生物，从科技到书法，共同探索宇宙的奥秘。

在每年 5 月 20 日，被年轻人冠以“恋爱狂欢”的节日里，

"不战而屈人之兵"是上古东方最朴素的战争智慧，足以让任何以武力获得的胜利黯然失色，但世界文明的进程始终伴随着征战和覆灭。
罗马
迦太基
第一次世界大战全纪录
资本主义
M

遇见你，真好！

WOW! New Friends!
琪玉儿童馆
好奇心剧场

是所有的理由和答案

璞玉书店连续四年举办“9 点后的音乐会”活动，在创作人的歌声里，为城市的年轻读者带来一场又一场的文化体验，并随门票附赠创作人出版的书或与其音乐匹配的书，让阅读有了更多元的表达。

2023 年，我们为云南教育出版社与星球研究所联合出版的新书《什么是云南》举办了一场别开生面的新书发布会。在一个有生命力的舞台现场，各位嘉宾在“云南席地而坐”，松弛、自然地与现场读者娓娓道来对云南的热爱。活动结束，全媒介渠道的线上直播总观看量达 40 万人次，有 1000 多人留言，表示想看《什么是云南》并计划到云南走一走、看一看。这是璞玉的小伙伴们身为云南人的自豪，也是身为一家云南书店对在地文化深耕的投资。

璞玉书店里有一本书，翻阅率特别高——《老昆明》。这是

一本影像集，也是中国第一批入选历史文化名城——昆明的影像资料。

我们发现有一位 70 多岁的老爷爷来璞玉好几次了，每次来都反复观看《老昆明》，能感受到他一直很想买，但是又舍不得。最后那次，他拉着一位店员，用手指着 157 页的黑白画面中一位疾行穿过街头的男子，说："这就是我！" 1989 年的他被张卫民老师抓拍了下来，30 多年过去，如今 70 多岁的老爷爷又遇到了年轻的自己。

"今天，就把它买下吧！" 相信也只有在书店，才会发生这样温情的故事。

璞玉书店所在的这栋楼是 20 世纪昆明轻工业五朵金花之一的山茶电视机厂的老厂房。有一次我在巡店的时候，看见一位有些奇怪的中年男子，带着厚厚的眼镜，在璞玉转了好多圈，每个区域都会仔细打量，时而看书，时而打量书店空间。

我礼貌地上前询问，得知他以前就是山茶电视机厂的老职工，现在退休了，对这栋楼保有浓厚的感情，看到如今一家书店静态演绎着城市的文化故事，他特别感慨和激动。

我们经常会遇到热心的读者，送吃的喝的，还有鲜花，非常不好意思，但读者要求我们一定要收下。三年疫情已经过去，之前有朋友说，特别担心璞玉撑不下去，所以招呼身边的朋友一起来买书。这句话无论什么时候，都能温暖到心窝里。

璞玉書店
C&F BOOKSTORE

书店地址：云南省昆明市东风东路 86 号 C86 山茶坊一层

开业时间：2018 年 3 月

书店格言：和读者一起认知自我，了解世界

微信公众号：璞玉书店

小红书账号：璞玉书店

19 旷昔在野，书山行人

牧　一
稻城及所主理人

为什么是书店?

“已经16年了啊。”浑然不觉,我的书店人生已经走过十数年。正是应了那句话：郁郁黄花，无非般若。

“2007年大学即将毕业，人生、前途、方向悉数渺茫，惶惶不可终日。在冬日傍晚，走进了成府路上的雨枫书馆。被昏黄的灯光吸引且温暖到，瞬间的触动，就此开启了一位迷茫的年轻人和书店的缘分。”在很多次讲述与书店缘分的故事里，我都是这样向大家介绍的。

的确，书店之于我，或者之于诸位，都是理想之存在。但是这一理想的存在，在16年后，回首书店生涯的时候，却有了不同的诠释。

2007年，在心情烦闷为床位租金一筹莫展的灰暗时刻，我被雨枫书馆的一盏灯吸引进去。一进门就看见吧台的一位工作人员在低眉看书。我不自觉地跟着在角落里读了半晌，走出书店时，两人对视，我不由自主地问了一句：请问，这里招聘兼职吗?

她向我点点头，微笑着说，假期的时候需要人，你有空吗?于是，就这样开启了我的书店人生。起初，是为了生存。那时候，理想是别人编织的梦幻之城，我被吸引进去，直到6年之后，我才学会如何编织自己的书店之城。

书店是一门生意还是坚守情怀?

2008年，我正式成为雨枫书馆的全职店员，和雨枫的创始人许春宇共同工作了 6 年，也共同经历了书店的诸多悲欢离合。她在我 20 岁到 30 岁的 10 年间，带给了我很重要的价值观：诚实、长情、不作恶……她是我人生的导师。

人、事、物，都自有来去。2014 年，我独立出来开设了雨枫书馆百盛店。自此，开启了真正意义上的创业之路，缺少许姐的庇护，我似乎一夜之间长大了。

在雨枫书馆工作期间，有一位叫马强的同事，他是北京地质大学的硕士研究生，从读硕到毕业后两三年的时间里，在雨枫书馆做兼职一路成长为店长。他耿直、可爱，经常为了帮读者找一本书，顺着梯子爬上爬下；为了经营好书店，废寝忘食，甚至彻夜不眠。我知道，他真的喜欢书店。

为什么会提起他？故事是这样的：几年后，他离开雨枫，回到山西老家做了公务员。后来他和我说，人生最美好、最幸福的时光

是在雨枫书馆的那5年。他说："在中国，每个城市都应该有好的书店，我虽然回了老家，但是我从未忘记书店的梦想，我一直在等一个机会，时常研究怎么开一家持续良好经营的书店。比如在县城，书店是什么？大家去书店做什么？书店怎么盈利，怎么加盟，怎么连锁……我一直在研究，思考，以后我还要开书店……"

于是，开书店也变成了我的执念。

我想，在某种意义上，书店人对书店的喜与忧、爱与愁非常矛盾，希望书店生存得长久，再长久一些，若没有对书店的偏爱，何来坚守呢。想要守护一座城市里的书店，是被书店滋养后的反哺之情。马强，我相信你一定会在山西开起你的书店，期待。

经营书店是一种浪漫？

我从书店学徒做起，走过十数年的光景，对书店的经营之道浅浅地做了几种总结，姑且听一听吧。

独立书店的经营之道，视主理人对于阅读、从业经验和人生态度而定，具有较强的个性化，因此不易、不宜快速复制或者连锁化。

民营连锁品牌书店的经营之道，视主营团队的品牌蓝图和企业发展的诉求而定。例如，民营出版公司在上市之后，会收购线下书店或者投资实体书店。又例如，民营公司获取商业融资后，会在一段时间内迅速投店，占据市场，提高品牌的知名度等。

国营书店的经营之道，视集团对项目的多维衡量。例如，出版社下属的书店空间，具有社会价值、企业责任或者文化便民等多角度平衡，也有经济收益等因素的考量。

从其他行业跨界到书店的经营之道，大多希望通过图书的“文化调性”提升主业的服务升级。例如，MUJI 酒店的书店部分，或者设计（建筑）事务所、自媒体、潮牌等释放部分空间用来做书店，将其专精的选书开放给读者，从而实现某种意义上的跨界尝试。咖啡、茶饮与书店的契合度也非常高，成为当下的标准配置。

如果，再深度追问，到底什么才是好的书店？

我心中有自己的答案。我并不排斥任何大众类型的综合书店，也不追捧选书个性化的小众书店。我欣赏且愿意学习的是，书店，坚定、清醒、安静；读者，被阅读滋养，引发新思考，积蓄能量，再出发。

因为，我们皆知，城市人在奔跑的同时，很多东西容易被遗忘或忽略，时常处于忙碌之中，而书店恰恰提供了这样一处场所，引导人们停下来，探索身边的美好事物，关注内心的成长与变化。这就是书店的魅力所在。

与此同时，书店人在默默地践行一种设想：书店作为非纯商业性的行业，一定会在商业环境中绽放独特的魅力和价值。这种未知的可能性常常存在于意外当中。这是自相矛盾的书店主曾说的话，对书店文化价值的笃定，对其经营却用“意外”模糊，听起来，既不职业，也不专业。

其实，不然。如果你当面问我，我会给出非常详细的预算、经营模块、图书选品、辅助经营及经营红线。这是基本功课，人人学习数月皆可得之，但是，书店本身是一座梦幻之城，是书店人的基于理想生活的想象，将这种想象照进现实，才让一众读者

DAWN CITY BOOKS

Books of DC Books
共同的生命线
后巷说百物语

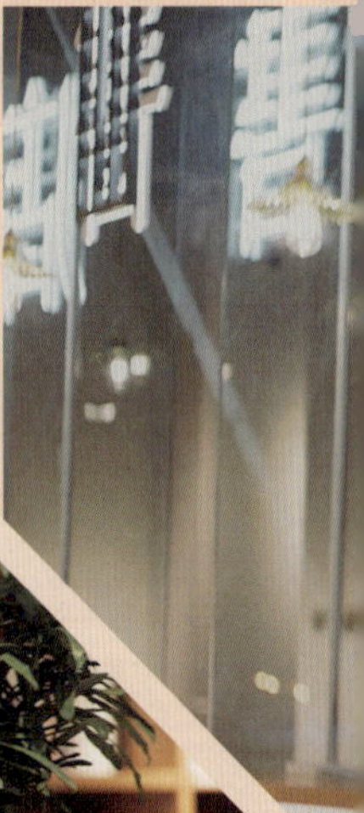

为之倾心，并且愿意光顾，写下感人的寄语或者离开后的怀念。

在雨枫和稻诚的经营之中，我就是依据这样的理念，不断变化经营思路，附以茶、咖啡或者依周边居民之所需，开设青少年托管服务等，让孩子们在书店长大，因此频频收获了经营上的意外所得。

说到“意外”之得，想要分享一则“不在书店的书店人”的故事。我有一位挚友，也是在雨枫书馆工作的老同事，人称莫克GG，他是北京交通大学毕业的，却因热爱书店，在书店工作多年，后来从事医疗行业，却已经将书店刻入骨髓。

2019年，上海稻城书店闭店后，我得到一个新的机会，在北京开设新书店。在上海书店经营的挫败下，我忐忑地接下长安商场的项目后，这位莫克GG第一时间伸出支持的援手，他说：“你放手去做，我会全力支持你。”

“为何？”我问他。他说：“医疗行业处处壁垒，需要付出十二分精力去拼去抢，但一想到书店，内心就会柔软，回到书店擦擦玻璃感觉都是幸福的。牧一，你在守护大家的柔软之地，所以，放手去做吧。”

老实说，我被这份支持感动得热泪盈眶，很久之后，依然感到温暖。因为书店情缘，我结识了很多像莫克GG这样的挚友，得友如此，人生何求！意料之外，情理之中。

书店空间，大而全还是小而精？

近些年，不少大型连锁书店的经营困境被媒体报道后，引起读者的唏嘘和遗憾。在我看来，这就是品牌快速扩张导致的，当初面对媒体的美誉及称赞，我内心忧心忡忡，略有悲观。

为什么会有此悲观的态度？我有自己的考量。

首先，图书的定价标准和利润标准，开始就要设定好，从单位计算坪效来看，商品的溢价空间被锁死（除却特别的书籍，比如签名、珍藏、绝版等），加以网店动辄 5 折及折上折的冲击，读者大概率会选择网购图书，所以线下书店存在动销慢、折扣高、利润低的死循环。

其次，如果空间过大，即便空间成本低之又低，也势必增加图书存量、跨界品类、人员配置、管理难度等。举例来说，有读者吐槽，“哎呀，这家书店书太多太杂，找到喜欢的书太难了，和书城没啥区别”，兴趣就会降低。反之，尽管一家小书店，存书可能只有几百册或上千册，但读者会因为其专业又精准的选书，赞叹不已，继而成为书店的常客。

再如，你可能不敢恭维很多书店的跨界。比如咖啡制作标准化，昂贵且难以入口，如若不是贪恋书店座位的舒适性和移动办公的刚需，很难仅仅为了咖啡而光顾书店。我们发现，那些饮品、咖啡的专售店，常常门庭若市。

最后，文创是很多大型书店的主要跨界品类。但常听到书店经营者说，文创占据了较多空间，很难提高应有的收益。进入此类循环后，慢慢地书籍杂乱无序，文创产品难以流通，饮品服务差强人意，书店只剩下空荡荡的寂寥了。

基于此，对于书店人而言，尤其是独立书店从业者，不如从小而精开始一家书店吧。

卖书可以成为主营吗？

卖书可以成为主营吗？答案是肯定的，但有很多前置条件。我们还是举例附以说明，最近我非常在意书店经营的两个属性：明确的标签化；令人心动的策划和营销，事半功倍。

2022年，我参与了一家自媒体从线上转到线下的经营案例。自媒体是行业内熟知的，出版资源手到拈来。主理人兴奋地说，我们就做独立出版品牌的书籍，给每一家出版品牌设一个专架，设计精美的册页，将这些出版品牌的名称、理念及出版特色面对面呈现给读者，一定是的书店创举。我双手赞同，且热情参与。结果是，惨遭重大打击，三个月内，每个月售书不过三两千元。

沮丧后才发现，对大部分读者而言，出版公司的名字和理念并不是他们所关心的，或者确认之后默默关注了品牌公众号，成了品牌的导流者。那么，书店何以为生呢？

痛定思痛之后，主理人说，不如策划一期某出版品牌的微瑕书吧，可以比网店折扣低一些，缺点就是略有瑕疵。我和店长一脸质疑，且一致反对：不要做这种无用功，没有人会因为你的折扣低蜂拥而至，而且微瑕书不退不换，购进大几千的书，卖不出去怎么办？争执的结果是主理人说，不试试怎么知道行不通呢？

于是，主理人带着小伙伴们风风火火到出版品牌的库房，将那些库存书一堆一堆地找出来，选品、汇款、发货。与此同时，自媒体的伙伴们和出版品牌的营销编辑为此次的微瑕书大会积极拟定主题、营销广告语。

一个出版品牌，两个星期的售卖周期，平均销售额 10 万 +，毛利 40%。又成功策划了数场活动，主理人宣布此模式行得通。于是，在商业地产邀请下，成功以微瑕书店的模式进驻其商业，而且除了书，什么都不卖！

这就回到了此前我们说的“意外”。品牌主理人也成功将自媒体转型到线上和线下相结合的模式，营业额较此前线上的单一模式增长了几倍！重新获得经营书店的信心后，他说：我不是不知道卖咖啡的利润高，但我们是开书店的，不就是要想方设法把书卖给读者吗？

当线下书店受疫情影响，他又积极开通网络直播，售卖出版品牌盲袋，一时间因完美的策划和营销在线上又卖掉了几千份，数目惊人。我看着他带领着小伙伴们打包、发货，忙得不亦乐乎，却开心至极。

我为之备受鼓舞的同时，也总结了两点前置条件：一是给读者明确的信号，45 折卖书！二是不要放弃网络营销和网络销售，用精准的文案许用户以期待——拯救书籍大作战！试问，谁不想成为书籍的守护者呢？所以，他成功地走出了一条新路，相信，大家也可以！

在书店，践行不完美的人生

城市居民正在经历着前所未有的匆忙，焦虑感也在倍速增长。成年人的崩溃，往往就在一瞬间，不仅来自现实生活的重压，人工智能的压迫感也在迅速袭来。听说 ChatGPT 已经成功将部分受捧职业逐渐贬为失业 TOP10 了。

同时，人们也正在需要前所未有的生活松弛感。书店的机会就这样悄无声息地来临了。我跟一些同行老师分享的时候说：嗨，咱们书店的黄金时代又来了，上一次还是遥远的 2010 年。那时，商业地产邀请了一批实体书店入驻，雨枫书馆得以很快很好的发展。单向街从圆明园搬到闹市区，一路跌宕，起飞到现在成为“个性文化”的代名词。

但与此同时，对于书店品牌和团队经营的考验也随之而来，不管结果如何，书店人和书店梦从未消亡，如之前所说，人与事都有来去，书店永远不会拒绝任何一位走进它的人。

我对未来书店的理解非常简单直接，做垂直细分领域的书店人吧。

书店地址：北京市西城区复兴门外大街 15 号长安商场 2–218 号

首店开业时间：2017 年 5 月 18 日

书店格言：脚步到不了的地方，阅读可以

小红书账号：DCBOOKS 稻城及所

20 笑把流光付与书

顾　楠
邺架轩阅读体验书店店长

卖却屋边三亩地，添成窗下一床书

我今年30岁，在书店工作第六年。25岁以前，我从未想过在书店工作，对于书店，我和多数人一样，只是个顾客。

讲述在书店工作的事情之前，先讲讲我上学时和书店的故事。在书店工作，是因为我喜欢书店，而喜欢书店又源于喜欢阅读。

在我上小学六年级时，一家书店来学校售书。我清楚记得，在一间单独的教室里，摆满了《史记故事》之类的青少年读物。花一元钱，我买了一本《唐诗三百首》，那是我和书店的第一次关联。

到了读初中时，我喜欢上历史和文学，不满足于课堂和课本的知识，便从每顿饭节省下一块钱，等积攒到十几、二十元时，就会兴冲冲地去逛书店。

当年东北的县级小城市能有什么像样的书店呢？但对当时的我来说，感觉已经非常不错了，可以称得上“大观”。如果购买教辅书，我经常会去一家位于市中心区的书店，兼卖文史类书籍，具体书目我早已忘却，似乎署名游戏主人撰写的《笑林广记》和全文言的《聊斋志异》是从那里买的。

当时最爱逛的是另一家位于东街的书店，名字记不清了，每次都是利用午休时间去逛。书店分为地上、地下两层，一层销售教辅、杂志和文学畅销书，地下多是历史古籍类。印象中，地下的书架高处常年放着一套丛书，约有百余册，内容包罗经史子集，32 开平装，每本书都不是很厚，曾经翻看过其中一本《后汉书》，内页纸色大抵黄绿偏暗，拿在手里非常舒适，让我垂涎，可一看定价 2000 余元，只能望而兴叹。我能购买的书，只有一些节选的普及本，例如《三国志》《世说新语》等，每本书仅须花 8—10 元而已，但阅读的乐趣和对知识的获取却是无价的。

购买《围城》《牛棚杂忆》《朱元璋传》等书的时候，已是我读高中的事了。当时离学校不远就有一家书店，于是我成了常客。这家书店面积较小，只有一层，以文学类为主，店员很热情，图书时常更新，且无货的书还可以订购。其时，我是“百家讲坛”的粉丝，书出必买，经常委托店员代为订购，她们从不厌烦，每次记录下书名，一个星期左右便可到货。取书时，经常会遇到同样喜欢阅读的同学和店员愉快地聊天，这应该是我偏爱这家书店的缘由吧。

印象最深、对我冲击最大的，还是去逛省会的书城。到了那里，顿觉双眼不够使用，书城有好多层，上下楼要坐扶梯，图书分类多且细致，数量也很可观，令没见过世面的我目不暇接，足可以逛上一整天。余秋雨的书和《明朝那些事儿》系列都是在这里购读的，今天不宜平价淘到的上海社会科学院出版的《全球通史》和范文澜、蔡美彪编写的精装带函套的《中国通史》，当时只是书架上的普通一员。

当我工作之后再去逛这家书城时，发现图书的数量虽然还是很多，但有一半空间已经腾租给其他商户了。我也未能免俗，开始从网上购书了。

网购图书至今也有10年了。从痴迷《红楼梦》时购买的诸多影印本，到从“中商”入手《岭南风土丛书》，在藏书渐丰的同时，以一个顾客的身份来看，我和书店的关系却是逐渐疏远了。来到北京之后，发现书店资源极为丰富，三联韬奋书店、涵芬楼书店、万圣书园、野草书店、豆瓣书店……但逛书店的热情和对书店的依赖，与上学时相比已经大大减少。特别喜欢的书店仍会抽出时间去逛，但购读已主要依靠网络。

“买书如山倒，读书如抽丝。”我也成了其中一员。书买多了，阅读的速度跟不上，却还在不停购买，以致经济拮据。我的购书，从早年无奈选择廉价的节选本，到追求版本，甚至因为痴迷图书装帧设计，翻看专业书和图册，还收藏了《春琴抄》《雪国》《罗生门》等日本文学的原版复刻本。很难说是不是收藏癖在作怪，但市面上特装书的热销证明了吾道不孤。从阅读到赏玩，从如数家珍到非登记目录不能记清，也许是许多读书人、买书人都要经历或正在经历的过程。

我越来越觉得在网络高度发达、信息爆炸的今天，纸质书的封面和用纸应该更精致一些；除内容经典之外，还应具有欣赏甚至收藏的价值。当然，过度装潢和盲目追求装帧是不可取的，这些都需要出版方和读者进行良好的沟通与互动。

从逛实体书店到网购图书，从阅读到收藏，拉拉杂杂谈了许多，似乎与我在书店工作无关。一直以来面对书店，我都是作为一个顾客出现，对书店的运营没有任何了解，直到5年前，进入郲架轩工作才发生改变。

科学科普精品图书
中华优秀传统文化精品图书

兀坐书林自切磋，阅人应似阅书多

我曾做过一年钳工，每天夜里和扳手、改锥、阀门打交道，到了白天则不停地搜书、阅读。其间，《讲谈社·中国的历史》简体中文版首次面世，电商的满减促销缓缓拉开序幕。离开钳工岗位后，偶然看到书店招聘，并没有过多思考便投了一份简历，拉着装有简单行囊和几本书的行李箱只身跑到北京，面试成功后就开始了在邺架轩书店的工作。

“邺侯家多书，插架三万轴。”这是韩愈《送诸葛觉往随州读书》中的诗句。邺侯，即李泌，后以“邺架”比喻藏书处。因为清华大学校歌有句“左图右史，邺架巍巍，致知穷理，学古探微”，“邺架轩”之名即来源于此。

邺架轩面积有600多平方米，店内陈列着精选的5000多种、1万余册人文社科类图书，从“校长荐书区”到“本校学者作品区”，从“中华优秀传统文化精品图书区”到“系列活动主题图书区”……主题化的展示方式，加上满墙颇具学术分量和规模的“汉译世界学术名著丛书”“中华现代学术名著丛书”，以及来自多家优秀出版社和出版品牌的重点新书和经典图书，默默传递着书店的理念：做一家既有深度又有温度的大学书店。

每当夜深之时，作为清华园里首家24小时书店，依然灯光明亮，一张张专注读书的面孔让人感受到阅读的力量从未停息。在活动交流区内，每隔一段时间，就会举办国内外知名的学者参与的“邺架轩·作者面对面”“邺架轩读书沙龙”等系列活动，展开一次又一次人文学术的对话、思想的交流、智慧的碰撞和文化的传承。

书店每个月都会评选出“最受本校师生欢迎的10本书”，经常上榜的图书既有《我们仨》《活着》《乡土中国》《万历十五年》等经典作品，也有本校学者新出版的学术著作，充分证明了书店的选书理念是正确的——“书贵精，不贵多”“既关注经典，又关注前沿”。

选书是一件枯燥又自得其乐的事，枯燥是因为需要浏览大量的表格，里面包含书名、作者、出版时间、图书简介等密集的信息，足以让人看得眼花乃至头痛，但对于一个爱书、渴望获取图书信息的人来说，同时又有着许多人体会不到的快乐。

除了选书，送书也是店员的职责所在，无论是学生宿舍、办公楼宇、老师家里，还是社区图书室，都留下了我们的足迹和汗水，套用一句老话就是“五年如一日”。

说到工作5年之久，之所以用“久”来形容，是因为大家都知道，书店的工作人员流动性非常大。这一行与其他行业相比工资不高，升职加薪的空间也比较有限，但对工作要求并不低，不仅要爱书、爱读书、懂书，还要善于和人沟通交流，既要时时关注出版资讯，又要及时跟进读者的需求。如鱼饮水，冷暖自知。

从一个不会打包、不知道码洋为何物的“小白”，到图书业务的负责人兼任店长，一路走来，我真诚地感谢书店领导在工作乃至生活中的信任和帮助，同事们的支持和配合也是必不可少的，同行业许多老师的指点更使我获益良多。

对于书店，我也多了一重身份，不再和上学时一样单纯是书店的顾客。选书、分类、上架……我的身份发生了180度的转变。

在工作时，订购哪些书不能只凭自己的喜好，而要结合书店的定位、内容的可读性、图书的经典性及读者的需求等综合考量，进哪些书、每个品种进几本、分到哪个类别、如何陈列……都是一门学问，更是一份职责，值得多花一些心思的。

工作之余，有时间我也去其他书店逛逛，一方面是寻求心头所好，另一方面也是观察学习，看看别家书店上新了哪些书、如何分类和摆放。这时，我的身份又变得微妙起来，在买书的顾客和书店工作者之间穿越。“它山之石，可以攻玉”，多向他人借鉴学习是有好处的，但最终还是要走自己的路。

在书店工作时间长了，一些固有的看法也发生了极大转变。在书店工作，不能抱着能看闲书的心态，而是要配合管理、做好业务、懂得经营，同时还要保持阅读的习惯，对书更要多过眼和多上手。书店的图书品类和陈列都是动态的，要不停地更新调整。

在书店工作，要学会做“杂家”，学习了解很多东西，装帧设计、作者译者、学术分科……不需要样样精通，但一定要广博。因为书店的读者是广博的，如果不时时学习，与时俱进，难免用时会捉襟见肘。

和顾客的交流互动，无论是看到老师的学科书单、学校的推荐书目，还是感受年轻人的温和礼貌、老年人的谆谆教诲……都能令人受益，也让我受到鞭策：我应该用更好的图书选品和更热情的服务态度回馈他们，满足他们对书的需求，以此感谢他们对书店的信任。

在疫情之前，一位在外国留学的朋友回国，专程到书店看望，还给我们带了点心，因为他出国之前在书店工作过一段时间；每年秋天，一位同事都会从陕西寄来几箱猕猴桃，这是她自己家里种的，每到成熟的季节都会邮寄到书店送给大家尝鲜，却不肯接受书店回赠的礼物；曾经在书店勤工俭学的同学，回学校时都会抽出时间到书店看看，和店员打声招呼，攀谈一会儿，备感亲切……

陈列的书含心血，迎客的店有温情。这并不是一句空话，虽是一句自夸之言，但邺架轩做到了！

邺架轩

书店地址：北京市海淀区清华大学图书馆北楼（李文正馆）G层

开业时间：2017年4月23日

书店格言：服务阅读，引领阅读

微信公众号：邺架轩阅读体验书店

城市文化空间

21 普禾是谷穗，更是种子

王　弘
普禾书吧创始人

引　子

“普禾”二字，可解读为，普利万物，禾而不争。老子云：天下莫柔弱于水，而攻坚强者莫之能胜。此乃柔德。水润泽万物，这就是中国传统的君子之风。

普禾的 LOGO 是甲骨文书写的“禾”字，也是一株下垂的沉甸甸的谷穗。普禾从 9 年前的一粒种子，一点点地在各个城市扎根、发芽，以“服务阅读群体、优化生活方式、发现人生可能、拓展生命边界”为使命，愿以微光，引亮炬火，在探索、试错、纠错、打磨、迭代中前行。

缘　起

我自幼喜欢阅读，一本书我能安安静静地阅读几个小时，甚至忘了喝水吃饭。作为军人家庭的孩子，我做事效率很高，生活节奏也很快，不停地在路上奔波，不停地约见形形色色的人，谈项目、谈合作……常常在忙碌之余有一种隐隐的冲动，像小时候那样坐下来安安静静地阅读一本书，可是，这么简单的想法竟然成了奢望。

与此同时，我的生活中也遇到了各种问题，想不通也找不到答案，在那段极度困惑的时期，身边的亲友乃至伴侣都无法帮我找到解决问题的方法，唯有依靠读书去寻求突破口。当时，特别希望在物欲喧哗里，在名利角逐里，有一间静室，让我坐下来，洗涤劳碌的风尘，抛开鼎沸的浮躁，享受阅读一本书的愉悦。这个想法从心底冒出来之后，就再也不能释怀，于是就有了普禾书吧。

普禾书吧的第一家店位于滨州一栋古朴的二层小楼，只有180平方米。书店借助小楼里原有的部分陈设，准备了7天就开门纳客，书架上摆放的书来自我家里的藏书和几位好朋友的支持，那一天是2014年7月18日。

从2014年的建立第一家书吧时，普禾的运营里就有一个独特的元素——会员制。我们打造了“你的书房”概念，为会员提供阅读需求。我把家中的部分藏书搬来，又采购了一批图书，大约占据了总书目的三分之二。她把剩余的三分之一空缺预留出来，等待普禾书吧的会员罗列想要阅读的书目，拉出感兴趣的书单，我们根据书目、书单再采购回来，满足会员在阅读上的需要。

2014 年普禾书吧滨州店开业以后，我们找到了属于普禾的另一种可能——自修室，为那些想要读书、学习、备考却找不到合适环境的人打造一个空间。在普禾，有的人为了考试备战在通宵达旦，有的人为了提高自我修养在彻夜读书，有的人为了提升职场竞争力在充电加油。普禾为众多的大学生和想要提升自身的人独辟蹊径。

在普禾书吧兼职的学生，我们称为“小普禾”，这些学生既热爱书籍又想接触社会，所以到普禾开启“斜杠人生”。也正是因为在普禾书吧被爱读书的读者感染，他们更加热爱阅读，也更深刻理解学习的意义。

2016 年 9 月 18 日，普禾书吧的第一家分店落户美丽的历史文化名城成都，在这个以休闲著称的城市，普禾书吧跻身于酒吧、茶社之间毫不逊色，以独特的文化魅力吸引了许许多多的孤独求索者，成为他们灵魂的休憩驿站。城市一隅，有这样一个充满诚意与创意的生活美学体验馆，低调内敛，温馨文艺——好书如雨，普润心禾，这就是普禾书吧！

发　展

我应邀参观青岛城发投资集团在西海岸新区开发的三美·云街项目。在现场，我被那栋大尖顶加大落地窗的玻璃立面房子深深吸引了，它看上去就像个水晶城堡，既遗世独立又与周边建筑相应和，当时脑子里突然蹦出“面朝大海，春暖花开”的场景，我觉得这栋房子承载了我对书店的所有想象。

不过，我并没有被房子的颜值冲昏头脑，接下来用一周的时间仔细考察了周边环境和地理位置，发现往来的年轻人很多，非常富有朝气和活力，而附近恰恰缺少一家书店为年轻读者提供服务。

我之所以选择青岛这座城市，其实首先看重的是经济因素。普禾青岛店所在的西海岸新区，当年不仅是第九个国家级新区，2020 年还在山东省 136 个县（市、区）中 GDP 排名第一。经济的发展会吸引大量人才涌入，这也是书店落地的另一个要素。根据相关统计，过去 10 年西海岸新区人口增量超过 51 万，位居青岛第一。新区高校林立，高校师生是潜在的文化消费主力军，未来书店大有可为。

我感觉青岛是一个非常重视文化质感的城市，有大量的人依然保持着阅读习惯，追求生活品质，到青岛开书店，不但有好的

受众基础和市场前景，还能结交很多志同道合的朋友。

书店就是要了解在一定距离之内的潜在读者，他们有怎样的知识背景、阅读需求，书店要怎样选书、布置店面、提供附加服务，才能更好地服务这些“近处”的读者。

独特的地理优势和空间方位，为书店的差异化提供了可能，即便是同一家书店的服务内容、方式和定位，也不会一成不变，一定会随着客群需求的变化而不断调整，这也是普禾书吧能够常开常新的核心。

9 年的时间，普禾结识了众多作家、学者和艺术家，他们的浪漫情怀和文化底蕴令我深深折服。

思　考

普禾书吧，拥有非常多的书。书这东西，不能说读得越多就越好，也不能说卖得越多就越好。但现在仍然有那么多的人愿意为了阅读而前往书店，花钱买书，并且将书珍惜地捧

在手里阅读，的确是一件值得动容的事情。

普禾书吧看见的不只是“书”，更是“人”。从对人的关怀与服务出发，抵达与人的沟通和理解，书是一条船，帮助我们看见人、理解人、关注人。

在9年的时光里，普禾的经营理念由北向南蔓延，驻扎在香气与时尚相碰撞的成都，而后，枣庄店、济宁店、东营店、黄岛店、沈阳店、常德店等相继开业，普禾书吧在各个城市都有因地制宜的会员制，但普禾的使命始终不变，那就是“服务阅读群体、优化生活方式、发现人生可能、拓展生命边界”，我们将始终坚守这个使命，在每个城市因地制宜地为当地会员提供服务。

最初，普禾的发展比较缓慢，通过举办各种沙龙吸引热爱阅读的朋友，慢慢地建立了自己的普禾书友会，拥有了忠实于阅读的一大批会员朋友。从这时起，普禾拥有了“桥梁”的功能，一方面连接人与人之间的沟通，让不同的思想在普禾碰撞交流，产生新的火花；另一方面，连接读者与神秘的未知世界，让书籍打开新世界的大门，拓宽读者的生命边界。

经过多年的发展和商业模式的打磨，普禾书吧以“城市 文化 空间”为核心定位，打造集阅读、休闲、文化活动等于一体的复合空间，构筑起传统书店、图书馆、休闲咖啡、文化沙龙、文创产品、自修空间、创投孵化为一体的文化生活体验中心，以阅读为核心、服务阅读群体、汇集各个领域的精英，打造城市文化社交平台，普禾书吧犹如一粒粒种子，撒播在更广茂的土地上，扎根、发芽，以其独特的品牌文化和空间运营，被更多的人所熟识。

升 级

三年疫情，普禾书吧也面临巨大的挑战。我们在北京寻找合伙人时的策划文案，或许能更好地展现当年的心情和状态：

普禾的LOGO是一株谷穗，我们曾将自己比拟为一粒种子

三年疫情，这粒种子被埋进沙漠，2023年的春天，她还活着，郁郁葱葱

我们的理想是将社区书店开遍中国，我们相信，虽然嘲笑比相信浓稠

春种一粒粟，秋收万颗子，很多人只会背诵，把它当成诗

却不愿意去犁开泥土，洒下希望，奔向远方

无论何时，人总要在乌云周围寻索浪漫的微光活下去

普禾用9年的时间，去验证那套并不“高大上”的商业逻辑

我们相信希望、梦想、机缘，更坚守逻辑、数据和结果

世界上没有毫无理由的横空出世，所谓的运气好，不过是因为他们时刻准备着

那些苟且的时光，那些苦痛的日子，不是没有经历，而是你不知道

三年疫情对普禾书吧来说，是一次难得的修炼内功的机会，我们研发了“大人的绘本对话”——“不是小孩”，研发了“喜悦会”

读书沙龙，打造了“小酒会”“全民书房”“脱口秀”“西海之船”等诸多探索和尝试。

普禾书吧的“不是小孩”是一群大人的绘本对话，也是一场关于生命体悟的分享，每个周三的晚上，会员们从四面八方相聚在普禾，从绘本的一个个故事、一幅幅图画、一段段文字中去感悟生命的精彩和美好。

2022 年 6 月，“不是小孩”开启领读师的培养计划，即“涟漪计划”，借助涟漪计划，普禾的内部会员和加盟商们有了自己的领读师团队，“不是小孩”的领读师队伍从 1 人发展到 15 人，从绘本的品类、形式和呈现方式，从层次和内容方面都得到了进一步提升，借助于线下的场域构建和用户体验，与线上的平台和用户形成链接，将“不是小孩”的品牌力量进一步扩大，通过打造“不是小孩”的 IP，丰富和完善“不是小孩”的商业模型，继续扩大和推进领读师的数量和领读能力，让“不是小孩”连接更多热爱绘本的人，为其打开人生的新天地。

2022年，普禾开启“喜阅会”读书沙龙，向普禾会员和外部喜欢阅读的人开放，每个月两本书，领读书目与选读书目交相辉映，鸟随鸾凤，人伴贤良。普禾“喜阅会”在每个周五的晚上，向全城招募喜欢阅读的人。同时还与全国各地知名的作家连线直播，开启线上线下互动模式，开启主题阅读+专家分享模式，构筑新的阅读模式。我们在这里看见世界的广阔，读懂生命的温度。

2022年，普禾通过构建“学友”伙伴，即小学生、初中生、高中生在普禾自修室里学习，成为好伙伴，彼此之间相互监督，每天打卡，“小普禾”负责与家长保持密切沟通，也让家长对孩子一天的学习轨迹有更好的了解。自修室里的沉浸式学习氛围，让孩子们慢慢地养成学习的主动性、自律性，克服暑假期间的懒散、拖拉等小毛病，让孩子们在这里度过一个高效、成长、快乐的美好时光。

学友计划一经推出，两周的时间自修室座位爆满，连我们的“小普禾”也只能将座位空出来，留给那些慕名而来的学友。与书结伴，因书会友。学友计划，2022年打开遇见普禾的另一种可能。

2023年，普禾书吧进一步扩大城市文化空间的公益属性，将黄岛店的上千本好书免费向全城居民开放，不收取任何费用，同时再次升级会员服务内容，带动周边的加盟店也加入城市书房的公益建设中来。

普禾书吧在不断探索和思考，如何让社区与居民、公益与阅读更加有效地结合，与周边社区的更多书友建立起深层次的阅读链接，构建一个人与文化、人与生活、人与人之间的链接空间，将普禾的使命——“服务阅读群体、优化生活方式、发现人生可能、拓展生命边界”全面升级深化，让更多的人在普禾感受美好、追求希望，从思想找到哲思，从劳碌觅见闲适，在普禾获得一份心灵的平静，在平静中滋养生命的力量。

希　望

普禾不仅是一家复合型的书店，也是一家成长型的书店。不管哪个时代，无论哪一代人，都会有自己的热爱与坚持。从 0 到 1 永远是最难迈出的一步，但从 1 到无限大，却要付出更多。

普禾的未来在更远的无限的远方，因为无论什么时候，总会有人热爱阅读，真正爱书的人，哪怕是在手机阅读和聆听的时代，依旧会买一本纸质书来读。正是有读者这样的笃定和坚持，普禾才能走到今天；也正是因为这样的笃定和坚持，普禾向往着更加美好的未来。

今后，普禾依然会继续搭建桥梁，搭建人与人之间的纽带，帮助年轻人实现创业梦想，拉近亲子、朋友和情侣之间的关系，让阅读与人更亲密；修建一条回归之路，继续利用自修室让为生计奔波的人们回归到美好的学生时代，为不同年龄段的追梦人提供平台，帮助他们打开一扇通往更加美好人生的大门。

我最大的希望就是，各个城市角落里都开满普禾，每年去各个城市探店，帮助他们解决问题，然后在书店里点一杯茶，静静地看书。

我们始终以书店为核心，心系每一座城市的文化未来，因为普禾的未来和每一座城市的未来息息相关。未来，普禾将继续扎根于城市，打造每一个温暖的心灵栖息地，提升人们的生活质感，激发人们的阅读热情，让所有年龄群都能去感知知识的火光。

普禾书吧，或许会成为人们生活中一支重要的笔，书写更有新意和创造力的生活，触摸最灿烂的文化艺术，寻找更有趣的思想和更浩瀚的未来。

PUHE READING SPACE
普禾書吧

普禾书吧滨州店：山东省滨州市滨城区黄河五路大学饭店1楼

普禾书吧黄岛店：山东省青岛市黄岛区香江二路三美云街76号

首店开店时间：2014年7月18日

微信公众号：普禾书吧城市文化空间

钢铁月球
FANTASY BOOKSTORE
幻想书店
重庆方圆LIVE店
开业
酬宾
活动1
活动2
大众点评打卡签到，即送价值8元美漫体验刊一册。
活动3
关注【钢铁月球幻想书店】公众号，激活会员可领【新会员礼券：满100-8】、【开业礼券200-15】，开业礼券仅限5月20日-21日重庆店使用，详情见礼券使用规则。
活动4

22 做有趣的二次元书店

曹　蕾
钢铁月球书店品牌主理人

从线上到线下

在做实体书店前，我已经有差不多 6 年的线上开店经验。

2018 年，在成都宽窄巷子附近，我曾开过一家美漫主题的实体书店。那时候，“钢铁月球”这个书店品牌，其实在很多欧美漫画的读者群体里已经是比较有知名度的。

事实证明，因为出版的特殊性和受众群体的小众性、分散性，像生活大爆炸里斯图尔特那样的美式漫画书店，在国内是走不通的，成都的实体店就是属于展示功效比实际销售更强大。

2021 年年初，北京西单华威商场通过朋友联系我，他们正在商场内打造一条符合年轻受众群体的特色街区，想引入一家书店，通过考量觉得钢铁月球书店十分符合客群的定位。虽然那时受大环境影响，书店本身资金也十分紧张，但是，谁能拒绝在北京核心商圈拥有一家实体漫画书店的诱惑呢？此时的我跟合伙人头脑发热，一拍即合。

当然，也不仅仅是凭着冲动做事，多年行业的经验和敏锐度告诉我，书店转型是必须要做的事。

于是在短短 6 个月内，我完成了北京华威商场店的开业，成都店向商业购物中心的搬迁，并将内容重心转移到了原创、日系、悬疑推理等更为大众接受和熟知的领域。总之，虚构类一直是书店的内容主体，为了省去频繁解释的麻烦，我们把自己称为“二次元书店”。

挺过了疫情最艰难的那段时间，钢铁月球幻想书店生存了下

来，并且在 2023 年 5 月开启了上海苏河湾万象城精选店和重庆观音桥方圆 LIVE 直营店。

不做“网红书店”

在开业初始，“网红书店”这个概念十分流行，各家都在宣传“最美书店”。

但对我来说，一则是装修成本不允许，二则特色书店的作用是吸引同类，便于共同爱好者找到需要的东西。而我们的书店对于普通顾客来说，对这类题材不感兴趣的可能都不会有进来逛逛的欲望，但无论是科幻、奇幻、游戏、日漫、科普、悬疑推理……只要遇到对其中一项感兴趣的，可能就会不由自主踏进来看看的。无论热圈还是冷圈，都可以在我们这里找到自己喜欢的东西，如此打卡拍照、做“网红”就没必要了，找寻自己的记忆、情怀、爱好和归属感，才是读者们关注的重点。而有了对内容的关注和热爱，才会产生消费，继而良性循环，书店有了收入，读者也收获快乐。

我们热衷于在每一家实体书店摆一些标志性的大玩具。比如，北京华威商场店的“宇宙大帝”，这是孩之宝全球众筹的一款最大体积的变形金刚玩具；在重庆店展示的是 Prime 1 Studios 出品的变形金刚漂移雕像。欢迎大家来拍照打卡，一个书店仿佛一个常年开设的小型漫展，至于装修得漂亮不漂亮，其实没有那么重要。

我的很多亲戚朋友听说我开实体书店，都问我，现在抖音卖书很火啊，你怎么不在抖音卖？干吗要开实体书店呢？

的确，抖音、京东、当当、淘宝……线上各个平台对书业零售的围追堵截重点在折扣上，看多了会觉得实体书店可能没有存在的必要，似乎都是卖卖咖啡装装样子。

但是，网上购物其实很难有惊喜的。看不到实物，没有真实感。除非自主搜索具体产品，否则推送给你的其实都是平台想要你看到的，有广告、有宣推，根据你的日常习惯推送给你的大数据，这些真的是你想要的吗？大家只能在信息茧房里努力寻找出路。

而实体书店，是真实的在地感受。一个架子一个架子地寻找惊喜，每周或每个月去都会有新品上架，有样书可以翻阅，有实物可以感受尺寸和质感，能和店员或者相同爱好的顾客讨论交流，对品相有要求的还可以挑选最完美的那一本立刻带走，而不是提心吊胆地担心物流途中谁又在暴力“虐”我的快递。

我对这个时代什么都要追求大数据而感到厌烦，我想努力打造一个充满氛围感且舒适宽松的可以顺畅沟通的空间，这一切不是为了制造大数据或者刻意构建，我们专注的是顾客发自内心的爱好。

我遇到过在线上买了三回退了三回，最终还是回到我们书店买书的顾客。他想收藏一本精装漫画，但线上平台包了个普通袋子就递送，结果书角严重破损，这是只计成本不讲体验的做法。

我们书店也不是完全不打折，除了出版社规定原价销售的一些产品外，我们会在力所能及的情况下，为读者们争取一些优惠，如五折产品，甚至特价专柜，它们可能存在一些瑕疵，但并不影响阅读，有缘人自然会把它们带回家。

“二次元”不是一个年龄词

提起二次元，可能很多成年人，尤其是家长，感观上第一反应会觉得“不务正业”“看闲书”“奇装异服”……但对于生于20世纪80年代初的我来说，这些都是少年时代延续至今的热血与梦想。

有时候，总觉得孩子们是很不容易的，少年时对虚构题材的爱好往往被家长判定为“不务正业”，成年后又常常被商家包装的“情怀”产品过度消费。而当你变为成年人时，也会对下一代

青少年的爱好不能理解。如此循环，其实大家都不容易。

谁也不能保证人生一帆风顺，如果没有感受过少时的热血和意气风发，没有在文学作品中体验过不同的世界，如何扛住漫漫人生中遇到的各种坎坷？而各类题材的游戏、漫画、动画，其实也是给涉世未深的青少年提供不同的人生体验。

我希望我的书店是给青少年朋友带来认同感、给成年朋友带来安全感的一方天地。

在书店有各类经典作品，怀念童年的成年人不会觉得尴尬，因为我们都是“资深二次元”；踌躇满志的青少年也能找到自己喜欢的 IP 和作品。

有一次，在书店里，一位妈妈指着漫画书架对和她差不多高的女儿说：“这些都是妈妈小时候看过的。”我很喜欢这一幕。

包容与理解，是钢铁月球做实体书店的基础理念。

钢铁月球，有一颗柔软的心

不止一个人问过书店为什么要叫“钢铁月球”，有些星球大战的爱好者们还会问是不是和星战里的死星有关系。其实并没有，在我和合伙人的想象里，这里会是人类在太空中离地球最近的堡垒，承载着平行世界里好友们的故事，一个充满了理科男特征的直白且浪漫的名字。

也可能是因为这个名字，从美漫书店到科幻书店，很多人对我们书店的认知一直都比较硬核。但每一次和合作伙伴聊到客群分析时，他们都会惊讶女性客群数量的庞大。

和男性用户群体不同的是，对于同一个题材，女性受众群体更乐于购买内容性的产品，而图书是首选。她们乐于分享对内容的感受、创作衍生作品，与相同爱好的朋友交流，并且拥有更长久的 IP 忠诚度。

现实社会中拥有的刻板印象，似乎女生不懂“美漫”，看不懂“科幻”，每次漫威电影、科幻电影上映的时候，各种营销号

就会以“女生看不懂”来炒作刷流量。但事实上，我们的女性客人，既对钢铁侠的盔甲型号如数家珍，又对虚拟偶像的漫画故事乐在其中。

在我看来，从来就没有什么男性题材和女性题材之分，有的只有男性作者创作的作品和女性作者创作的作品。我们会竭力创造一个平等而舒适的空间。

在疫情期间，书店里没什么人，有一位喜欢科幻作品的小姑娘曾和我聊了一个上午，彼此都感受到了“自己人”的快乐。

魔法就是接受新事物

其实，我们也是一个很“俗气”的书店，面对的主要受众群是年轻群体，书店选品尤为重要。

作为一名年过不惑已婚已育的女性主理人，我对于属于年轻人的文化的接受和了解程度，并不是被动的。作为80后，我也有我的优势，了解大部分经典二次元作品。这些年，我从来没有放松对于新生事物的关注，好奇心是魔法，包容度是秘诀。无论是原创、日系、欧美，还是主机游戏、热门手游、潮玩IP，包括名家漫展、同人文化，我都有涉猎或者亲身参与。2021年夏天，我参观一个业内知名的漫展，戴着口罩，仅入场就步行了近8公里，靠的就是一腔热爱、一种执着。

对于选品，我和我的合伙人是完全有信心的，不会仅凭热爱就盲目，我们从各个角度去体验目前的流行文化，从更广泛的商业逻辑角度去分析，选择更适合书店的品类。

坚持做一家有趣的书店

其实，从各方面来说，除了疫情期间的三年，我开实体书店还算是比较顺利的。

大环境原因造成的书业困境是所有书店都要面对的，所以在发展上，我们选择了稳扎稳打，甚至融资都不是最重要的事情。资本介入后要飞速发展，而发展过快，可能会面临后劲不足、管理脱节的问题，这些都是要靠稳扎稳打才能慢慢积累经验。

从北京华威商场店到重庆方圆 LIVE 店，从装修和规划上，钢铁月球已经拥有了一个质的飞跃，当然其间也交了不少学费。

把自己喜欢的事情做成事业，是需要清醒的头脑和抗压能力的。我一直对自己强调的是，不能被一时的成功或者小圈子里的称赞迷住双眼，如何优化产品、加强自身的经营强项，才是重点。目前是三座城市三家书店，但我的未来规划中，有的城市会拓展书店，有的城市会考虑更换选址。开店如人生，就

是一场场的摸索与实践。

经营实体书店是一件充满乐趣的事情。对于拥有共同爱好的顾客，钢铁月球的实体书店就像一个个不收摊的漫展，在这里没有条条框框的限制，大家很容易沟通交流，互相理解，这就是最有趣的一件事情了。

钢铁月球®
IRON MOON
FANTASY BOOKSTORE

华威商场店地址：北京市西城区华威商场三楼（超级可爱市场内）

天府红购物中心店地址：四川省成都市锦江区天府红购物中心五层

方圆 LIVE 店地址：重庆市江北区观音桥步行街方圆 LIVE 购物中心 LG002

苏河湾万象城店地址：上海市福建北路 100 号苏河湾万象天地 LG276

商场首店开业时间：2012 年 4 月 10 日

书店格言：一家有趣的二次元书店

微信公众号：钢铁月球幻想书店

23 我就是要开一家书店

Leo
德芭与彩虹书店创始人

某个念头，打断你原本平静的生活，仿佛要寻求一种叫作“意义”的东西。

——猫糊糊　2009

2009年，豆瓣上出现了一篇《我就是想开一家书店》的帖子，引起了数以万计网友的关注。如今这家名为“德芭与彩虹”的书店已经14岁了。

创始人“猫糊糊”塑造了一家温暖的优选书店，为爱书人提供舒适的阅读空间，出售书籍、咖啡和杂货，另有自助出版和订书服务，全年无休。这家开创了体验式消费的“家一样温暖的书店”，在读者体验、阅读推广等方面获得了读者的认可，自有品牌“德芭与彩虹”在读者群中知名度很高，逐步成为武汉地区标志性的独立书店之一。

这也是武汉地区复合型书店的起点。

今天又被问道：“你做得这么困难，干吗不把书店都关掉？”唉，关于这个问题，懂我的人不会问，问我的人不会懂。为别人也为自己，尽全力将书店不停地开下去，这就是我的目标。

——猫糊糊　2010

德芭的血液里蕴藏着敢为人先、勇于尝试的基因：第一家体验式书店、第一家深夜书房、推广藏书票和倡导藏书文化、免费借阅童书、全价售书、在书店内引入图书馆、在优质商业地段选址，等等，无不是当时的创举。这家爱折腾的书店就像一个成长中的

孩子，敢想、好动、勇于尝试，一直在探索属于自己、适合自己的道路，并且敢于为此付出代价。

重要的不是人们如何看待我，重要的是人们如何看待我们的产品。所以，请别在乎我，请在乎我们的书店。

——猫糊糊　2012

德芭之所以是德芭，用心而已。精选的优质图书、免费的雨伞、定期更换的鲜花、始终保持安静的书店环境、煞费苦心为书友淘到绝版好书，并始终贯彻“积极、乐观、包容、分享”的书店内核和敢为人先的试错精神，从猫糊糊这个弱小的躯体里萌发、生长，并感染身边的每一个人。用心做事，温柔对待每一个人、每一件事，从自己做起，从身边做起，也许真的就能慢慢地改变世界。

一间小小的书店，也许能改变世界。

——猫糊糊　2013

好好照顾我的花。

——猫糊糊　2014

2014年，书店创始人猫糊糊因病离世，作为共同创始人，作为她的爱人，我会继续前行。

自成立至今的14年间，德芭与彩虹书店尝试开办过多种类型的实体书店：从写字楼到商业街、从文化园区到星级酒店、从旅游景区到营销中心……虽有挫折，却从未放弃。历经艰辛，依然不忘初心。

德芭与彩虹1.0的实验版已经结束了，她再美好、再让人依依不舍，也没有必要重复。德芭与彩虹开启“前店后厂主题书店”2.0版的探索，更有价值。

2019年年底，筹备德芭西北湖店的工作因为疫情原因不得不暂停。其间，我闭关设计了一套关于本土植物主题的科普散文集，深深体会到我们的衣食住行无不取自于自然界，在自然面前人类是多么渺小无知，小小星球上的悲欢离合、种族繁衍、社会发展无不早早就被大自然写下注脚，正如这套《草木闲趣》序言里写的“自然是人的来处，也是人的归所”。于是，新店定位以“自然、博物、科普”方向开始萌发。

小众视角（自然科学）+大众市场（产品角度）+竞争缺位（书店角度）+产品空白（在地化）+政策导向（青山绿水），再加上新店坐落于城市中心的湖畔林间，自然主题书店的构想逐渐成熟。

阅读是一座随身携带的避难所。

——2020

2020年6月，德芭与彩虹新店开业。

新的德芭与彩虹书店关注自然科普，以新书分享、读书交流、文学沙龙、科普教育、艺术展览、创意市集等文化活动服务读者，是集自然主题图书经营、科普读物策划设计、在地文创产品研发、公益城市书房服务为一体的新型阅读空间。

新在哪里？

自然读书会

以“德芭自然读书会”为阅读活动抓手，邀请知名院校、科研院所、专业协会的专家学者，如中国科学院水生生物研究所张先锋、中国气象局暴雨研究所万蓉、武汉大学生命科学院杜巍、武汉市观鸟协会颜军、华中农业大学农作物专家汪波、本土科普作家刘从康、国际微距摄影师袁明辉、鱼类科普专家张国刚、武

汉园林科学研究院董立坤等数十位大咖开设公益讲座，已举办100余场公益读书活动，线上线下参与者数百万人次，深受读者尤其是亲子家庭的欢迎。

此外结合本地专家资源，以“城市地理”“鸟类与湿地”“身边的自然”“二十四节气”“西北湖之约”等为主题，组织小型书展及作者读者间的交流活动。同时举办主题摄影展览、户外体验、自然观察、创作分享、互动游戏、自然美学、主题音乐会等多种科普文化活动。

前店后厂

在主题书店的基础，向上下游延展业务是德芭书店经营模式的创新之一。以博物书店为创作基地和交流平台，德芭聚拢了一批优秀的本土科普作家和画家，持续打造本土主题的自然、科普类文化产品。

目前已有100多款产品面世，涵盖文创、图书、工艺品等多个类别，取得了较好的经济收益；其中《100位科学家的中国梦》《窗外的鸟》《武汉鸟类图鉴》《草木闲趣》《一本会奔跑的书》《航空航天纺织品探秘》等多种图书分别荣获中国好书奖、中国自然好书奖、中国出版传媒商报年度影响力图书、中国科普作家协会优秀科普作品奖等。

在前店后厂的模式中，如何保证德芭书店打造的产品，不论是纸质书、文创还是活动，读者愿意接受、市场愿意买单？一是高品质，科学性与艺术性的融合；二是在地化，高度本土化，具有独特性甚至是唯一性；三是持续性，深度挖掘，形成产品矩阵。

德芭与作者共同策划出版和研发产品，在书店空间里展示和销售产品。作者在书店空间向读者宣讲，通过持续性公益读书科普活动培育潜在消费者，同时发掘更多的潜在作者。这就是德芭书店正在探索的“作者、作品和市场”组成的小小的自然生态圈。

德芭非常清楚自己的定位和方向，现阶段最重要最需要的不是机会、资金或业务，而是时间；俗语道“将军赶路，不追小兔”，我们需要更多时间投入自己擅长的领域，把内容吃透、抓紧时间完善。明白“放弃什么”重于“抓住什么”，这也是德芭前10年摸爬滚打走过弯路之后积累下的战略定力。

目前，德芭旗下文化品牌有主打小而美的德芭与彩虹书店、被誉为武汉文化专卖店的汉口书局、专注于本土内容开发的蓓尔出版。我们期待未来立足于独立书店，将德芭与彩虹打造成一个特色鲜明、优质精良的文化品牌。

馆店融合

2019年筹备新店同时，重新思考新阶段实体书店存在的价值和意义。我将其定位为“社会公共基础文化设施”，从这个角度看，书店的公益属性增强、商业性减弱是必然趋势。

机缘巧合，2021年武汉市首批城市书房项目之“江汉城市书房”在德芭书店落地。仅一年的时间，服务读者5万余人次，形成了“馆店融合”的新型业态和运营模式。图书馆提供数千册自然科普类图书和联网设备，既可在店内阅览亦可持证外借；书店向公众提供服务，在开放时间和地理空间上与图书馆服务互为有益补充。通过书店+图书馆的合作模式，在强化主题书店定位、全民阅读资源互补等多个层面，德芭书店正在探索新的路径。

在德芭，你会发现，身边的一草一木被画到了书里，周围的花鸟鱼虫被写到了文中。听风在耳畔摩挲柳叶，看鸟儿在草坪上散步，让书籍唤醒你心中对自然的渴望。

人生无非两件事：拥有爱，拥有热爱。每个人都有自己的兴趣点，只有不计投入、不求回报、长期坚持的事情，才可能是真正有价值的事业。

我毕业于武汉大学编辑出版专业，从一开始就把做出版、开

中法环境月
MOIS FRANCO-CHINOIS
DE L'ENVIRONNEMENT

书店视为“乐事”。如何把这件事做到既自我满足又服务社会，是德芭书店的研究课题；如何在擅长的领域不可替代，也是德芭一直在追求的目标。

目前是德芭书店店面数量最少的时候，也是最快乐、最轻松、最有动力的阶段。有时候向死而生，才会豁然开朗，经营书店亦然。书店重新轻装上阵，经营上不再细扣一书一茶的销售，心态上不再受困于实体店面的限制。发挥特长，把爱好与工作高度结合，工作就是享受快乐的过程。这才是快乐之源。

绘本《花婆婆》提道：“你必须做点什么让世界变得更美丽。”这句话让我印象深刻。很多事情的价值，不能单纯用经济来衡量。历经 14 年起伏飘摇，从未改变的是德芭与彩虹的小小愿景：“Better world，Better life.（更好的世界，更好的人生。）”

我有一家书店，面朝湖水，春暖花开。

我们德芭见。

书店地址：湖北省武汉市江汉区黄孝西路西北湖公园

开业时间：2009 年 7 月 6 日

书店格言：Better world，Better life

微信公众号：德芭与彩虹书店

24 闯进童年的书店

唐国良
东大书店创始人

择一城终老，开一店相守。

我生于江南古镇木渎，想做一个阅读推广者、公益助力者、诚信经营者、摄影爱好者、探访世界的行者……在千年古城苏州，开一家书店，给喜欢阅读的人留一个安静的角落，和志同道合的人聊一聊人生和故事，希望能给读者带来甜美的回忆。

2004 年 9 月 6 日，是我不会忘记的日子。上小学三年级的儿子放学回来，嚷着要买《现代汉语词典》，让我忆起自己上初中时，为了省几毛钱，硬是与母亲一起走了三个多小时到城里买词典的往事，同时，也激活了藏在我心里多年的梦——在自己家附近开一家书店，大家就不用跑那么远的路去买书了。

时过境迁，家乡在大时代的背景下已被拆迁，当年的梦想已不可能实现。但从那一刻起，开书店的种子已经深深地种在了我的心里。从此，几乎所有空余时间都用来调研，调研苏州古城周边小镇的人口结构、经济状况等等。

经过连续几个月的调研，对苏州古城周边各乡镇的人文、环境及未来发展的规划等基础信息有了大致了解，经过综合考虑，最终选择在苏州城北新成立的相城区陆慕镇试水，圆自己的梦。

说实话，当时的我心挺大，想着将来把书店发展到东方最大的书店，就起了“东大书店”的名字。总预算只有两万元，要把整个书店支撑起来，方方面面都需省钱，门面租小点儿，大约 20 平方米，刷墙、买材料、搭书架、采购图书……都是我自己一个人干，前前后后一共花了 9 天时间，一个有模有样的文艺小书店出现在了陆慕街头。

书店试营业，我心里美滋滋的。但隔行如隔山，对书店行业的不熟悉，对周边的读者群和主要消费群体没有做深入了解，一个月下来，书店的营收还不够自己每天来回的车马费，骨感的现实令我迎来了开店以来的第一次深刻思考。

只能再采用老办法——调研，调研其他书店的客流群体，再进行分析对比，最终理智告诉我——转型，从文艺小书店转为读者真正需要的书店。说转就转，就东大书店周边环境，店内不但增加了教辅图书，还增加了文具等产品，虽然违背了自己开书店的初衷，心里实在不好受，但为了生存，增加书店的消费群体，我做到了来店的学生及家长不需跑第二家店，就能解决其学习所需的一揽子事。

因为书店面积小，没有空间做之前设想过的计划：如组建读书会、举办读书交流活动等。但还得聚人气啊，不善言辞的我只能硬着头皮和别人交流，从周末来书店的孩子开始着手。距离书店 200 米有一所高中，当年苏州的高中每周放假一天，周六晚上回家，周日中午返校，周日下午有两三个小时的空闲时间，孩子们有时会来书店里转转。我和孩子们畅谈理想、畅聊人生，讨论书籍对人生的影响……后来，我的书店成了孩子们周末交流聚会的场所，营业额自然也上去了。直到现在，有些读者变成了老朋友，他们的孩子也来书店买书、看书，逢年过节还会给我发信息，这是我开书店以来最大的收获和幸福。

2007 年年底，东大书店开店已两年有余，与台湾旅游回来的朋友喝茶时，说起台湾有家诚品书店，还有好几十家分店，对我触动很大，我决定也去台湾走一走，看一看人家是怎么开书店的。

台湾之旅于 2008 年 10 月成行，我利用晚上自由活动的时间脱团走访，对台湾的人文、风俗及书店情况等有了初步了解，也思考了很多问题，慢慢有了把自己的小书店也开大做强的想法。

2010 年大年初五的早上，书店刚开门就有人来发售房、租房的小广告，我鬼使神差地接过认真看起来，有个商业综合体距离书店二三百米远，还有铺位在招租，寻思着客流应该会很大，把书店开大的时机到了。

当年5月，我再次前往台湾，重点了解台南和高雄的书店。此行高雄诚品书店（大远百店）给我的影响非常深刻，一是其在百货大楼里；二是在17楼；三是别具一格的设计风格；四是人流量不错……在回程的飞机上，我就构想把自己的书店开到商业综合体靠近电梯的商场二楼，那有个200平方米的铺面。

第二天，看房子、谈租金，没用1小时就谈定了5年的租房合同，接着用20天的时间，按照自己的思路设想，回顾着脑海中的诚品书店，装修了一家现在还令人回味的新书店：充分利用层高，局部做成两层，不但办公室、仓库解决了，还增加了读者在店看书的空间。书店面积大了，书品自然多了，作家座谈的地方也有了，外乡镇的读者也来店里购书了，客流成倍增加，销售也数倍增长……

2012年，考虑到较远乡镇的读者购书问题，我又开办了第二家乡镇书店——黄埭镇东大书店。

2013年5月初，苏州轨道交通2号线还没开通，但附近商业综合楼已开始出租，因是第三方代理出租，大家对情况不清楚，都不敢承租。这时，我了解到东大书店附近的阳澄湖中路站二楼整层（750平方米）的房租，比我现在的书店（180平方米）房租高不了多少时，我的心又动了，于是没去现场就签了整层整租10年的合同。

当带着图纸拿着钥匙来到现场的时候，我茫然了，有点不知所措，反问自己："有这么多资金开这么大一个书店吗？"当然没有。但站在空荡荡的房屋中央盯着图纸的我，心却平静下来，没有一丝焦虑，也许是内心想把书店开得再大一点的想法占据决定地位吧。

很快，我就有了新的设想，楼层里面的大部分空间做书店，一小部分隔成四个房间做培训，靠外面的好位置转租出去，说不定还能租个好价格。因工作以来养成了今天事今天毕的习惯，马上联系装修的朋友看现场。我随即画起整个区域的划分及书店布置图，等装修的朋友一到，已把现场的装修设计方案如数家珍地说了一遍，且做了详细安排，并提出做一个免费借阅区。不到两小时，一家新书店的装修设想就这样交接完成了，最后分手时，我跟朋友说："明天我要去西藏旅行，大概6月7日回来，6月9日书店搬迁到位，可不可以？"得到的答复是："没问题。"

这次书店搬家之后面积更大了，来书店做讲座的作家更多了，书品自然也更多了，合作办的作文班、培训班也风生水起，一切都很顺利。可大半年过去，想转租出去的黄金位置却毫无动静。

看着一直空置的“黄金地带”，索性跟回时髦，再做一个书吧，咖啡什么的都配齐，但因诸多原因，一直没有起色。随着店里销售的进一步提升，为方便读者阅读，书吧营运不满半年，我又把书店与书吧之间的隔墙统统拆掉，做成了一整层的真正意义上的方便读者的社区型书店。

随着国家对全民阅读及文化传承的重视，近几年与书萌创始人 Sally、书店人石头一起书店行，结合听到的、看到的以及自身情况，我们已在尝试书店新的转型和新的营运模式——合作开办社区型书店，2023 年 5 家合作书店已全部营业。整合社区书店和农家书屋的所长，构建全民阅读实践点，通过社区书店打通社区居民阅读屏障的最后一公里，打造“15 分钟阅读圈”，让更多的市民享受到“家门口”的阅读，在社区书店这个公共文化空间里创造阅读与生活的无限可能。

回首这些年，东大书店的定位在我的脑海中一直非常清晰——打造真正为周边居民服务的文化中心，一个可以让大家静下来、慢下来的文化空间。我们开的是一家让读者喜欢的书店，为了服务好读者，邀请作家、学者到店举办公益讲座，设置免费阅读区，举办各类公益性比赛等，东大书店及全体员工始终主动承担着服务社会的责任。

东大书店是一家注重诚信的书店。读者想要寻觅的书，我们会竭尽全力为他们调货。有些难以找到的书，我们通过各种渠道淘到后，不仅不会涨价，还按书店原有定价体系的相应折扣卖给读者。我们把每一个来书店的读者都当作朋友，只挣该挣的钱。

疫情期间，为了满足读者的阅读需要，在遵守各项防疫规定的前提下，我们为读者提供图书包邮、免费无接触配送服务。那段时间，只能安排一个人配书、送书，实在忙不过来，来不及统计谁付了钱，谁还没付，索性给读者留个字条："谢谢您对东大书店的信任和支持，请待疫情结束后再到书店付款。"最终，20多万的书款一分不少。

太多这样的小事，数不胜数，既温暖彼此，又增加了书店与读者之间的默契。

说实话，开书店以来，我最大的压力就是如何让员工获得更高的收入，在书店工作得更快乐。希望团队的每一位小伙伴都热爱阅读，在阅读中提升自我。

随着时代前进的步伐及自己对书店的理解，我想以后的书店是一个街区、一个社区文化的缩影，是小而精、精而全的书店，根据辖区的居民结构对图书类别有侧重点的书店，能让更多市民享受到“家门口”阅读的书店。

脚踏实地，开一家读者喜欢的书店。

阅进童年的书店
东大书店

元和店地址：江苏省苏州轨道交通 2 号线阳澄湖中路站二楼

黄埭店地址：江苏省苏州市相城区黄埭镇春光路 36 号

元和塘 · 华元店地址：江苏省苏州市相城区元和街道小外滩 6 号楼中厅

元和塘 · 依云店地址：江苏省苏州市相城区依云水岸 0 幢 105 室

元和塘 · 元和之春店地址：江苏省苏州市相城区元和之春社区中心二楼

元和塘 · 东朱巷店地址：江苏省苏州市相城区朱巷社区中心三楼

首店开业时间：2005 年 6 月 9 日

书店格言：创造阅读与生活的无限可能

微信公众号：东大书店

后记 难道我们真的不需要书店了吗？

孙 谦

我是一个书店人，毕业之后就一直在书店工作，算来已经是第 15 个年头了。说起来，也是经历过书店开店就赚钱的时光。彼时我负责的 PAGEONE 三里屯店，一年销售 2000 万以上。每年跟随老板去法兰克福采购外版图书的时候，我都觉得这个行业真的太美好了，身体和灵魂都在路上。

那时，我从来没有想过，有一天电商打折售书成了普遍现象，出版社的编辑们开始自产自销，而书店原价卖书反而成了众矢之的。

当图书销售的合理利润被强行剥夺，大多数的书店都不得不变成了有书的咖啡馆。那么，我们究竟需要的是书店还是星巴克？

此时，在键盘上敲下这些文字时，我正身处西红门鸿坤广场的星巴克内。店内近百个座位，空余的并不多了。

这些日子，因为筹备新项目，我和团队的小伙伴们一直在此办公，早上不到 9 点就来，晚上 9 点才离开，6 个人点 6 杯咖啡。不仅如此，因为嗓子最近一直刺痛，我还不断地去前台要热水泡罗汉果喝。但，我们没有一次被摆脸色。

有时，我们太累了，连吃饭都不想换地，于是午餐和晚餐就都在这里解决。算下来，在这里办公一天，我们占用3张桌子，6个座位，平均一天的消费是200—500元之间。取个平均值，客单价是50元。这里有100个座位，如果所有的人都像我们一样，那这里一天的收入是5000元。但，其实翻台率是远远大于1的，而且很多人买周边和会员卡。如此算下来，这家地处北京南四环外位置并不算太好的星巴克，日销售额应该在2万元左右，面积300平方米，大概六七个员工，是一家盈利的店。

那么，我们开书店的人，为什么不在书店办公呢？

首先，距我们项目最近的书店在两公里之外，是一家购物中心里的书店，开门时间是早上10点，而我们9点之前就要开始办公了。

第二，在书店里长期盘踞，会有负罪感。通常书店的餐饮区都很小，座位有限，我们占用了，其他流动的顾客就没有位置了。

第三，书店里只有饮品，没有简餐。

第四，书店太安静了，不敢说话。我们办公难免要接打电话，讨论问题。在书店，很多时候是不被允许的。

第五，书店点单不方便，在星巴克可以用“啡快”下单，既可以积分，又不用和前台打交道，饮品做好去取就可以。非常适合在极度疲惫下不愿多说一句话的我。

在星巴克久了，我一直在思考，难道我们真的不需要书店了吗？要知道，我正在带团队筹备新书店啊！

怎么办？

首先，新书店要有大量的座位，仅供阅读的座位、可以办公的座位、可以聊天的座位等。（是的，我们的新书店也是300平方米，

如果把所有能坐人的地方都算上，大概能坐下 50 个人）

其次，提供不离开座位也能点单的小程序，让消费者想静静就静静。增加三明治、面包等可以吃饱的简易食品。

第三，凡点单入座的客人，待多久也不给脸色。

第四，动静分离。阅读区要求安静，咖啡区欢迎大家来办公。

第五，设置萌娃专用场地，再闹腾也不怕。电视、画板墙、玩具、绘本等，一应俱全，统统安排。

第六，图书选品，除了满足大众的经典著作和畅销图书，更多地选择和实体书店关系紧密的新兴独立出版品牌，凸显重点，并提供广告位。同时置换更加优惠的供货条件，让利给读者。尽量使读者在书店买书和在电商买书没有价格差异。

第七，与出版品牌深度合作。在店内设置电子购书屏，宣传新书、好书，提供一键下单服务。书店不采购图书，也能实现分销。

第八，引入线上服务。小书店没有能力自己开发线上的各种服务，所以我选择了十点读书（因为十点有自己的书店，更懂书店人的痛点）。负责和我对接的俞正辉老师非常支持我的想法，我们在店内设置十点听书专区，设置配套试听设备和引导试听卡片。

在筹备新书店的这段时间，我住在南城的一家园区酒店，散步时看到窗台上有一个盒子印着“把店开进消费者的手机里”。

不用多说，星巴克很早就有了自己的 APP。可是市面上绝大多数的书店没有实力开发自己的 APP，做得好一点的有微信公众号和微商城。而消费者不会专程去一家书店的微商城里去买书。

诚然，就经济实力而论，一家个人或民营资本开的小书店，无法和星巴克这样的跨国企业比肩。那么，我们能不能想办法利用已有的资源，让消费者有可能也在自己的手机里看到书店呢？譬如：

可不可以重点关注能盈利的书：特价书、绝版书、特版书、小众书……找到这些和电商有差异化的图书产品，让读书人愿意常常打开手机看一看，并在店里淘到心仪的好书。

能不能采用和消费者手机互动的点单方式，在连接 Wi-Fi 的时候，设置关注微信公众号的页面，打开微商城时推送一些特色图书。

考虑会员积分或联合其他品牌的方式，增加消费者的黏性。

建立社群，融入读者生活中的社群。每个书店都有自己所在的社区，和社区居民打成一片，不仅邀请大家进群，书店员工更要主动和读者交朋友，融入读者生活中的社群里，让书店品牌时刻出现在读者的手机里。

我们的新书店，相邻 500 米是星巴克，对面是麦当劳，但我们是书店，有咖啡更有好书。而星巴克和麦当劳，没有书。

我想，也许，你需要的只是一家书店！

钢铁月球®
IRON MOON
FANTASY BOOKSTORE

门洞裡書店
MentallyBooks®

DAWN CITY BOOKS
DC
稻誠及所

闯进童年的书店
东·大·书·店
始于2005

德芭与彩虹®书店
better world
better life

璞玉書店
C&F BOOKSTORE

RootLand 野梨树书店

一書书店
ONE BOOK ONE WEEK

读旧书店
城市记忆文化站
广州

|鏡中|
IN THE
MIRROR

PUHE READING SPACE
普禾書吧

目录

读高中时，他很喜欢她身上散发出来的洗衣皂的味道，于是跑到超市把所有的洗衣皂都闻了一遍，最后找到她用的那款洗衣皂，他洗了自己的白衬衫，穿到教室里对她说，你闻一下，今天我们是同一种味道的。

当年在一起的时候，我跟他说起澎河图书馆的事情，他大言不惭地说过要用演出赚的钱帮我实现梦想，这些钱虽然砌一面墙都不够，但多少也是一种兑现。

地狱拉面是刀锋书酒馆里的保留菜品，开店这些年以来，因为故事动人让我下厨的人其实不少，但是吃过地狱拉面的人却屈指可数。正是如此，店里的地狱拉面在网络上变成了一个神秘的传说……

044　长岛冰茶与失眠症

这幢 300 多米高的大厦整个外墙同时也是一面顶天立地的巨型广告屏，上面经常会显示“重庆你好”四个字，已经成为重庆的宣传地标。而此时此刻，重庆环球金融中心的巨型广告屏赫然显示的是“安心我喜欢你”！

058　健力士与瑞士军刀

霞光从山的背后照耀天际，像是引燃了一片火，烧化了天上的铁，云彩就是流动的铁水，黄得绚烂，红得通亮，还有黑色、白色、黛色分层浸染出无法描述的渐变色……

080　鸡汁抄手与胶片机

所有的爱都会过去，恨也一样，希望云淡风轻的那一天，你再来到刀锋书酒馆，我会请你喝一杯酒。

096　牛肉饭与《月亮与六便士》

我就是要像《月亮与六便士》里的思特里克兰德那样，追求内心深处最深沉的热爱，实现生命的终极意义，那才是天上的月亮，目前的生活，都是散落一地的六便士。

112　威士忌与《青春咖啡馆》

到底什么是真实呢？或许是因为我已经看过《青春咖啡馆》这本书……武断地认为一个找不到他者旁证的人是不真实的，最终反而是我将虚构当作了真实。记忆不是凝固的，只要人还在生活，就可以继续创造和书写，铸造他人的记忆，同时也是在铸刻时间。

128　炸藕夹与《情人》

将 Wi-Fi 密码写了 100 张小纸条，藏在书架上的书里，给出一个线索让客人自己去找。“除莫言以外，获得过诺贝尔文学奖的作家作品里都藏有 Wi-Fi 密码纸条，请自行寻找。”

144　耶加雪菲与《牧羊少年奇幻之旅》

读书越多，困惑也越多。这是每一个热爱读书的人都会碰到的阶段，最终，有些人选择在知识和理性的海洋里继续远航，有些人纵身一跃，跳回坚实的陆地。

160　莫吉托与马拉松

聂鲁达说，爱情太短，而遗忘太长。遗忘这件事情，依靠的不是记忆力的丧失，而是感觉的消弭，在一次又一次的想念之中，在酒精与眼泪之中，痛觉不断地被弱化，直到有一天，你终于拥有了一次平平淡淡的想念，那便是遗忘的开端。

小野回赠我一幅小画，主画面是一个空心人，身体里密密麻麻地堆叠着日月星辰、山川草木、狸猫羊鹿，而在空心人的右上方，还有一个月亮一样的人脸，映入了空心人的眼眸。小野说：“我没见过老板娘，但我知道她是怎样的存在。”

黎美嘉给蜥蜴取名叫“阿索”，因为那阵子她刚读完《惶然录》，彻底迷上了佩索阿，她兴奋地和我说：“我实在太喜欢佩索阿了，我跟他太像了，我们思考的东西、看待世界的角度，甚至生活的方式几乎一模一样，而且他是会计，我也是会计，我简直是佩索阿附体。”

就像用微波炉做太阳煎蛋一样，只要流程和参数不变，就会永远保持它的完美外形和千篇一律的味道。但当幸福感退却之后，你才会发觉还是慢慢煎的太阳煎蛋更好吃，因为它有缺点，有变化，也有滋味。

我一如既往地每天夜间守店，给客人调酒做菜，没人的时候看看书，慢慢动笔写下其中一些故事，日子就这样一天天过去，如同一条平静缓慢流淌的河，我不知道它将流向何处，但我知道它终将汇入大海。

THE RAZOR'S EDGE

剃刀锋利，越之不易，智者有云，得渡人稀。

蛋包饭与一生所爱

我写过一篇小说名叫《30岁的女人》，里面有个苏小姐，长得好看又善良，30岁了依然还是单身。苏小姐其实是从我认识的两个朋友身上拼凑出来的形象，她们都是30岁左右，长得漂亮，活得精致，身边不乏追求者，却又因为各种原因无法顺利地恋爱。小说里苏小姐和初恋男友分手5年后依然对他念念不忘，结果前男友离婚之后主动找她复合之时，她却如同大梦初醒，选择了一直追求她的老王。后面这些情节都是我虚构出来的，虚构自然可以卖弄机巧，然而现实却毫无玄机可言，如台风过境，扫荡一切虚妄。

第一次出现在刀锋书酒馆的那一年，李心慕正好是30岁的年纪。

但是直到她第三次来店里的时候，我们才算是认识，为此她记恨了好久，时不时用这件事情拿我开涮："老板店里每天进进出

读高中时，他很喜欢她身上散发出来的洗衣皂的味道，
于是跑到超市把所有的洗衣皂都闻了一遍，
最后找到她用的那款洗衣皂，他洗了自己的白衬衫，
穿到教室里对她说，你闻一下，
今天我们是同一种味道的。

出这么多年轻漂亮的姑娘，当然不会在意我这个年老色衰的老女人咯。”

如果一个女人老是用这样的话来贬低自己，通常说明她们对自己是有一定自信的，李心慕也是如此。面容依然姣好，身材依然窈窕，精致的妆容和充满活力的言语让她的年龄成为男人不敢轻易猜测的谜题，同时又会很轻易地为她沉迷。至于为什么前两次我都没有记住她，大概是因为她都是和朋友一起来的，聊天、喝咖啡、看书，最后直接走了，与绝大多数的客人没有什么两样。

所有的相遇都需要时机，背后的逻辑就是缘分的深浅。有些人只是在人群中打了个照面，有些人却可以相识、相知，进而影响彼此的生活轨迹。

第三次，李心慕是一个人来的，带着笔记本电脑加班，期间

不停地走出去打电话，走进来发邮件，直到晚上 9 点多钟，她才合上笔记本电脑，长舒了一口气，走到吧台对我说："老板，再给我来一壶青梅酒。"

我说："可以是可以，但是要提醒你一下，我们 10 点钟打烊。"

她看了一眼手表："已经 9 点半了，老板这是成心要赶我走，是吧？"

"没有啊，你还可以坐半个小时，我怕你到时候酒没喝完，心有不甘。"

"你们打烊太早了，喝酒不都要到深夜吗？你们这样还怎么卖酒？"

我嘿嘿一笑："我们店的打烊时间是弹性的，如果你有好故事能讲给我听，你想待到凌晨两点都没问题，还可以免费送你酒喝，如果饿了，我还可以亲自下厨房做宵夜。"

她看了我一眼，懒洋洋地问："有什么吃的啊？"

我微微一笑："冰箱里有什么就吃什么，不接受点菜。"

她恍然大悟，一副看穿我心思的表情："老板，你这是想空手套故事吧？"

我耸耸肩："你说是就是咯，你有好故事吗？"

她把目光挪开，望向我背后的酒架，凝滞了几秒钟，很快回过神来，笑嘻嘻地说："我才不会被你套路呢，我只是个没有故事的女同学，今天先走了，有空再来。"

她回去收拾好笔记本电脑，拎起包准备出门，忽又返回到吧台，对我说："我想买瓶啤酒带回去喝，老板给我推荐一款吧。"

我瞄了她一眼，问道："你想喝劲儿大的还是劲儿小的？"

"劲儿大的，最好是喝完能一觉睡到天亮的。"

“那就喝粉象吧，后劲儿大，喝起来甜甜的，喝完睡得死死的。”

“好，给我拿两瓶。”

这就是我们第一次认识时的场景，看着她推门走出去的背影，我知道她还会再来的。若不是心中有无法释怀的往事，又怎会借助于酒精让自己得以安眠呢？

后来她又出现了两次，都是和一个二十五六岁模样的小伙子，他们并排坐在角落的沙发里，喝酒、聊天，看上去热烈而亲密，就像是一对刚刚陷入爱河的情侣。

再一次出现的时候，她又变成了一个人，那时候是夜里 9 点钟，店里已经没有别的客人了，她点了杯威士忌，坐在吧台的高凳上看着我倒酒。

我把酒杯递给她，随口问道：“今天一个人？男朋友没有一起过来吗？”

“我没有男朋友啊！”她边说边端起酒杯，一口气喝了一半下去。

我愣了一下，抱歉地说：“不好意思，看来是我误会了，前两次和你一起来的那个男生，我还以为你们是恋人。”

“其实我跟他认识没多久，只能算是普通朋友。”她一边说一边耸了耸肩，做了个满不在乎的表情，若无其事地说：“大概他想睡我而又错觉地认为我很好睡吧。”

诚然，一个将近 30 岁、单身、热情、健谈的女人，自然是很容易引起一些男人的心思异动，然而她又何尝没有故意制造出这样的错觉，让自己的生活有所慰藉呢？我窃以为。

我站在吧台里望向她，吊灯的光线投射在她的脸上，半明半暗，难以看清，我开始对她有点好奇了。

我轻轻地问："有没有兴趣玩个游戏？"

她随口接道："什么游戏？"

"很简单，这有个抽签筒，里面有 50 根签，编号 1 到 50，对应着有 50 个小任务，每个任务都给了一个折扣比例，你抽出一根签，然后完成对应的小任务，今天的消费就能够享受对应的折扣。"

她好奇地问："都是些什么样的任务？"

我从柜子里拿出一个台卡，里面夹了一张 A4 大小的透明硫酸纸，上面写了 50 个小任务，后面标注了折扣信息。所谓的任务不过是一些娱乐性的玩意儿罢了，比如在店里找一个陌生顾客搭讪合影发朋友圈，走到舞台上唱一首跟天气有关的歌，等等。大多数小任务都是为聊天服务的，又比如："请分享自己最难忘的一次旅行”“你最喜欢的书是哪一本”“讲述你最刻骨铭心的一段感情”，诸如此类吧。

她看着台卡哈哈大笑起来：“老板，你太有才了，这样的游戏都想得出来，整天都想着空手套故事。”

我淡淡地笑着说：“倒不是我发明的，也不是为了套故事，这是一个朋友发明的。总之，你要不要玩？”

她莞尔一笑，说道：“好啊！”

她大概可以被称为玩过这个游戏的人里面最会讲故事的吧。那天，她抽到的小任务是“分享你人生中最美妙的一个瞬间”。这个小任务看着有些玄乎，因为美妙的感觉很私人化，也很难表达，别人可能只用两分钟就讲完了，结果她用了将近 20 分钟的时间讲了她和她的初恋在高中第一次接吻的美妙感觉。

在遥远的长春，在教学楼的天台，在一个雪后的夜晚，星空、雪景、灯光，忐忑而羞涩的少男少女，每一个画面和微小的动作都被她讲得有声有色。

我本以为是因为这个场景在她脑海里无比清晰，所以她才讲得如此精彩。然而，事实证明，她讲任何故事都能讲得如此精彩。

那天晚上，她像是打开了话匣子，滔滔不绝地讲了好多她自己的经历，而且她的思维十分跳跃，从来不依照时间顺序，想到什么就讲什么。我以为她的感情经历很丰富，谈过很多次恋爱，听到后来才突然发现，她所谓的“初恋”“前男友”“一个喜欢我的男生”“让我心动的男生”全都指向了同一个人。

最后，她坦然承认：“是的，这些都是同一个人，我只谈过这一次恋爱，他是我的初恋，也是我迄今为止唯一一段爱情。”

不仅如此，她和他分手已经是2012年的事情了，之后也基本没有再联络，她只知道他有了新的恋情，并且从上海回了老家。好多年过去了，她也从上海来到了重庆，也曾有过短暂的试探和暧昧，甚至一晌之欢，却再也没有爱上过任何人。

那一瞬间，我便想起了《30岁的女人》里的苏小姐，以及苏小姐所代表的那些在爱情里陷入深深执念的人们。但是，我并没有试图去劝她走出来，因为对一个成熟且独立的女人来讲，任何劝诫全都是无效的，她们已经有足够的勇气和能力去经历生活中的任何故事，并且坦然地对自己的爱情和人生负责。

尽管如此，我依然相信她在收到消息的那一刻是怅然和迷惘的。

那是一个星期五的晚上，店里客人还不少。她7点多钟就到了，要了一壶青梅酒，坐在吧台一个人慢慢喝。我在吧台一直忙到接近10点，客人基本走光了，才得空跟她闲聊两句。

她看着我，眼神犹豫了一下，说："我今天收到了一束花。"

"哦？是哪个男生在追求你吗？"

"没有署名，但是有一张卡片，上面打印了一行字，写的是——我想和你好好开始。"

"能猜到是谁吗？"

她轻轻摇了摇头："我基本都排除完了，只有一个人最有可能，但是我之前伤他伤得那么厉害，从理论上来说，他应该是一辈子都不想再见到我的。"

于是，她和我聊起了那段半途而废的感情，有个男人追了她整整一年，对她关怀备至，两个人也算是兴趣相投，可是她却始终不爱他，甚至她已经将身体交付于他，最终却还是无法接受他的追求，最终选择突兀而决然地离开。

“你不能接受他的主要原因是什么？”

她抬起头，幽幽地看着我：“我只爱过一个人，从那以后，我就不懂得如何去爱别人了。”

于是，她又聊起了她的初恋，似乎每次都逃不开这个男人，她聊起了他们在校园时的纯真无邪，在上海时的欢乐时光，以及分手时的纠结和遗憾。她说，读高中时，他很喜欢她身上散发出来的洗衣皂的味道，于是跑到超市把所有的洗衣皂都闻了一遍，最后找到她用的那款洗衣皂，他洗了自己的白衬衫，穿到教室里对她说，你闻一下，今天我们是同一种味道的。

我兴奋地说：“这个桥段太精彩了，我将来写小说的时候要用。”

她微微一笑，说：“好啊，记得男主角的名字要叫宁南。”

我很想知道，这个名字背后的那个男人，到底是什么模样，会让人在分开这么多年之后依然难以忘怀。

我问过她当年分手的原因，她语焉不详，只是说在漂泊和贫穷的境况下，爱情刺出的剑穿透了爱情的墙。她从不说这段感情谁是谁非，在漫长的聊天过程中，她只是不停地叹息，来店里这么多次，我从未见她如此忧伤。

我试图将她从忧伤的情绪中带出来，转移了话题：“都快到12 点了，你饿不饿啊？我准备做点夜宵吃。”

她勉强地笑了笑，说：“看来我今天运气不错，碰到老板下厨了，今天有什么吃的啊？”

“也不算运气好，这两天偷懒没买菜，只能做个蛋炒饭。”

她眨了眨眼睛，问："能做蛋包饭吗？我想吃蛋包饭。"

打一个鸡蛋搅匀倒进油锅炒碎，再将虾仁、鸡腿肉、洋葱、青椒、胡萝卜、黄瓜切成丁一起下到锅里爆炒，放入隔夜的白米饭，翻炒均匀，放入适量盐和番茄酱，最后放入葱花起锅，再打两个鸡蛋在平底锅里煎成蛋皮，将炒饭盛到蛋皮一端，将蛋皮另一端揭起来盖住炒饭，再将平底锅倒扣在盘子里，蛋皮表面淋一圈番茄酱，配上一些蔬菜沙拉，一份蛋包饭就做好了。

或许李心慕预感到了这是个不眠之夜吧，她将蛋包饭吃得一粒米都不剩。

当天晚上，我刚刚打烊回到家，便收到了她发来的一张截图，是一段微信的聊天记录，聊天时间是凌晨 1 点多，也就是在李心慕吃完蛋包饭之后回家的路上，而给她发来信息的那个人，名字赫然就是宁南。

宁南说："我们谈谈，结婚吧。"

事情已经很明晰了，白天的那束花也是宁南送的，是他回来找她的一个讯号。而在此之前，他们已经将近 10 年没有联系过了，这次的交谈不超过 10 句话，他就提出了结婚。

在那一刻，我的心情或许比李心慕更加激动：因为这就是我在《30 岁的女人》里写过的情节，秋生找苏小姐复合并且直接提出结婚，那是我凭空虚构出来的，没想到竟然几乎一模一样地在生活中发生了！

小说中的苏小姐，在秋生说要重新开始的那一刻，发现自己一直以来的执迷不悟只是因为无法释怀，如梦初醒一般，最后选择了默默爱着自己的老王。老王是我在小说里虚构出来的完美人

摄影@陈国森

物，有钱有颜有真爱有真心，不离不弃地对苏小姐好，可惜在现实生活中，几乎不会有这样的老王来告诉我们，其实只要勇于告别，我们就能和对的那个人相逢。所以，宁南的再次出现，是劫还是缘，谁也说不清楚，因此李心慕的选择并没有苏小姐那么容易。

她问我："你觉得我应该怎么做？"

如果要我从理性的角度给她一个最为可靠的建议，我会告诉她不要答应他。一个30多岁回到老家的男人，一个寻求稳定生活和确定婚姻的男人，在历尽千帆皆不是之后，回头发现还有一个人在为他守候，很难说他心中的爱意还剩下多少。但是转念一想，难道李心慕就看不清这些吗？在漫长的日子里，她一定无数次幻想过宁南重新回来找她的各种场景，各种可能，她其实已经充分了解到这背后所有的风险和得失。若说旁观者清，当局者其实也未必迷，只是当局者身处其中，心甘情愿而已。

纵然是劫，她也会奋不顾身。

苦海翻起爱恨，在世间难逃避命运——那一刻，我想起的是《一生所爱》里的这句歌词。

我对她说："你心里早已有答案，不需要我告诉你。"

她没有再回复我。凌晨三点钟，她又发了几张聊天记录的截图给我，和宁南几轮简短的确认和对话之后，她说："好啊，答应你。"

情理之外，意料之中。我得以写出这个故事一模一样的开头，却没有写出同样的结局。

李心慕对我说："很神奇的是，我和他分手那天吃的最后一顿饭，就是在一家路边的小餐馆吃的蛋包饭，或许是冥冥之中自有注定吧。”

我说：“可以说是非常巧合了。”

她说：“等他来重庆的时候，我带他来你店里，我们会点很多很多酒，买很多很多书，麻烦老板再给我们做一次蛋包饭吧。”

我说：“好啊。”

后来，我将蛋包饭取名为“热恋蛋包饭”，专门做给来店里的情侣吃。

然而，李心慕却再也没有出现在深夜的刀锋书酒馆里。

小贴士

蛋包饭

打一个鸡蛋搅匀倒进油锅炒碎，再将虾仁、鸡腿肉、洋葱、青椒、胡萝卜、黄瓜切成丁一起下到锅里爆炒，放入隔夜的白米饭，翻炒均匀，放入适量盐和番茄酱，最后放入葱花起锅，再打两个鸡蛋在平底锅里煎成蛋皮，将炒饭盛到蛋皮一端，将蛋皮另一端揭起来盖住炒饭，再将平底锅倒扣在盘子里，蛋皮表面淋一圈番茄酱，配上一些蔬菜沙拉，一份蛋包饭就做好了。

青梅酒
与《美好的事物无法久存》

每年五月，我都会收到娜娜从丽江给我寄来的青梅酒。娜娜十几年前在丽江定居下来，酒是她自己酿的，用丽江当季新鲜采摘的青梅，纯果实发酵，经过多道精细的工序后，装进大酒缸里，在云南的气候里窖藏三年，让风霜雨雪各种滋味都足足渗透到酒中，再出窖分装售卖。由于全程都是手工制作，每年的产量有限，基本都被我们这些老朋友预订一空，而且限量，每年我也只能分到一箱，总共十瓶，喝完就只能等下一年了。因此，这款私酿青梅酒在店里成了隐藏菜单，大部分都被我自己喝了，偶尔会拿出来招待一些老顾客。

田希属于为数不多第一次来店里就喝到青梅酒的顾客。

那天，她仔细地逛了一圈书架，拿着一本书来吧台买单，是罗恩·拉什的《美好的事物无法久存》。

当年在一起的时候，
我跟他说起澎河图书馆的事情，
他大言不惭地说过要用演出赚的钱帮我实现梦想，
这些钱虽然砌一面墙都不够，但多少也是一种兑现。

她问道：“老板，店里的书都是你自己选的吗？”

我说：“是的，每一本都是。”

她说：“很棒，老板选书的眼光真好。”

我笑着说：“你买书的眼光也很好啊。”

懂书之人在人群中辨认彼此只需要如此简单的讯号。那天，我们聊了一晚上的文学，从雷蒙德•卡佛到弗兰纳里•奥康纳，从马洛伊•山多尔到胡安•鲁尔福，聊得无比投机。

聊到尽兴处，我说：“这个时候必须要有酒。”

于是，我从吧台里拿出隐藏的青梅酒，斟了一杯递给田希，她轻轻抿了一口，一丝欣喜浮上眉梢，然后又重重地饮了一口，用确凿无疑的语气对我说：“老板，你的青梅酒是从丽江那边进的货吧？”

我惊奇地问道："你连这个都能尝出来？"

田希微微一笑："这个味道太熟悉了，我在丽江的那些年，每年也会自己酿青梅酒。"

细细想来，似乎也不足为奇了。众所周知，丽江的青梅经过充足的阳光照射，成熟得恰到好处，非常适合用来酿造青梅酒。很多在丽江居住过一段时间的人，都学会了酿造青梅酒的技艺。

那天晚上，田希喝了整整两壶青梅酒，依然意犹未尽。

我说："没有第三壶了。"

她问："为什么？"

"因为我的青梅酒是限量版，每年我的朋友就分给我十瓶，喝完了就没有了。"

田希问："难不成以后我再来，你就不卖酒给我了吗？"

我有点心疼地说："下次来，还是限量两壶。"

田希的眉毛一挑："那我就天天来。"

她还真的是说到做到，接下来的半个月，她几乎每天都会来一趟店里。其实到后来，她也不喝青梅酒了，反而盯上了我店里的那些书，一连淘走了好多本绝版书。她挑书的眼睛很毒，阅读量也很大，尤其是文学类的，对国外小说家非常了解，也为我补齐了很多书单。聊得多了才知道，原来她本科学的就是中文，曾经在杂志社做编辑，现在做自媒体。

田希自然就是典型的文艺女青年。有些矫揉拧巴的女青年一听到这个称谓就恨不得要跳起来，田希却坦然地将其挂在嘴边，自嘲是"本城女文青翘楚"。田希最看不起那些到处拍照打卡还要去大理丽江寻找诗和远方的女文青，她说："她们晓不晓得啥子是诗？啥子是远方？啥子是生活的本质嘛？她们晓得个锤子！”

田希做出这样的批判是有底气的，因为早在2011年，丽江还没有变成某种符号之前，她就辞去了杂志社的工作，离开重庆去了丽江，在那里生活了将近三年，后来又离开丽江，回到重庆。

至于离开的原因，用田希的话说：“那时候不知天高地厚，以为丽江就是乌托邦，有一种理想的生活在等着自己，殊不知生活艰难，最后还是在生存面前低下了头。”

这似乎是一个很熟悉的故事，或者说，我们好像听过很多类似的故事。

近几年来，网络似乎很推崇一种理想化的生活，赞颂人们对都市化和工业化的对抗和逃离，有人辞去工作环游世界，有人带着吉他浪迹天涯，有人回到农村男耕女织，有人跑到山里画画写诗，至于到山清水秀的旅游小城市开客栈开咖啡馆开花店的，更是数不胜数。总的来讲，这更像是一种安抚，让大家觉得总有人过着你想要的生活，那并非是遥不可及的幻想，也是自己终有一天可以到达的远方，为了这些遥远的梦想，此刻对生活的屈从都只是过渡。很多人看完这种文章，只会长叹一声，当作是心头泛起的一点儿波浪，继续原本的人生。但是，有些人却犹如受到了感召，义无反顾地踏上了追寻理想生活的道路，尽管最终得以实现者，寥寥无几。

田希做出这样的决定时，身边的朋友们丝毫不感到惊讶，就好像他们中间如果出现一个这样的人，那只可能是田希。送别的时候，他们说了很多鼓励和羡慕的话，然后在此生恐怕再难重逢的离愁之中，把田希送上了前往丽江的飞机。

那是田希生命中第二次前往丽江，与她一同踏进古城的，是她刚刚交往不到三个月的男朋友——永定。

永定是个歌手，在好几家酒吧里轮流驻唱。有一天晚上，田希走进其中一家，听永定唱了一个晚上。酒吧里人不算多，后来永定问有没有顾客想点歌，田希扯着嗓子吼了一句："许巍的《完美生活》！"

永定有一副好嗓子，神色间那一抹沉郁和忧愁更是击中了田希的文艺心，永定唱《完美生活》的时候，田希就搬了把椅子坐在最前面，目不转睛地盯着他。永定也注意到了台下这个特别的女生，他性格腼腆，心头一慌，就唱错了一句歌词，好在只有两个字，他很平稳地接了下去，几乎没有什么异常。

但是田希听出来了，永定在台下休息的间隙，她走过去对他说："你刚才唱得很好，不过唱错了两个字。"

永定尴尬地挠挠头，笑着说："被你听出来了，你很厉害呀。"

田希问："你是故意唱错的吧，那一句是我多想看到你，你唱成了我多想靠近你，你是想靠近谁？不会是我吧？"

不得不说，文艺女青年撩起人来花样百出，永定哪里扛得住。

两个人很快就在一起了，新鲜爱情的甜蜜自然无须赘言。没多久，永定有个在丽江开酒吧的朋友邀请他们过去玩，于是他们请了三天假一起飞了过去，那是他们俩第一次到丽江。

田希说，那三天过得像梦一样：他们在古城里四处游荡，骑着摩托车在乡野间飞驰，玉龙雪山在远处安详地凝视着他们，他们每回望雪山一眼，就离原来的世界远一步。下午随便选一家咖啡馆小坐，三个人的桌子后来坐了六个人，聊着聊着才发现，萍

水相逢的旅客竟然是小有名气的著书者，与智者言，如沐春风。晚上在酒吧狂饮，天南海北的人都认识了一通，每个人都有不落俗套的故事，似乎都是行走世间的谪仙。后半夜酩酊大醉扶门而出，还没回到酒店，被朋友喊去吃宵夜，坐下来才发现，人群中有作品传唱正酣的音乐人，有销声匿迹许久的诗人，琴弦一拨，手鼓一敲，诗与歌就流淌了起来，火光照映着脸庞，在舞动，在吟唱，如入梦幻。

不是一天如此，是天天如此。田希对永定感叹道：“这才是生活啊，以前的日子只能叫活着。”

永定点头应许："想要永不结束的悠长假期，想要和你一直这样走下去。"

情话虽然动人，但他们还是不得不回到了重庆。在刚回来的几天里，两个人都有点精神恍惚，好像魂魄已经被留在了丽江。晚上出去吃火锅，他们盯着锅里咕噜冒泡的红油，同时陷入了沉默，馆子里人声鼎沸，好几桌都在"乱劈柴"，另外几桌在讲笑话，还有一桌的男人在猛灌女同事的酒。这一切本来习以为常的画面，在田希眼里突然显得糟透了。

永定默默地灌了一瓶啤酒，终于鼓足勇气把话说了出来："要不我们搬到丽江去生活吧，老方那里正好缺个驻唱，他听过我唱歌没问题的，工资也谈了，给的不低。就是不知道你愿不愿意离开重庆，跟我一起去？"

田希一秒都没有迟疑地答道："我愿意。"

人们总是习惯于点评说那些远走丽江的人都是头脑发热、不顾后果，其实是误解他们了。成年人都知晓生活的不易，吃穿用度都是需要钞票的，不能光靠热情和爱情来发电。他们向往的是一种精神上更加充盈的生活，而不是一种物质上相当贫穷的生活。田希和永定在离开重庆前，对于未来几年在丽江的生活做了精心的规划和安排：永定在朋友的酒吧里驻唱，田希联系几家杂志为其供稿，写书评和游记，还进了几个写手群接软文，两个人的收入加起来应该足够在丽江租个小房子，过上他们想象中的生活了。

到了丽江之后，他们的生活也算是如愿以偿。永定驻唱的酒吧生意很好，心情大好的他才思泉涌，自己原创了一些歌曲，渐渐地在圈里博得了一些小名气。田希的情况也很好，每天有规律地作息，看书、写稿、练瑜伽，还开始在网上连载自己的第一部小说。夏天开始的时候，田希就会自己动手酿青梅酒。从市集上买回当季新鲜的青梅，挑出其中饱满无损的，洗净去蒂，然后捣成梅泥，加入酒曲和冰糖，倒入陶缸里，让它在丽江的天气里发酵，两到三个月后，用滤网一遍一遍地过滤，青梅果酒的原液就这样酿出来了，然后密封窖藏，藏得越久，酒味越浓。

田希和永定在丽江结识了很多有趣的朋友，歌手、作家、诗人、画家、手工艺人，他们常常聚在一起，饮酒作乐，谈天论地。那时候，他们是旁人眼中勇敢而浪漫的神仙眷侣，但是故事却在一年多以后急转直下，两个人离开丽江回到重庆，不久就分手了。

其中原委，田希不愿意跟我细讲，大概意思就是梦想抵不过现实。“这也应了那本书的名字，”田希对我说，“美好的事物无法久存。”

我安慰她说：“或许是为了清空过往，等待下一个美好时刻的到来。”

田希轻轻叹了口气，说：“到我这个年纪，已经不再有任何期待了，我对生活已经完全失望，甚至绝望，让该来的来该去的去吧。”

现在想来，田希的这句话似乎是一种征兆，冥冥之中指向了永定来到我店里的这件事情。

我与永定原本是不认识的，田希的讲述中也没有提到过他的名字，一直用的“前男友”来指代。凑巧的是店里要搞周年庆的活动，我想着有个驻唱的话氛围会好一些，于是托朋友介绍歌手辗转就联系到了永定。

永定提前一天拎了吉他来店里适应场地和调试设备。他个子不高，话也不多，闷头把设备接好，调好琴弦，自顾自弹试唱了一首，嗓音很好，歌也不错，店里坐着的几个客人都自发地鼓掌叫好。

永定放好吉他，走过来问我："设备没问题，明天过来可以直接开始，你看还有什么要安排的？"

我说："别的没啥，辛苦了，坐下来喝杯酒吧。"

我转身从酒柜里拿了瓶威士忌准备倒一杯给他，转念一想，虽是初次见面，但感觉他应该是个可以交往的朋友，于是从柜子里拿出不轻易示客的青梅酒倒了一壶，取两个杯子，倒了一杯递给永定。

我说："我一个朋友自己酿的青梅酒，尝尝看。"

永定喝了一口，沉吟片刻，对我说："老板，你这青梅酒，是从丽江来的吧。"

"厉害，这都能尝出来。"

他静静地说："我在丽江待过一段日子，那时候我女朋友也会自己酿青梅酒，就是这个味道，属于丽江的独特味道。"

我当时并没有联想到田希，顺着他的话说："那剩下的这一壶酒就全是你的了。"

他自斟了一杯，仰头饮尽，把杯子捏在指尖转动，长叹了一声："还是有点怀念的。"

我随口问道："我看好多人都很想去丽江，你为什么会离开呢？"

他顿了片刻，才接着说："丽江肯定很多人想去，乌托邦嘛，确实有很吸引人的地方。我一开始去的时候过得也挺惬意，在一个酒吧驻唱，酒吧生意很好，收入也不错，自己空闲的时候也写写歌。后来酒吧合伙人之间闹矛盾，生意不断下滑，最后关掉了，其实我也可以换一家酒吧继续驻唱的，但当时攒了点钱，也写了些歌，就想做乐队，找了几个朋友一起玩。这年头做音乐太难了，我们折腾了一年多，也没混出啥名堂，后来乐队解散了，钱也花光了。之后，重庆的朋友邀请我一起重新做个乐队，于是就回重庆了。"

到这个时候，我终于意识到，他很有可能就是永定——田希口中所称的"前男友"。因为两个故事的重合度实在太高了。尤其是他们俩喝完青梅酒之后的第一反应，像是某种跨越时空的同频。但是，永定刚刚的讲述里，并没有出现田希的部分，我按捺不住好奇心，故意追问下去："那你女朋友呢？也和你一起回重庆了吗？"

永定的眼神放空，喃喃地说："回来了，不过后来就分手了。"

我假装不懂，问："为什么呢？"

永定叹了口气，说："是她提出来的，分得很坚决，说了很多原因，但是每个原因好像都无足轻重，总的来说，是对我失望了吧。"

到此刻，我终于确定了永定的身份，这种难得的巧合让我都有了虚幻的感觉。我缓缓地问道："你的前女友，是不是叫田希？"

永定惊住了，不可思议地望着我："你怎么知道的？你认识她？"

“她是店里的老顾客，我们聊过一些，而且，她也曾经坐在你现在的这个位置，喝过我们店里的青梅酒，并且说了和你一样的话。”

“什么话？”

“你们都问我，这个酒是不是来自丽江。”

永定笑了笑：“的确是太巧了——还有别的吗？她有没有和你说起我们分手的原因？”

我摇了摇头：“这些她没有讲，她只是说她对生活很失望，没有说对你失望。”

永定顿了一下，叹道：“其实是一个意思。”

周年庆的活动，田希没有来，我很早就给她发过邀请函，她本来也说是要来的，估计是在海报上看到永定了吧，她什么都没有问，我也什么都没有说。田希后来换了份工作，出差频繁，也很少再来刀锋书酒馆。

我以为是永定的缘故，所以当田希隔了许久再次出现的时候，我连忙将这件事情搬出来跟她讲明，说永定是朋友介绍的，一开始我也不知道。

“但是，你们俩喝完青梅酒之后，说了几乎一模一样的话，我才把你们对上号。”我坦白道。

田希笑了笑，说：“原来还有这么一出，也是很奇妙了——老板你太严肃了，真没事儿，我跟他虽然分手了，但是微信都没删，偶尔还会相互点个赞什么的，我们俩比较奇葩，没觉得分手之后就一定要变成路人。”

“但是，周年庆那天晚上你还是没有来。”

田希揉了揉眉头："的确是刻意避开的，但不是躲永定，而是他的新任女友。"

我回想了一下，那天晚上确实有一个姑娘始终跟在永定身边，但是永定并未向我做任何介绍。

田希接着说："一时的情绪罢了，缓缓就好了。其实无所谓的，才子配佳人，流浪歌手总要有他的情人，各有各的路要走。都怪我们俩名字没取好，田希田稀，田地稀少，又怎么能够永久安定下来呢？"

不知道话里有几分真几分假，但两个人分开之后，似乎在各自的道路上都发展得很顺畅。田希与朋友合伙开了新媒体公司，运营的公众号隔三岔五在朋友圈刷屏，而永定也发布了自己的电子专辑，并出现在一些音乐节上，后来还在一家 LIVEHOUSE 举办了自己的个人专场演出。

我去看了永定的演出。现场来的人不少，我去得晚，所以站在靠后的位置，镭射灯晃来晃去，台下的人全都看不真切，聚光灯下站着永定和他的乐队，永定一改平日的颓唐，换了个精神十足的发型，浑身都散发着光亮，他唱自己写的歌，唱自己最爱的歌，歌声里是自己这些年用肉体凡身蹚过来的人生，足以令听者动容。渐渐地，封闭的场地里空气变得浑浊起来，许多人进进出出抽烟透气，不知不觉我就从后排挪到了第一排，左手边隔两个人站着的是田希，她盯着舞台上的永定出神，表情阴晴难测，我暗自猜想她应该已经迷失在了回忆里。我的右手边站着一个拿相机的姑娘，不停地在给永定拍照和录像，过了好一阵子我才反应过来，她是永定的现任女友。

在这样的场景下定格，这一段属于现代都市男女的爱情，当局者是迷还是醒？他们中的哪些部分给了爱情，哪些部分给了生活，哪些部分给了梦想，旁观的我也无法分得清。

演出的最后，永定特意喊现任女友上台，当众拥吻了她，与她共享自己人生的高光时刻。观众们一个劲儿地起哄，我扭头看了一眼田希，她和身边的朋友说说笑笑，似乎并未放在心上。永定念了很多人的名字致谢，里面没有田希，看来是和我一样，被归入到场支持的朋友们之中了。

专场演出结束后不久，永定解散了乐队，骑着摩托车开始行游西北大环线，每到一处便寻当地的酒吧合作进行演出，他的女友辞掉工

作跟着他一起，想来又是一段寻找创作灵感的旅途，永定说回来后将制作新的专辑。

这些都是后来田希告诉我的。她来店里找我，不知怎么就聊到了永定。

“我很佩服你啊，演出那天一直坚持到最后。”我当然是意有所指。

田希笑道：“我肯定要捧他的场啊，毕竟他说要把那场演出的钱捐给我修建澎河图书馆。”

我一下子愣住了。田希很多次跟我提起过澎河图书馆，那是她这些年一直在独力进行的一件事情——在她老家的河边修建一座公益的图书馆。那是一个纯粹的理想之地，承载了田希对故乡和书籍的爱，没有任何商业目的，全部工程是田希的家人一砖一瓦地完成，资金也基本由田希自掏腰包。

田希以为我当她在开玩笑，又补充说：“真的，他把那场演出的全部收入都转给了我，于他而言，这不算一笔小钱，但我还是厚着脸皮说了声谢谢，然后把钱收下了。”

“这算是某种弥补吗？”我问。

“或许是吧，当年在一起的时候，我跟他说起澎河图书馆的事情，他大言不惭地说过要用演出赚的钱帮我实现梦想，这些钱虽然砌一面墙都不够，但多少也是一种兑现。但是转念一想又不是，毕竟爱情已经变成过去式，谁也不亏欠谁，也不需要弥补什么，恋爱时许下的愿望和给出的承诺简直数不胜数。”

“但这对你来说是最重要的梦想。”

田希脸上的神色黯淡下去，自言自语道：“那也算不得什么梦想，我早就没有了什么梦想。”

我默默地转身，从吧台柜子里拿出青梅酒，给田希和我各倒了一杯，无须言语，杯壁轻碰，各自一饮而尽。

田希喃喃地说：“还是丽江的青梅做酒好啊！离开丽江的那一年，我还做了两缸，没法带走，埋在了院子里，还说将来有机会回去再挖出来喝，4 年过去了，再也没有回去过。”

我嘴快，忍不住说：“我知道这件事，酒已经没有了。”

田希惊诧地问：“你怎么知道？”

永定第一次来店里喝酒的时候就跟我讲过，两年前他只身回过一次丽江，专程去了他们之前住过的地方，房东把院子租给了别人做民宿，被整个翻新了，酒缸在施工的时候被挖破了，民宿老板见酒缸质地古朴，敲掉半截培上土，种了两株芭蕉。永定当时感到莫名地难过，蹲在芭蕉叶下哭了一场。

哭的部分我没说。田希紧咬着嘴唇，内心估计也是愁肠百结，最终蹦出一句：“永定他个狗日的，都不跟我说。”

“可能怕你知道了会失望吧，有个念想总是好的。”

“哪有那么多的念想，我早就断了那些不切实际的浪漫念想，动荡、不安、焦虑、贫瘠的生活如同一记重锤，直接锤扁了我，我开始渴望安稳而确定的生活。永定一直以为我是对他失望了才离开的，其实不是，严格来说，我是对自己失望，我太早从梦中醒来了，无法假装可以继续拥有那样的梦境，但是永定可以，一个醒来的人怎么和一个睡梦中的人对话呢，他需要一个可以继续和他一起做梦并实现梦想的人，可惜那个人不是我。”

我突然想起演出的那天，永定唱了一首许巍的《完美生活》，演唱之前，他说：“这首歌，送给曾经追寻过完美生活的我们，尽管最后，我们会发现，生活都是不完美的，但是至少，我们曾靠近过，那就足够了。”

当时在场的所有观众，只有田希知道，这首歌是送给她的。

小贴士

青梅酒

从市集上买回当季新鲜的青梅，挑出其中饱满无损的，洗净去蒂，然后捣成梅泥，加入酒曲和冰糖，倒入陶缸里，让它在丽江的天气里发酵，两到三个月后，用滤网一遍一遍地过滤，青梅果酒的原液就这样酿出来了，然后密封窖藏，藏得越久，酒味越浓。

地狱拉面与《秒速五厘米》

人的一生中会遇到多少人呢？

我从来没有研究过，泛泛地想一下，这个数字肯定是比较庞大的。我之所以不关注这个结果，大概因为我本质上是个悲观主义者吧。在我看来，无论这辈子遇到多少人，在抵达生命尽头之时，留在身边的也是屈指可数。不过，我最终还是记住了这个问题的答案，严格来说，是两个答案。因为有天晚上，一对年轻的情侣在我面前就这个问题争论了两个小时。

两个人本来是坐在吧台喝酒的，男生喝白熊，女生喝林德曼，一开始埋着脑袋小声地嘀咕着，时不时搂一下抱一下，跟绝大多数的小情侣类似。不知怎么，两个人突然争执起来，说话声音越来越大，我侧着耳朵听了一会儿，原来他们在争论两个陌生人相遇的概率问题，焦点集中在人的一生中会遇到多少人这个数字。

地狱拉面是刀锋书酒馆里的保留菜品，
开店这些年以来，因为故事动人让我下厨的人其实不少，
但是吃过地狱拉面的人却屈指可数。
正是如此，
店里的地狱拉面在网络上变成了一个神秘的传说……

“我说800万人是有依据的，我在阿狸的一本书里看到过的。我刚上网搜出来了，读给你听啊。”女生看着手机屏幕念道，“我们的一生会遇到过8263563人，会打招呼的是39778人，会和3619人熟悉，会和275人亲近，但最终，都会失散在人海。”

男生一副不以为然的样子：“这个数据一看就知道是瞎编的，统计学的结果肯定是个概数，怎么可能精确到个位数。”

女生争辩道：“那也不可能有你说的那么多啊，2900多万，太夸张了。”

男生说：“我也不记得是在哪个地方看到的这个数据，但是人家的逻辑是对的啊，人每天平均会遇到1000个人左右，假设平均寿命是80岁，一生就有29200天，乘起来就是2920万，我觉得这个数据比较科学。”

女生问："那你说的百万分之四十九的相遇概率又是怎么算出来的呢？"

男生挠了挠头，说："这个我还真不知道，当时只注意推算前面一个数字了——哎，老板，你觉得两个人相遇的概率应该怎么算才是正确的啊？"

很明显，这是一个非常聪明的男生，及时地把问题矛盾转移到我的身上，从而化解了自己的危机。

我只能接过话题说："我从没有思考过这个问题，不过要我说，两个人相遇的概率没什么好计算的，如果两个人此生都没有相遇，这个概率对他们没有任何意义，如果站在有意义的角度来看，我觉得这个概率应该是百分之百，也就是说相遇的必定相遇，无缘的注定无缘。"

女生十分夸张地惊呼起来，拍着手掌说道："哇塞！说得太好了，老板，你好厉害，真不愧是个作家，虽然我还没有看过你的书，但我现在已经变成你的粉丝了。"

我微微一笑，说："我没有粉丝，只有读者，要不你买本我的书看看先？"

女生哈哈哈一阵狂笑，说："我就不买书，就要做你的粉丝，不对，我要做你的粉丝团团长。"

我说："可以啊，反正这个团里就你一个人。"

她一把挽住男生的胳膊，说："现在已经有两个人了。"

男生笑着摸了摸女生的脑袋，说："没问题，你是团长，我是你的警卫兵。"

两个人相视一笑，眼神里满满的都是化不开的浓情蜜意。

看到这些年轻人可以如此天真烂漫地恋爱，从一点点极小的事情中都能获取幸福和快乐，有时候我不得不承认自己老了。不仅如此，他们俩后来发生的故事让我深深地感觉自己已经脱离了这个时代，完全无法理解年轻人的感情世界。

此后的一段时间里，他们俩接连来了好几次刀锋书酒馆，两个人都是大三的学生，那个略显神经大条、话多爱笑的女生叫阿七，那个聪明沉稳、帅气阳光的男生

叫大陆。

有一天闲聊的时候，我问起他们是怎么认识的，他们俩互望了一眼，略显神秘地笑了一下。

阿七说："你猜。"

我随口说道："学生会？或者社团？"

阿七摇摇头："我们不是一个学校的。"

我好奇地问："那你们都是哪个学校的？"

阿七说："你再猜。"

我想了想，说："你们两个人中至少有一个是重大或者西政的。"

阿七又习惯性地大声惊呼起来："天啊，老板你太厉害了，他就是重大的，我是西政的，你是怎么猜出来的？"

我略一耸肩，说道："概率啊，来我们店里的学生最多的就是重大和西政的，所以，你们有很大概率就是来自这两所学校的。"

就连一向沉稳少言的大陆也忍不住激动起来："太巧了，太巧了！老板你一提到概率，我就觉得这件事情真的是好神奇，我们两个认识也跟概率有关系，老板你听说过这个微信公众号吗？"

他说了一个公众号，名字里就有概率两个字，老土落伍如我表示并没有听说过。

大陆说："这个公众号做了一个社交实验，就是让单身狗们报名提交资料，后台通过一定的概率计算后两两组成 CP 线下见面，我们俩就是这样认识的。老板你刚刚也是用概率推断出了我们的学校，我突然觉得，可能这种概率背后也隐藏着某种必然的逻辑，冥冥之中早已注定的感觉。"

我也是第一次听说这种社交实验，虽然背后有一定的算法作为支撑，但是两个原本素不相识的人被这样组在一起，见面后能够发展成为情侣，还是需要很多的运气才可以的。虽然后来的事实证明，是我不了解年轻人的游戏规则，但是在那一刻，我是打心底替他们感到欣喜的。

世界上有那么多人，不早不晚正好遇到，不偏不倚两情相悦，的确是一件极为美妙的事情。可惜的是，我自己未能拥有那样的幸运，此时此刻，有个人的面容在我的脑海里悄然浮现，对着我欲语又止。我在心里轻叹一声，用力将她的画面抹去。

我说：“恭喜你们能够找到自己的命中注定，你们的故事仅仅凭这个开头就已经打动我了，我请你们吃宵夜，今天破例允许你们点菜，有什么想要吃的菜吗？”

阿七开心得连连跺脚，毫不犹豫地说：“地狱拉面，老板我要吃你做的地狱拉面！”

地狱拉面是刀锋书酒馆里的保留菜品，开店这些年以来，因为故事动人让我下厨的人其实不少，但是吃过地狱拉面的人却屈指可数。正是如此，店里的地狱拉面在网络上变成了一个神秘的传说，甚至说我只会做给短头发大眼睛长得好看的女生吃。背后的原因其实很简单，因为地狱拉面酱是限量的，会做地狱拉面酱的那个人离开了，而我却没能学到她的手艺，尽管我知道详细的流程和配方，却始终做不出她那样的味道。她离开之前留下的那罐地狱拉面酱，我自己都舍不得吃，也可能是不敢吧。

无论如何，阿七和大陆那天晚上吃到了传说中的地狱拉面，连面汤都喝得一滴不剩。阿七眼巴巴地望着我，说：“老板，我们下次来还能吃到地狱拉面吗？”

我说："这个就要靠缘分了。"

她说："你就不能对你的粉丝团团长好一点吗？我吃不饱、吃不开心的话，哪有力气去帮你发展团员啊？"

我说："别去发展团员了，你把硕果仅存的这名团员看好就行，别让他跑了。"

阿七转向大陆，问道："你会跑吗？"

大陆连声回答道："不跑不跑，我跑了谁来保护团长啊。"

我暗想：现在的年轻人，说起情话来都是一套一套的。

那晚之后，他们俩好几天都没有来店里，再次出现的时候，只有大陆一个人。他是下午来的，当时店里比较忙，他要了一杯啤酒，坐在吧台慢慢喝，一直等到我忙完了，他才凑过来跟我讲话。

他吞吞吐吐地说道："老板，我有个不情之请，不知道你是否愿意帮我这个忙。"

"你可以先讲，看我是不是力所能及。"

"是这样的，我跟我女朋友在一起有一段日子了，但我一直都欠她一次正式的表白。她特别喜欢你的店，也特别喜欢你做的地狱拉面，所以我想借用你的厨房，向你学习一下地狱拉面的做法，然后亲自做一碗地狱拉面给她吃，让她感受到我的心意，也借此机会向她表白。如果涉及费用的话我可以支付给你，不知道这样对你来说是否方便？"

我稍微迟疑了一下，之前还从来没有第三个人用过我店里的厨房，我在这方面有一点轻微的洁癖，但是他的浪漫和诚意打动了我，在刀锋书酒馆听过那么多悲伤的故事，难得有一次可以成人之美。

“可以的，回头我手把手地教你做，费用什么的就算了吧，你在店里买两本书就算是支持了。”

他喜笑颜开地向我说了好多声谢谢。走之前他果然挑了两本书买走，一本是《永恒的终结》，另一本是《秒速五厘米》。

当天晚上，大陆约了阿七在店里碰头，然后他提前1小时到了店里，跟着我在厨房里做准备。可能在大陆的眼中，地狱拉面的做法未免太简单了些，然而，要做出一碗好吃的地狱拉面，所需要耗费的工夫全都在他看不见的地方。

用一只老母鸡加适量鸡骨架小火慢熬5个小时熬出一锅鸡汤，冷却后变成骨汤冻，切成小块冷藏备用，煮面时取出一块熬化成汤。将大葱、小米辣、蒜、姜、香菇、芝麻、辣椒面、蚝油等十余种原料通过3个小时不断泡、煮、炸、炒，萃取出本身的香味之后在热油中按比例混合，最终才制作成地狱拉面酱。将五花肉捆成圆柱形，放在冰糖蜂蜜炒出的糖浆里慢慢上色，加入葱、姜、味淋、酱油等佐料小火慢熬3个小时，放置冰柜冷藏，使用时切下三五片，便是日式叉烧。将鸡蛋煮至7分熟流黄状态时捞出，剥壳之后放入味淋和酱油之中浸泡一天一夜，便制成了卤蛋。

当然，这些步骤我都已经替大陆完成了，他只需要在鸡汤和拉面酱打底的底料里再调入猪油、盐、香油等，将拉面煮熟，表面加上用洋葱丝、豆芽、胡萝卜丝等混合炒的浇头，再放上卤蛋、叉烧、海苔，一碗地狱拉面便做好了。

阿七晚上9点钟如约到店，大陆从厨房里走出来，将一碗热气腾腾的地狱拉面端到她面前，深情地说：“这是老板教的，我亲手做的拉面，你一定要好好吃哦。”

或许阿七早有预感，但是当这样的场景真实出现时，她依然喜极而泣，两个人深情相拥，导致我不得不尴尬地躲回吧台。两个人分着吃完了那碗拉面，他们吃得很快，呼啦啦地将面汤也喝得干干净净。我只不过埋头看了一篇文章，再抬起头的时候，眼前的场景就已经切换了，大陆单膝跪地，手里举着一份包装精美的礼物，因为隔得有些远，他说话的声音被音乐声盖住了很多，但肯定是在非常庄重而正式地表白无疑。阿七再次哭得稀里哗啦，两个人再次深情相拥。

到那一晚为止，这个故事都显得格外美好：命中注定的缘分，一见钟情的恋人，浪漫温馨的告白，热烈欢愉的爱情。差一点点就完美了，如果阿七没有再度出现的话。

第二天，傍晚6点不到，阿七就来了店里，我一开始还在拿她打趣，后来发现她整个人都萎靡不振，和之前在店里的状态判若两人，于是我也不再多说话。她要了一瓶林德曼，独自坐到角落里，似乎是在等人。

一直到夜里10点，她等的人始终没有出现。

店里已经没有别的客人了，我也拿了一瓶啤酒，走过去坐到她的对面。

“你今天气压好低啊，跟大陆吵架啦？”我打趣道。

她抬头看着我，犹豫了一下，说：“我们分手了。”

“啊？”我被吓了一跳，“什么情况？不是昨晚才表白吗？”

“其实，昨天晚上就是我们约定分手的日子，他说一段感情应该有始有终，所以专门补了一个表白给我，走出刀锋书酒馆的门，我们就分手了。”这句话说完，她的眼泪就喷涌而出。

我起身拿了纸巾递给她，依然没有弄清状况，问道：“因为什么原因分手啊？”

“没有什么原因，他应该一直都没有喜欢过我吧，他只是在完成这个游戏而已。”

“游戏？”我彻底被她给说懵了。

阿七擦干眼泪，稳定了一下情绪，说：“之前他不是说过，我们是通过一个公众号做活动认识的吗？当时没好意思告诉你，其实我们并不是一见钟情，这个活动就是组建两周的临时 CP，两个人要像情侣一样在一起相处两周，两周之后，如果双方都感觉合适，就可以正式谈恋爱，如果不合适，满两周之后就分手。”

原来如此，年轻人已经开始以这样的方式恋爱了吗？

所以在过去的这段时间里，他们俩在我面前展现出来的恋爱状态只是刻意制造出来的假象吗？他们的甜言蜜语和热情拥吻，以及精心准备的表白和感动时流下的眼泪，难道都只是为了遵守这个游戏的规则而进行的表演吗？若真如此，倒是可惜了我的地狱拉面。

我试图从阿七那里找到答案，于是问她：“所以，你是喜欢他的，对吗？”

阿七点点头，说：“我是挺喜欢他的，但他好像对我没有太多的感觉。我知道我可能不是他喜欢的类型，但我还是想试一试，所以我告诉他，我今天晚上会在刀锋书酒馆等他，如果他对我有一丝喜欢的话，就过来找我——看样子，他应该是不会来了。”

他当然是不会来的。我可以很容易地理解大陆很多行为背后的逻辑，无非是出于寂寞难耐之下的欲望和本能，唯独不能理解

摄影@陈国森

他为何要煞费苦心地准备那样一次告白，他完全可以不用那样做的。听完阿七的话，我猜想，大概是这段关系中大陆处于被爱的位置，收获了太多来自阿七的爱意和付出，他的表白仪式算是一种补偿吧。

或许并没有这么复杂，或许现在的年轻人就是喜欢这些仪式感十足的桥段呢。其实这些都不重要，大陆再也没有出现在店里，当时对我而言更重要的事情是如何安慰面前这个失魂落魄的阿七。

唯有一碗一面入魂的地狱拉面了。

拉面端上桌的一瞬间，阿七有点走神了。

我朝她打了个响指："嘿！想知道我们家的地狱拉面是怎么做的吗？"

她有点茫然地点了点头。

"就是把面条煮熟了捞起来，把各种酱料放进汤里，炒一点蔬菜浇头，摆上卤蛋、叉烧、裙带菜和海苔就可以了。"

阿七貌似缓过来了，恢复了小女生的神态，说："我才不信，不会这么简单的。"

"对啊，当然不会这么简单。为了做这样一碗拉面，需要用半天熬鸡汤，用一晚上做拉面酱，叉烧要做一个下午，就连卤蛋都得浸泡一天之后才能入味。其实，经营一段感情和做一碗拉面是同样的道理，并不是两个人在一起生活就是爱情，它也需要很多的铺垫和准备，并且耐心地将各种滋味融进去。"

"谢谢老板，其实我以前也有过几段感情的，有些事情我心知肚明，只不过这一次，因为是被概率选中的，会让我有一种命中注定的感觉，所以才会这么失落。"

"你相信是概率让你们相遇的吗？或许只是公众号后台的某个工作人员充当了上帝之手呢？"

阿七不说话了，开始埋头吃面。

"记得你们俩第一次来店里的时候在讨论人一生中会遇到多少人的问题，后来我也上网查了一下，找到了百万分之四十九这个数字的计算方法。"

阿七的眼睛终于又放出了光亮："真的吗？怎么算的？我一直都想知道。"

"这个数字不是相遇的概率，而是两个人相爱的概率。人的一生会遇到很多人，800 万也好，2900 万也好，人海中匆匆的照面对我们而言没有意义，我们一生中真正会认识和打交道的人平均算下来也就 3000 人，异性占一半，也就是 1500 人；假设一个比较博爱的人，一生真心爱过的人有 10 个之多，因此我们爱上一个人的概率是 10 除以 1500，差不多千分之七，看上去概率似乎很大是吗？但是不要忘记了，所谓的相爱，就是你爱他的同时，他也爱你。因此，两个人相爱的概率就是千分之七的平方，算下来就是百万分之四十九。所以说，你爱我或者我爱你其实都是很容易的事情，但是两个人相爱，就变成一件很难的事情了。”

这一串数字算法是我在网上找到的，我将它解释给阿七听，其实内心是并不认同的。在我看来，相遇和相爱这两件事情去计算其概率都是毫无意义的，相遇是必然的，相爱也是必然的，但是人们却往往喜欢从那些丧失的可能性中去寻找遗憾。

那天晚上，阿七在听完这串数字后似乎找到了暂时的心安，看着她坦然地从店里离开，有些事情我也就不必去拆穿。

大陆那天晚上说他不记得从哪儿看到的那段话，原文是：“人一生会遇到约 2920 万人，两个人相爱的概率是 0.000049。所以你不爱我，我不怪你。”在网上搜索一下就会发现，这句话出自电影《秒速五厘米》。大陆在店里挑选了这本书，说明他其实知道这句话的出处，他那天晚上之所以说自己忘记出处，是因为他害怕让阿七看到后半句话。

因为这句台词在他心中是：如果我不爱你，请不要怪我。

青春期的爱情看似美好，撕开面具来看其实也无比残酷，他们轰轰烈烈地挥霍着多余的荷尔蒙，去追一个不爱自己的人，去爱一个自己不爱的人，为此他们可以自我沉溺，制造出一次次感动自己的场景，多年后想起来，到底值得不值得？

那天过后，他们俩都再也没有出现过。

小贴士

地狱拉面

用一只老母鸡加适量鸡骨架小火慢熬 5 个小时熬出一锅鸡汤，冷却后变成骨汤冻，切成小块冷藏备用，煮面时取出一块熬化成汤。将大葱、小米辣、蒜、姜、香菇、芝麻、辣椒面、蚝油等十余种原料通过 3 个小时不断泡、煮、炸、炒，萃取出本身的香味之后在热油中按比例混合，最终才制作成地狱拉面酱。将五花肉捆成圆柱形，放在冰糖蜂蜜炒出的糖浆里慢慢上色，加入葱、姜、味淋、酱油等佐料小火慢熬 3 个小时，放置冰柜冷藏，使用时切下三五片，便是日式叉烧。将鸡蛋煮至 7 分熟流黄状态时捞出，剥壳之后放入味淋和酱油之中浸泡一天一夜，便制成了卤蛋。在鸡汤和拉面酱打底的底料里再调入猪油、盐、香油等，将拉面煮熟，表面加上用洋葱丝、豆芽、胡萝卜丝等混合炒的浇头，再放上卤蛋、叉烧、海苔，一碗地狱拉面便做好了。

长岛冰茶与失眠症

你知道零点过后的城市里有多少不安的灵魂在到处游荡吗？我也不知道，不过碰巧遇到了其中一些。

深夜，在外游荡的人有很多，有的是和家人吵架后负气出走无家可归，有的是沉溺于热恋的温柔中不愿回家，有的是从夜场出来继续找地方喝酒吃肉，还有一种人——只是因为睡不着觉。

她第一次出现在刀锋书酒馆的时候，已经快凌晨两点了。恰好当晚有人分享了好听的故事，聊天到很晚，我刚送走客人，正在吧台收拾东西准备打烊。她在店里晃了一圈，问我："老板，你们每天几点打烊？"

"看情况吧，来的客人比较好玩的话就会很晚，不然的话晚上10点就打烊了。"

她说："那我应该是属于不好玩的那种了。"

这幢 300 多米高的大厦整个外墙同时也是一面顶天立地的巨型广告屏，
上面经常会显示“重庆你好”四个字，
已经成为重庆的宣传地标。
而此时此刻，
重庆环球金融中心的巨型广告屏赫然显示的是“安心我喜欢你”！

我笑了笑，没有回答，好玩不好玩这件事情，第一眼说不准。

她尴尬地四下瞟了一眼，转身准备往外走，但是没几步又折了回来："那个——老板，能给我一杯水吗？实在太渴了，走了一路都没碰到便利店。"

我没说话，直接倒了杯水递给她，她接过去一口气就喝完了，有点不好意思地说："那个——虽然是免费的，但是可以续杯吗？"

就这样，她成了第一位在刀锋书酒馆里免费喝白开水还续杯的客人。要是平时，大概会被我翻着白眼赶出门的吧。不过，我总是对那些深夜出现在店里的人多一些温柔，无论出于什么样的原因，能够在深夜来到这样一家位置不算显眼的小店，需要很多的机缘。但是，她不一样，她靠的是随机。

她说，她是晚上睡不着觉出来轧马路的，走到分叉路口的时候就抛硬币，正面走左边，背面走右边。今天第一次被引到了这条路，看见我们店里还亮着灯，所以才走进来的。

我好奇地问了一下她住的地方，那是离刀锋书酒馆 3 公里外的一个小区。我说：“这个概率可以说是很小了。”因为从她家小区到书店，一路上至少有 20 个分叉路口，每一次都是二分之一的选择，她大概只有百万分之一的概率能够抵达这里，我们似乎只能承认冥冥之中有一只手指引了她的路线。

“我晚上出来抛硬币轧马路轧了快一年了，小半个城区都被我走遍了，今天是第一次走到这边来。”

“你不上班的吗？每天晚上都晃到这么晚？”

“正是因为第二天要上班，才选择出来轧马路的，走累了就打车回去，洗个澡就能睡一个好觉，好歹能睡五六个小时，不然的话整夜都睡不着。”

“失眠症？没有找医生开点安眠药吗？”

她轻轻地摇了摇头，无奈地说：“没用的，吃过一阵子安眠药，开始有效，后来就没用了。”

失眠的原因，她那天没有说，我也没有问，想来是生活中出现了某些变故才开始的吧。她从店里离开之前说要买一本书，让我给她推荐：“最好是大部头的，看起来很费神，容易看睡着的。”

我想了想，推荐了安•兰德的《源泉》给她。但是，这本书似乎并没有帮助她催眠，因为没过几天，大概是零点刚过吧，她又出现在了刀锋书酒馆。

她走到吧台坐下：“晚上好，老板，还记得我吗？”

我认出了她，上次聊天的时候她说她的名字叫安心，我还开玩笑说这可像不是失眠症患者的名字。

“抛硬币又抛到这里来啦？这次间隔时间很短呀。”

“抛硬币是因为不知道应该去哪儿，这几天我都是直接往你们店走的，前几次运气不好，过来的时候你们已经打烊了。”

“那你今天运气不错，需要一杯白水吗？”

她笑了笑，说：“今天想喝酒，还可以点单吗？”

虽然已是打烊时间，但是恰好那阵子我因为某些原因不愿回家，即使没有客人我也会很晚才离店，所以点头应允了。

她在吧台前看了半天，又把菜单翻来覆去看了两三遍，最后点了一杯长岛冰茶。

我习惯性地提醒道：“长岛冰茶不是茶哦，是很烈的鸡尾酒。”

她又笑了笑，说：“当然知道，我经常在家里自己调的。不止长岛冰茶，你们菜单上的酒我几乎全都自己调过，开始失眠的时候，大家都劝我喝点酒，于是就买了各种酒回来，大杯大杯地喝，混合着喝，把自己喝醉了，喝吐了，醉完，吐完，凌晨三四点醒来，还是睡不着，睁着眼睛到天亮。”

酒精总是带给人一种错觉，以为喝醉后痛苦就会消失不见，事实上，痛苦从来都不曾离开过片刻，酒精的刺激其实是在加剧人们内心的痛苦，迅速地突破临界值，人们以为在麻醉之后便可以心安理得地撤除所有防卫，让自己陷入彻底的崩溃或混沌之中。酒醉的唯一好处是，醉后的心如刀绞或号啕大哭，无论多狼狈，醒来后在记忆里都荡然无存，我们也可以拒绝承认曾经被痛苦深入腹地。这就是为什么尽管我们知道借酒浇愁愁更愁，却依然义无返顾地将自己灌醉。

在科林杯中加入长冰，搅拌起雾，依次倒入15毫升龙舌兰、白朗姆、金酒、伏特加和君度力娇酒，加入10毫升蔗糖，再挤入半个新鲜柠檬的汁液，用长量匙导入适量可乐在表面做出分层效果，切一片柠檬在杯口装饰，插入吸管和搅拌棒，便是一杯长岛冰茶。

我一直不明白，长岛冰茶是怎么流行起来甚至风靡世界的，这款名字看起来十分美好的鸡尾酒混合了5种烈酒，味道实在算不上美好。所以看到安心像是喝果汁一样一口气喝掉半杯，我感到一阵莫名的心疼：她心里得有多苦啊——抑或是她有多么沉浸于自己不断堆积出来的这种痛苦之中啊。

我尝试着问道：“你的失眠症状是从什么时候开始的？”

“一年半之前吧，突然就睡不着了。”念头所至，往事跟着涌上来，她的眼神瞬间就失去了光亮，喃喃地说，“一年半之前，也就是我男朋友和我分手的那个时间，从那时候开始的。”

从她后来断断续续的讲述中，我了解到故事的大概。

她和前男友在一起9年时间，从大一开始恋爱，他是社团里的学长，毕业后为了她留在重庆。两个人同居多年，是朋友们羡慕的爱情长跑模范，本来都已经开始筹划着结婚的相关事情了，前男友却在这时有了外遇，对方还怀上了他的孩子，他们闹得极其不堪，最终惨烈地分开了。

“所以，你晚上睡不着，是因为一直都没有释怀吗？”

她摩挲着酒杯：“我早就释怀了，再深厚的感情，结束了就是结束了，没有什么好纠结的，何况他都已经和那个女人结婚生孩子了，不属于我的，没办法强求。”

“既然已经释怀，那你失眠是因为什么呢？”

“我也不知道，夜里一躺到床上，怎么睡都睡不踏实，一会儿觉得床垫太硬，一会儿觉得被子太厚，床品全部换过之后又觉得空气不流通，于是重新装了新风系统，然后又觉得外面有噪音，于是把玻璃都换成了双层隔音玻璃，结果又安静得心慌……总之，所有的原因我都找过了，所有催眠的方法我都试过了，只有轧马路这一招管用。”

“或许是惯性吧，但是这一年半的时间，你都没有再谈恋爱吗？在消除旧爱影响的这件事情上，新欢应该要比轧马路更管用。”

她长叹一声：“我不想再谈恋爱了，爱情实在太脆弱，我一个人过日子也挺好的。”

我笑着说道："或许我们都需要爱情，就像我们都需要氧气一样，你失眠的原因有可能是缺氧。"

她一脸严肃地盯着我，慢慢地说："那我应该是个例外吧，我真的不需要爱情，也不打算让别人再走进我的生活。"

我笑着摇摇头，没有回答她。在刀锋书酒馆，类似的话我已经听过很多次了，但我一直都爱莫能助。在重新拥有爱情的这件事情，从来都不是旁人能够帮上忙的。

在之后的一段时间里，她很多次出现在深夜的刀锋书酒馆，每次都只身一人，有时坐一会儿，有时进来打个照面就走了。她的话不多，比起在吧台跟我聊天，她更喜欢一个人坐在窗边喝酒。

有一天，她在店里坐了很久，等到所有客人都走光之后，她主动过来找我聊天，扯了一大堆不着边际的闲话之后，她对我说："老板，问你一个问题，怎样判断一个男人是真的喜欢你还是只想和你上床？"

"你认为两者之间有绝对的界限吗？"

"有的……吧……"

"一个人是不是真的喜欢你，时间稍微长一点，你自己就能够明确地感受到，如果你也喜欢他，有些事情应该是自然而然的。"

"话虽这样说，但是我心里很抵触，一想到会有另外一个人住进我的房间，睡在我的旁边，我就觉得很恐慌，如果有一天他离开了，我本来稳定的生活将会再次被打碎。"

"你有没有想过，如果不再这么患得患失，可能会变得更快乐呢？所有出现在我们生命里的人，爱人、朋友、家人，总有一天会一个接一个地离去，因为各种原因，生老病死，爱恨别离……

一旦你习惯了这种生命的常态，你就不会再因此而恐慌了。”

安心点点头，似乎若有所思。然而一切并没有变得好起来，反而有更加糟糕的趋势。她深夜出现在刀锋书酒馆的频率越来越高，她不再轧马路了，而是直接打车来到店里，待一会儿再打车回家。夜里不愿意回家的我，给她调一杯长岛冰茶，给自己倒一杯威士忌，听她跟我念叨那个正在追求她的男人。

他们是在朋友聚会上认识的，总的来说，是一个非常优秀的男人，各方面条件都很不错的理想型，他们可以一起开心地约会逛街，也可以毫无阻碍地交流谈心，他正在一步一步地走进她的生活。安心对他也是有好感的，有过不经意间的肌肤接触，也有过脸红心跳的时刻，然而越是如此，她便越慌张，她的身边好像有一个巨大的弹簧，那个男人走得越近，她感受到的压力便越大，随时会爆发出强大的力量，将他从她身边彻底弹走。

“那么你到底喜不喜欢他呢？”每次听她念叨完，我都会问这个问题。

“算是喜欢的吧。”她犹豫着回答，“但是我还没有做好准备。”

“爱情都是突然发生的，不需要做任何准备。”

“不是那个意思，我只是担心，担心他不是对的人。”

“如何才能确认他是对的人呢？一切尚未开始，你又如何知晓对错？”

“话虽如此，得到再失去的这种痛苦，我不想再经历了。如果无法确定是对的，那么我宁可相信它是错的。”

这番逻辑简直是无懈可击，换句话说就是油盐不进，让我一度怀疑自己为什么要陪一个如此执迷不悟的人聊到凌晨两点。后

摄影@陈三天

来我想，“执”是世人的常态，只是所执之事不尽相同而已，人的执念终将有破裂的一天，或早或晚。破执就像一个内生的化学反应，所有元素到位，她需要的只是一个酝酿足够的时机和一点催化剂。

时机来临前，她并没有等待太久。

一天夜里，安心进店的时候，一脸乌云笼罩，呼啦啦地将菜单一阵乱翻，大声地问道 ：“老板，有比长岛冰茶更烈的鸡尾酒吗？”

“你想喝大酒啊？直接喝伏特加不就行了！”

她连连摇头 ：“不行，我一定得混着喝才能醉。”

“你一心求醉的话，我给你做一杯 TOMORROW 吧。顾名思义，喝完这一杯，醒来的时候就已经是明天了。”

她拍着手说 ：“好啊，希望不是徒有虚名，我真的很想从今晚直接跳到明天。”

还是用柯林杯，底部先加入 15 毫升蓝橙皮力娇酒，然后加入适量冰块，依次倒入 15 毫升龙舌兰、白朗姆、金酒、伏特加、白兰地，用长量匙导入适量黑朗姆在表面做出分层效果，切一片柠檬在杯口装饰，插入吸管和搅拌棒，便是一杯 TOMORROW。

这杯混合了 7 种烈酒的鸡尾酒，安心几分钟就喝完了，然后跟我讲了当天晚上发生的事情。

他约她晚上一起吃饭，在一家很高档的西餐厅，安心从一开始就觉得氛围有点异常，果不其然，在用餐快结束的时候，他指着窗外对她说 ：“你看那边。”安心扭过头一看，视野里可以看见解放碑的好几座摩天大楼，其中一座是重庆环球金融中心，这幢 300 多米高的大厦整个外墙同时也是一面顶天立地的巨型广告屏，上面经常会显示“重庆你好”四个字，已经成为重庆的宣传地标。

而此时此刻，重庆环球金融中心的巨型广告屏赫然显示的是“安心我喜欢你”！

这是一次宏大而庄重的告白。安心说，那一刻她的确是欣喜且感动的，但是这种感觉只持续了几秒钟，当他把鲜花递到她的面前，期待着她的回答时，巨大的恐慌瞬间淹没了她，弹簧的反作用力抵达峰值，她像惊弓之鸟一样匆匆逃离了大型告白现场。

“所以，你是拒绝了他？”我问道。

“没有拒绝，也没有接受！我什么都没说，那一刻我心里只是觉得害怕，我不敢答应他。”

“在他的眼中，你的反应就是拒绝，他受到的暴击并不比你直接说出口轻多少。”

“他应该不会再来找我了吧？”

“这个我就不知道了，因人而异吧，有人会知难而退，也有人会不折不挠。”

安心苦笑了一声，叹了口气，有点失落地说道：“他应该是属于前者吧，他那么优秀，有的是女孩子喜欢，没必要在我这棵歪脖树上吊死。所以，只能怨我自己，再也无法享有爱情。”

“此时此刻，你心里难过吗？”

“还是挺难过的。”

“难过就代表喜欢，只有喜欢才会难过。其实你也是喜欢他的，你自己很清楚，你最大的问题是过于患得患失，在尚未拥有之前，便担心失去。要知道，一切终将失去，连同我们的整个人生，只不过是时间早晚的问题。所以舍不得的，终将要放下，那么在失去之前，我会将我喜欢的一切抓紧，能抓多紧就抓多紧。”

小吃
唐扬鸡块¥18
炸猪排¥18
炸鱿鱼圈¥18
炸鸡脆骨¥15
芙蓉虾¥15
蒲烧秋刀鱼¥18
刀
Razor's Edge
锋
虾仁土豆泥¥15
麻辣鲜蛤¥15
芥末章鱼¥15
玉子烧¥12
冷豆腐¥10
中华海草¥10
深夜
食堂
Foods!
一番搾り
KIRIN

摄影@陈国森

她愣了半晌，长叹一声：“可惜，我已经没有这个机会了！老板，再给我来杯长岛冰茶吧，你做的这杯 TOMORROW 喝下去怎么一点感觉都没有？”

我又给她调了一杯长岛冰茶，这次她连吸管都不要，拿起杯子直接喝，喝到一半被呛到了，她捂住嘴巴咳了几下，突然哇的一声，伏在桌上哭了起来。

我把抽纸盒放到她的手边，没有劝她，此刻什么言语都是无效的，最好的方法就是任她放肆地哭个够。但是，我万万没有想到，她竟然把自己给哭累了，加上酒劲上头，最后趴在桌上睡了过去。我只好拿了本书坐在一旁看，想着等她睡一会儿，清醒一些了再叫醒她。

过了没多久，她的手机响了。手机就在她的脑袋边上，长达 60 秒的铃声硬是没有把她闹醒。一遍铃声刚落，紧接着又响起。我凑过去看了一眼，来电名称显示的是：Mr Right。我毫不犹豫地拿起手机，按下了接听键。

半个小时之后，一个男人急匆匆地跑进店里，小心翼翼地将睡着的安心背走了。

在此之后很长的一段时间，大概两个月或三个月，安心都没有再来过刀锋书酒馆。

直到有一天，她和那个男人一起出现。这次不再是深夜，而是周末的下午。

他俩坐在窗边喝着咖啡看着书，举止亲昵甜蜜，毫无疑问已经是确定关系的情侣了。周末店里很忙，我也没有顾上跟他们聊天，走的时候他俩过来跟我打招呼。

我对安心说："好久没看见你了。"

她笑眯眯地说："是啊，我已经不做夜猫子了。"

"现在不失眠了吧？"

"是的，和他在一起之后，我的失眠症就慢慢好了。"

两个人情意绵绵地对视了一眼，其中的幸福与满足已无须多言。

所以啊，哪里会有莫名其妙的失眠，只不过是缺少了一个可以让你安心入眠的怀抱。

小贴士

长岛冰茶

在科林杯中加入长冰，搅拌起雾，依次倒入 15 毫升龙舌兰、白朗姆、金酒、伏特加和君度力娇酒，加入 10 毫升蔗糖，再挤入半个新鲜柠檬的汁液，用长量匙导入适量可乐在表面做出分层效果，切一片柠檬在杯口装饰，插入吸管和搅拌棒，便是一杯长岛冰茶。

TOMORROW

用柯林杯，底部先加入 15 毫升蓝橙皮力娇酒，然后加入适量冰块，依次倒入 15 毫升龙舌兰、白朗姆、金酒、伏特加、白兰地，用长量匙导入适量黑朗姆在表面做出分层效果，切一片柠檬在杯口装饰，插入吸管和搅拌棒，便是一杯 TOMORROW。

健力士与瑞士军刀

什么样的人来刀锋书酒馆才能吃到老板做的菜？这一直是坊间盛传的谜，有人说我是在效仿那部日剧《深夜食堂》，我未置可否。

其实，也是不一样的。《深夜食堂》是在用食物疗愈人心，有一种普世的救赎意味在里面，而我只为对的人做对的菜，围绕的还是自己的小世界。严格来说，这个不成文的规矩之所以出现，倒与《深夜食堂》是有关联的。

如你所知，在刀锋书酒馆如果想要吃到我做的菜，不仅要看我的心情好不好，还要看冰箱里有什么食材，有什么我就做什么，不接受客人点单，但是有一个人例外，他叫阿豪。

阿豪每次都是风尘仆仆地出现在店里，面容黢黑油亮，头发乱如鸡窝，冲锋衣、冲锋裤也是脏兮兮的，他把巨大的登山包往地上一扔，大大咧咧地坐到吧台，冲我喊道："老板，今天吃点好的。"

霞光从山的背后照耀天际，
像是引燃了一片火，烧化了天上的铁，
云彩就是流动的铁水，
黄得绚烂，红得通亮，还有黑色、白色、黛色
分层浸染出无法描述的渐变色……

这是我们的暗语，源于一次聊天。阿豪问我为什么愿意为他破例——让他点菜。

我说："古时候啊，犯人秋后问斩，上刑场之前，牢头都会给犯人安排一顿丰盛的饭菜，因为没有下顿了，所以要吃点好的。"

阿豪说："别绕弯子，听不懂。"

我说："你这个人太不惜命了，每次看到你回来，我都觉得像是死里逃生，也不知道还会不会有下一次，所以破例让你吃点好的。"

阿豪一通狂笑，毫不介怀地说："放心，以后我登山归来，连家都不回，先来找你——吃点好的。"

好在他不会刻意为难我，也不会点什么大菜，无非就是一些家常小炒。在我进厨房忙活之前，他还有个习惯，会先点两瓶健力士黑啤，往往菜还没上，酒都喝完了，于是再来两瓶。

说来奇怪，他在店里只喝健力士，一边喝一边跟我聊旅途中的见闻，喝到兴处，小安就来了。

小安算是阿豪的女朋友吧，之所以用这样奇怪的不确定的称呼，是因为他们的关系十分奇怪。两个人拥有情侣之间所有的表象和实质，却坚决不承认他们是情侣关系。

阿豪会从鼻子里哼出一丝嫌弃："谁做她男朋友啊，肯定是倒八辈子霉了。"

小安也会翻一个白眼："谁肯做他女朋友啊，守活寡。"

尽管如此，每次阿豪来我店里吃饭喝酒，小安都会来接他，凌晨两三点一起回家，也不知去了谁家。

阿豪的工作是户外向导，却是个没有执照的向导，行业俗称"带野团"，通常都是民间自发召集起来的户外运动爱好者，喜欢走一些不同寻常的路线，需要经验丰富并且熟悉路线的领队，阿豪便是其中之一。

我与阿豪的相识缘于多年前的一次徒步旅行。那时，我还在公司里上班，趁着国庆小长假在网上报了一个民间旅行团，一群二十几人组队去爬尚未开发完成的达瓦更扎，我们的领队便是阿豪。

阿豪的个子不高，黑黑瘦瘦的，头发剃掉两鬓在脑后扎了个辫子，脖子上挂着一副很大的头戴式降噪耳机，与我以为的户外领队形象很不相符，倒像个乐队的吉他手。在车上的时候，他也一直保持着酷酷的姿态，一个人坐在车门旁的加座，戴着耳机自顾自看风景，手指上套着一把小巧的瑞士军刀转圈圈。直到团长引导大家交流的时候，我才知道他的领队身份。阿豪说："我是本次的领队，团长负责大家的行程，我负责大家的安全，出来玩安全第一。一句话，别作！作就会死，真死的那种。我尽我所能，你们听安排，就这样。”说话的过程中，他一直拿着那把折叠瑞士军刀在手上翻来转去，莫名地增添了一份威严。因此，我对阿豪的第一印象就是：挺会唬人的。

团长给每个人发了一个不干胶贴，上面有一个数字编号，要求我们写上自己的昵称，然后贴在衣服上。这种场合下，大家通常都不愿意用自己的真实姓名，我便随手写了个“哈利”，编号是19。随后，游戏环节就开始了。

当时的我丝毫没有意识到，一场更加漫长的人生游戏正缓缓拉开序幕。

团长常年组织这种陌生人集体徒步，为了调动大家的参与感可谓费尽心思，他向我们介绍游戏规则：抽签，每个人会抽到一个数字，这个数字对应一个人，这个人就是你在本次旅行途中的特别关注，你不能告诉任何人他是谁，包括他本人；同时，你必须以某种方式向你的特别关注提供至少一次的独特关怀或帮助，在回程的路上，会公开揭晓谜底。

团里基本都是年轻人，这种游戏自然大受欢迎，于是一个接一个抽签，捂在掌心偷偷看一眼数字，然后揉成小球放进口袋，站起来在车厢逡巡一圈，找到自己抽签数字对应的人，假装若无其事地一瞥而过。团长走到我面前，他手里拿着一个铁皮盒子，里面还剩七八个纸团，我伸出手在空中停顿了一秒，本想按照逻辑选一个特定的纸团，不料车身一晃，纸团的布局一下子就变了。我想，随便吧，游戏而已。于是干脆闭眼不看，探进去随机捏了一个纸团出来。

后来我常常回忆起这个瞬间，如果那时候选中的是另外一个纸团，我的人生会有什么不同？如果那次旅行我与她只是纯粹打个照面，后来的我们会不会觉得幸福一些？我从未想过，如此细小的选择，会带来如此巨大的转折。我总以为，改变人生的选择都是充满了纠结与忐忑的，却从未料想，原来在一个路口向左还是向右，赶上了这趟电梯而不是下一趟电梯，捏起了这个纸团而不是那个纸团，都是人生不知不觉的分岔路口，如同蝴蝶轻轻扇动了一下翅膀，会引发未来的一场狂风巨浪。

7号，纸条上写着。

数字倒是很喜欢，可惜我坐在最后一排，放眼望去全是后脑勺，也不知对应的人是谁。好在团长考虑周到，待抽签之后说道："大家也不用偷瞄了，每个人都站起来再报一下自己的号码和名字吧，看清楚你需要特别关注的人，一定要牢牢记住啊。"

这时，一个女生站起来，说："我是7号，名字有点难写，周昀旸。"

我看着她，瘦瘦高高，头发齐肩，微卷，眼睛很亮，鼻梁处有一颗小黑痣，牙齿很白，我努力地捕捉着她的外貌特征，将她同其他女生区别开，同时在心里默念她的名字：周昀旸。

若论私心，阿豪每次来店里能得到特别照顾，与昀旸是有关联的。阿豪是我认识的人里面唯一还与昀旸保持联络的人。基于某种很奇怪的心理，我从来不会主动问起，阿豪有时候会提及，有时候又会忘记，忘记也好，至少说明无风无雨，即便提及，阿豪也只是通过朋友圈了解一些大概动态。总之：她在法国，一切

很好。

这样的场景，似乎又回到了故事的开始，我只能默默地关注她，却不敢冒昧打扰，到第二天开始爬山之前，我都没能和她搭上话。

去往达瓦更扎山顶的路有两条，一条是村民们为了发展旅游正在修的土路，路还没修好，坑坑洼洼的，只有底盘很高的吉普车才开得过去；另外一条是被徒步者用脚踩出来的山路，很多路段直上直下，坡度极大，十分消耗体力。我们走的就是山路。

早上9点从村里出发，计划下午5点前全部登顶。然而，团长明显高估了这支队伍的能力，到最陡峭的路段，几乎是爬十分钟歇十分钟，也就上升 10 米的进度，加之海拔已超过 3500 米，有些人出现高反，有些人体力透支，距离山顶还有几公里的路，而距离天黑已经不到两个小时了。阿豪不知道从哪里找来一辆吉普车，让司机开车将部分人先带到山顶，车上每次只能坐 4 个人，优先让无法继续走动的人上车，剩下的人尽可能地继续往上爬。

我虽体力尚可，却故意走在了队伍最后面，因为昀旸和另外两个女生走得很慢，我想着是时机表达自己的特别关怀了，于是凑过去对她说："要不要我帮你背相机？"

她指着另一个女生说："我没事，你帮她拿一下包好了。"

没想到竟然被拒绝，我愣了一下，飞快地反应过来："没关系，你们俩的相机和包都交给我吧。"很快我就为这句话付出了代价。我先把昀旸的相机斜挎在身后，然后接过那个女生的包，手头猛地一沉，顿觉不妙——她的包估计得有 20 斤。也不知她都装了些什么东西，反正在那时都变成了铁块，压得我直不起身，走一步要耗费两步的力气。这种情况下，其实是说不了话的，一张嘴就会打乱呼吸节奏，于是我们四个掉队的人，在夕阳照射的山坡上，沉默地缓慢地移动，渺小得就像一幅大山水画上的几个墨点。

好不容易从山路走到了大路边，我们坐在几块乱石上大口地喝水，等着吉普车来接，另外还有三个人也在等车。昀旸见我一个人单独坐在一边，特地凑过来向我致谢，来往客气了几句之后，她突然说："我记得，你的名字是不是叫哈利？"

我点点头："是的。"

她冲我意味深长地挑了一下眉毛："我的英文名叫 Sally。"

我的心跳骤然停了半拍，望了她一眼，不动声色地说："我也很喜欢那部电影。"

后来，我坚持说昀旸那天是主动过来撩我的，不然怎么会用一部爱情电影来和我套话呢？但是昀旸拒绝承认，她说她只是出于礼貌，觉得我帮助过她，不忍心看我被冷落，随便找了个话题来跟我互动而已。无论如何，有一部共同喜欢的电影，能听懂对方的弦外之音，故事的开头也算是欣喜的。

太阳快要落山之时，吉普车终于出现，然而司机说他跑完这一趟就必须回家了。即使拼命挤一挤，后座四个，前座两个，依然会有一个人上不了车。女生肯定要都走，另外三个人里有一个男生表示，他们三个要共同进退，孤单的我只好再次发扬人道主义精神，主动申请步行上山。

司机担心地说："离营地还有 3 公里，要走一个小时左右，估计天就全黑了。"

我的内心虽然崩溃，但还是撑着场面说："没事，沿着土路走，迷不了路。"

这时，昀旸突然说："我也不上车了，跟你一起走路上去。"

我转身望着她："没事的，不用担心我，你跟着坐车上去吧。"

昀旸摆摆手："谁担心你啊，我担心我自己，车上挤太多人，容易翻车。"

众人还准备劝一劝，昀旸却把相机和包都塞给同伴，只拎着一根登山杖，转身就开始往前走。我也赶紧把东西都放到车上，口袋里装了两瓶矿泉水追了上去。

"诶——你为啥不愿上车啊？"我问她，"难道……我是你的特别关注？”

昀旸白了我一眼：“别想多了，省点力气走路吧。”

那段路，我至今都记得。极目远眺，左手边就是巍峨绵延的贡嘎雪山，终年不化的雪山之巅被夕阳余晖笼罩着，泛出柔软的金黄色，尚有天光，但脚下的山体已经变为深青色，如同一个巨大的黑洞，透着些许危险的气息。那抹金黄吸引我们驻足，那抹深青催促我们赶路，我想要和她说些话，但一出声就会破坏了那微妙的和谐。于是，我们便默契地一前一后地走着，走着，在群山环绕之中，只有我们沙沙的脚步声和沉重的呼吸声。

这样的场景，总要有些非同寻常的事情发生才对的。于是，就真的发生了。土路上有不少散落的石块，我稍一走神被绊了一下，重心没稳住，趔趄两步，膝盖重重地跪在地上，一阵剧痛传来，我忍不住叫喊了一声，一边使劲咬着牙根一边想，这下丢脸丢大了。

昀旸在我前面几米，闻声跑过来扶我。我的冲锋裤都被磕破了，挽起裤腿一看，膝盖处破了皮，好在没有大伤口，眼见一些血丝在往外渗。昀旸有些手足无措。在这荒山野岭里，我们身上连纸巾都没有一张，她慌慌地问我：“你感觉怎么样啊？有没有什么异常？”

“我觉得此刻狼狈异常。”

昀旸扑哧一声笑了：“这个时候，你倒幽默起来了。”

我曲起腿，边用矿泉水细细地冲刷伤口附近的泥灰边说：“紧张也没有用，死生天定，如果刚刚一脚滑到山崖下面去了，能死在这样的景色中，我倒觉得没什么遗憾。”

昀旸没有说话。后来她告诉我，那一刻的我表现出来的从容和颓丧，让她开始对我另眼相看。她不知道的是，我那不过是失恋的阴影而已。在旅行前的那个夏天，我从一场轰轰烈烈的恋爱中夺命而逃，心如死灰。

我终于缓过劲来了，说："麻烦美女救个狗熊，扶我站起来，我看看能不能走。"

昀旸扶着我，我直起身试着迈了迈腿，腿是软的，膝盖也使不上力，估摸着是骨头或者软组织伤着了。我又重新坐下，昀旸焦急地问我："现在怎么办？"

我想了想："得有个人架着我走才行，你力气不够，要找个男生，手机又没有信号，我能想到的唯一办法就是你先到营地，让阿豪回来接我。"

昀旸担心地说："那你一个人待在这里不会有事吧？待会儿就天黑了。"

我硬挺着说："放心吧，死不了！"

昀旸站起身正准备走，突然大声惊呼起来："天哪，晚霞！好美啊！"

我扭过头，夕阳已经坠入群山的背后，雪山顶上不知何时聚集起大片大片的云朵，层层叠叠，翻腾涌动，如同在群山之上再造了一座云做的群山；而霞光从山的背后照耀天际，像是引燃了一片火，烧化了天上的铁，云彩就是流动的铁水，黄得绚烂，红得通亮，还有黑色、白色、黛色分层浸染出无法描述的渐变色……而云层游动得飞快，不过一分钟又是另外的姿态，我们俩呆呆地望着天空，被眼前的景色震撼到失语。

我首先反应过来，懊恼道："可惜了，没带相机！"

"不重要，看在眼里，记在心上。"昀旸走到路边找一块石头坐下，目不转睛地盯着天边的晚霞。

"你这是打算看完了再走吗？"

"对啊，我看晚霞的时候不做任何事。"

"这句话出自《悟空传》。"我又道，"那你是猴子还是紫霞？"

昀旸扭头看了我一眼，欲语又止，回过头继续望天。于是，我们一起沉默着，在这绝美的雪山晚霞之下，受伤的我坐在路中间，昀旸坐在路边，一前一后，仰望着西边的天空，直到霞光退去，夜色降临，满天的星星跳了出来。

我说："过一阵子估计能看到银河，你不会看星星的时候也不做任何事吧。"

昀旸说："比起星空，我更爱晚霞，绚烂绽放，鲜艳动人。"

回忆至此，我忽然明白，原来将来种种，初见时的对话里都隐藏了答案。

我提醒着她："天快黑了，你也该出发了。"

她站起身，看着我说："你刚刚那句话，让我想起了一部日剧，叫作《深夜食堂》。每一集的开头，老板都会说，天色已晚，人们都赶着回家之时，我的一天才刚开始。"

"那是一部什么样的片子？"

"讲料理的，配合一些治愈的小故事，一个脸上有刀疤的老板，开了一家小店，每天晚上 12 点才开始营业，早上 7 点打烊，菜单上只有一种菜，其他的菜，只要你想吃，老板就可以做给你。"

摄影@陈国森

我脑袋轴了一下，说 :“这不大可能，那得备多少食材才行啊，万一去了个福建人，想吃个佛跳墙可咋办？”

昀旸白了我一眼 :“你的脑子也摔坏了吗？那是电视剧，那叫情节设定。”

“设定也可以显得科学一些啊，比如老板很任性，不接受客人点单，今天有什么食材就做什么。”

“那不是为了配合每个客人都有一个和食物有关的故事嘛。”

“那也可以玩得更高级一点，让客人讲故事，讲得好就做饭给他吃，讲不好就没有饭吃。”

“行行行，你最科学最高级了，将来你可以开个这样的店，我肯定捧场。”

我们俩斗嘴斗得正欢，道路尽头的黑暗中突然窜出一个身影，把我俩吓得不轻。随即，阿豪的声音传来 :“好欢乐啊，我还担心你们走不动，搭完了帐篷赶紧回来接你们，看来是多虑了。”

我和昀旸喜出望外，直呼救星。

那天，阿豪架着我一步一步回到营地，昀旸跟在一旁，走走歇歇，花了足足一个半小时。只记得路上看到了银河和云海，却不记得聊了些什么，两个人的交谈里可以隐藏许多小情绪，三个人就只剩哈哈哈了。但经历这样一次夜行，足以让我们三个人的友谊延续到往后的日子里。

阿豪是我和昀旸这段故事最完整的旁观者。每次见到他，我都会想起昀旸，刀锋书酒馆里所谓“厨房副本”的设定，也是来自我与她在达瓦更扎山顶的那次谈话。

有一次与阿豪聊到此事，他有点不服气 :“搞了半天，我原来是靠走后门才吃上饭的，凭什么区别对待？我也有故事啊，换你十顿饭都绰绰有余。”

阿豪跟我讲过许多他在旅途中的经历，足够惊奇，甚至叹为观止。直到有一次，阿豪在喝完六瓶健力士之后，跟我讲了一个关于重逢与别离的故事。

阿豪曾经有过一个女朋友，名叫宇欣。几年前，阿豪毕业刚工作了几个月之后便裸辞，跟着一位资深领队当助手带团。宇欣当时处在间隔年，全国到处晃荡，两个人的轨迹交叉在青海湖边的一家青年旅舍里。晚上一群人在大厅聊天，宇欣听阿豪说他们第二天要去茶卡盐湖，便想搭他们的车一起过去，阿豪想着车上还有空位，便满口答应下来，领队自然是不同意的，阿豪为了撑场面，自己掏钱补了一个人的团费，并嘱咐领队不要讲出去。不料，领队第二天途中在车上跟人吹牛的时候不小心说漏了嘴，中巴车就那么点空间，宇欣听到了，阿豪也听到了，空气瞬间凝结。宇欣起身拿起自己的背包，走到前门旁，让司机停车说她要下去。众人意识到不妥，纷纷劝宇欣坐下。宇欣冷眼看了一下车里的人，用最大的声音冲司机吼道：“给我停车！”

司机不得不靠边停车，打开车门让宇欣下去。车继续往前开，人们叽叽喳喳地评论宇欣刚才的行为。阿豪愣了好一阵子，终于下定决心，过去跟领队说：“师傅，对不住了，请允许我下车，我得去找她，后面的团我也没法帮你带了。”

领队不肯，指着阿豪的鼻子训他：“年轻人，你是出来工作的，不是来泡妞的。”

阿豪毫不示弱，还嘴道："你要干点人事儿，至于搞成这样吗？"说完，他用脚猛踹车门，吼道："我要下车，谁也别想拦我。"

领队阴沉着脸，骂道："要滚就滚远点！以后别让我在户外行业里看见你。"

阿豪下车后一路往回飞奔。十几分钟后，在高原上跑到精疲力竭的阿豪，终于看见背着包一边走路一边伸手求搭车的宇欣。他放慢了脚步，调整好呼吸，斟酌着第一句开场白，脸上情不自禁地堆满笑意。阿豪走向宇欣，走向自己期盼已久的爱情，与不可逆转的命运。

阿豪和宇欣在一起的第一年，他们走遍了大半个中国，从西北沙漠到长白雪山，从江南水乡到南部海岛，他们纵情于秀美壮丽的山水，更加广阔的世界在他们面前徐徐展开，每一天他们会都被新奇的感受所填满，因此无暇去思索遥远的明天。

突然有一天，阿豪的母亲喊他回重庆，说是他们要买一套小洋房，需要阿豪去办手续。阿豪也没多想，以为就是父母投资房产挂他的名字而已，漫不经心地跟着把所有的字都签了。最后，母亲才对他说："房子是你的，我们付了一半首付，贷款 80 万，每个月房贷 4000 元，你自己想办法还。这是精装房，半年后可以入住，到时候你就从家里搬出来，吃穿住自己负责，生活费我们也不给你了，24 岁应该自食其力了。"

以这样的方式来规训孩子回到生活正轨的父母，我也是闻所未闻。他们以为这招狠棋能够把阿豪将死，他会乖乖回来找工作，回到他们期望的人生轨道上。不承想，阿豪青出于蓝，来了一招更狠的：收房之后，他偷偷卖掉了房子，拿着近 100 万跑到成都租了一个三层小独栋，开了一家规模颇大的青年旅舍，他和宇欣亲自料理。经营实体旅舍谈何容易，两年之后，青旅的生意迟迟没有起色，阿豪为此还背负了不少债务。理想的生活渐渐远去，现实露出了锋利的獠牙，他和宇欣之间的分歧和争执也越来越频繁。

“我们去一趟拉萨吧，在那里我们或许能平静下来，面对一切。”有一次吵到几近崩溃之后，宇欣对阿豪说。阿豪欣然答应。依然采取他们喜欢的徒步加搭车的方式，然而在路线选择方面，两个人又发生了分歧。宇欣想走川藏南线，她很喜欢这条路线，想要走第二遍，阿豪却想走滇藏线，因为川藏南线对他毫无吸引力，而滇藏线两个人都没有走过。他们谁也没有说服谁，最终决定各走一条线，在芒康碰头，然后一同前往拉萨。

这是一个足够动人的开头：一对恋人为了寻找生活的答案，遵循各自内心的指引，踏上不同的旅程，终点指向共同的圣地。只可惜，结局有些感伤：阿豪在路上耽误了时间，没有准时抵达芒康，宇欣在芒康等了他七天之后，先行离开独自去了拉萨；而阿豪迟到了半个月才抵达拉萨，那时候宇欣已经只身前往尼泊尔，在拉萨的青旅里只给阿豪留下了一封分手信。再后来，宇欣离开成都去了上海，他们从此再也没有见面。

宇欣的分手信里写了什么，阿豪始终没有说。他觉得那些都是借口，因为他依然深爱着宇欣，所以他不接受她列出的任何理由。拉萨那家青旅里的义工告诉阿豪，宇欣在拉萨的时候每天都和一个男人出去喝茶，而那个男人恰好来自上海，所以阿豪有足够的理由认为宇欣变了心。然而，一切都已无法挽回，阿豪便将

摄影@陈国森

一切归结于天意，他认为如果他没有迟到，那个男人就没有任何机会接近宇欣。

“你为什么会晚到那么久？”我问他。

阿豪仰着脖子灌了一口健力士，抹了一下嘴巴，叹道：“都是天意啊，天意——我差点在滇藏线上丢了命。”

阿豪从昆明出发，路上搭车太过顺利，甚至比计划提前两天到了德钦县，他便想拐到雨崩村去看一看。本来是一条毫无难度的路线，阿豪却在一处陡坡下坡的时候滑了一跤。

“我整个身体飞了起来，要往坡下滚，迎接我的全是大石块，棱角尖尖的，无论戳到哪儿肯定就是一个大洞，一准活不了。当时，我手里有根登山杖，下意识地往地上一插，多亏了这一插，卸掉了大部分势能，我扑倒在地，没有滚下坡去，要知道钛合金的登山杖都被生生压断了，真的是死里逃生！但是，我的脚踝扭伤了，手腕划了一个大口子，脸上也有伤，同伴把我送到医院，养伤养了大半个月，痊愈之后，我直接从迪庆转机飞去拉萨。整个过程，我都没有让宇欣知道，撒谎说我心血来潮想要转一转梅里雪山，开始说是小转，后来说是大转，然后把她惹恼了……”

“你为什么不告诉她你受伤的事情？”

“我怕她说我不成熟、不稳重，做事不靠谱，像个长不大的男孩，老让她替我操心。这样的话她之前说过很多次了。”

“她说得对，你现在也还是这个样子。”

阿豪瞪了我一眼，似乎有点不服气，但是他又不知道怎么反驳我，于是低下头拨弄着他那把从不离身的瑞士军刀。

阿豪似乎永远停留在了宇欣离开他的那一年，或者说他的灵魂留在了那里，他的身体成了“无主之身”。他转让了青旅，回到重庆开始做自由领队，户外穿越、高空跳伞、深海潜水、自由搏击、徒手攀岩，都变成了他的挚爱。他将自己的生活置于巨大的不安定之中，一次次惊心动魄，又一次次有惊无险，他信奉某种变形的浮士德精神，认为狂野和激情才是真实的人生。

阿豪终于还是想要辩解两句，抬起头对我说：“我一直以为她喜欢的就是那样的我。我们确定关系就在嘉峪关，我们从超市里拎了一打健力士，在烧烤摊上一直喝到后半夜，我趁着醉意表白，没想到她一口就答应了。她和我说，知道我为什么答应你吗？因为你这个人很率直、很热烈，还有点怪脾气，就跟健力士的黑啤一样，和我对味儿，我最怕的就是单调乏味的生活。”

我总算明白阿豪为什么只喝健力士了。然而，阿豪却不知道，当时远在上海的宇欣早已不喝任何啤酒，包括健力士，她开始喝茶吃素，练习剑术与合气道，变成了阿豪无法想象的模样。

我问阿豪：“你确认吗？你是为了宇欣才选择这样的生活，还是你自己内心真的喜欢这样的生活？或者说，你其实是在用一种不作不死的仪式，刻意阻止自己从那段感情中走出来。”

“当然是因为我喜欢。”

“你每次只喝健力士，为什么？”

“喝习惯了嘛。”

“那你手里这把形影不离的瑞士军刀呢？都快被你盘出包浆来了，如果没猜错的话，是宇欣送给你的吧。”

阿豪沉默不语。

店里没有其他客人了，于是我自顾自走了出去，站在门外抽烟。

我之所以要走出来，是不想让阿豪看到我的悲伤。我是他们心中的摆渡者，所以我不能让他们望见我内心纠缠的结，或是眼角几乎要落下的泪。渡人者难自渡，我可以用清晰的逻辑和锋利的言语去瓦解阿豪心中的执念，而面对几乎同样的问题，我自己却无能为力。

我为什么还要继续守着这家小店，保留着任性的“厨房副本”，在深夜等着未知的顾客推开店门，我到底是想麻痹自己以证明昀旸并未离开，还是等着她的突然归来？

烟，抽完了两根。黑暗中有个女生的身影闪现，朝着刀锋书酒馆走来。我的心跳猛停了两拍，随即便失落地沉下去——来的是小安。

小安和我打招呼，我把她拉到一旁，轻声说道：“阿豪对前女友一直有个心结，你是知道的吧？”小安点点头。

“那你打算怎么去解呢？”

小安淡淡地说：“不知道，只有时间吧，时间是唯一的解药。”

我有点诧异，没想到小安平时话不多，内心却比谁都透彻。我又问道：“能好奇一下你喜欢阿豪什么吗？是他身上那种生命力和少年感？”

“说不出来，也没想过，只是喜欢他这个人，他从不存在于我对男朋友的任何幻想和期待中。”

这简直是好得不能更好的答案，遇到小安是阿豪的福气。

我和小安一同走进店里。

“老板，再来一瓶健力士——”阿豪冲我喊道，顿了一下，又补充说，“再喝最后一瓶。”

我从冰柜里拿出一瓶健力士，又从酒柜里取了一小瓶香槟，笑了笑说：“那就干脆喝点不一样的吧，用健力士做的鸡尾酒，你喝过吗？”

在搅拌杯里加入几块冰块，倒入半瓶健力士，再等比例倒入香槟，用长吧勺迅速搅拌均匀，滤去冰块和浮沫之后倒入酒杯里。这款看似简单的鸡尾酒叫作黑色天鹅绒，粗粝且生动的生活像是健力士，温柔细腻的爱情就像是香槟，两者叠加在一起，就是天鹅绒般的质感。

我把酒递给阿豪，他几口就喝完了，点头称赞说：“不错啊，口感很顺滑，不那么苦了，但是啤酒花的味道保留了下来，还多了一些果香。这款酒叫什么名字？”

“它的名字叫作忘情水。”

阿豪听懂了我的画外音，哈哈哈一通狂笑，说：“老板你给客人调的每款特调都叫这个名字吧！”

他倒是说对了，我调过好几种忘情水给客人喝，然而酒精哪里能拥有这般功能，忘或不忘，终究在于自己。

凌晨一点过后，阿豪和小安一起走了。我简单做了一下店面清洁准备打烊，擦桌子的时候，在一张餐巾纸下面发现了一样东西——瑞士军刀，是阿豪留下的。阿豪是故意落下的，说明他已经做出了某个决定。

我顺手把瑞士军刀扔进了垃圾筒，想了想觉得不对劲，又去捡了回来，擦拭干净后收进了柜子里。人生漫漫，谁又知道呢，说不定有一天，阿豪会回来找它，也说不定有一天，它原本的主人会遇见它。

小贴士

黑天鹅绒鸡尾酒

在搅拌杯里加入几块冰块，倒入半瓶健力士，再等比例倒入香槟，用长吧勺迅速搅拌均匀，滤去冰块和浮沫之后倒入酒杯里。这款看似简单的鸡尾酒叫作黑色天鹅绒，粗粝且生动的生活像是健力士，温柔细腻的爱情就像是香槟，两者叠加在一起，就是天鹅绒般的质感。

鸡汁抄手与胶片机

刀锋书酒馆开了好几年，来来往往的人说少也不算少。有人专程而来，也有人只是路过，有人会再度出现，也有人只是匆匆一现，这些人的背后往往有着一丝若隐若现的隐秘关联。在很多顾客的心目中，刀锋书酒馆变成了一种象征，这些象征具体是什么，我无法一一知晓，但是细细琢磨背后的逻辑，答案却简单得不得了。

我想，并不是因为我的刀锋书酒馆有什么非凡之处，而是因为它一直存在，仅此而已。它变成了一个固定的空间坐标，人会变，事会变，感情会变，而刀锋书酒馆没有变，它见证了所有变化，供人在时过境迁之后怀念。

怀念，其实是一种美好的情绪，即使是伤痛的记忆，在怀念的时候，也会化作千帆过尽的淡然；然而，时过境迁，却是一个

所有的爱都会过去，
恨也一样，
希望云淡风轻的那一天，
你再来到刀锋书酒馆，
我会请你喝一杯酒。

很玄妙的词，多久才算是时过呢？对有的人来说是一年，对有的人来说是十年。在雅静身上，这个时过是三年。

雅静走进店里的时候脚步轻盈，几乎是蹦着跳到我面前，一巴掌拍在吧台上，对我说："老板，我来喝酒了，我要喝最贵的。"

我有点摸不着头脑，心想这姑娘真够奇怪的，大大咧咧地好像跟我很熟，实际上我并不认识你啊。

我顺口说道："最贵的呀，肯定是威士忌了，我这里有日本白州，108元一杯。"

雅静嘻嘻地笑着说："老板，你自己跳坑里的，别怪我哈。"

我依旧一脸茫然。雅静拿起手机亮出一张图片，递到我面前，得意地说："你自己说的要请我喝酒。"

看到截图，我终于反应过来了："啊——是你呀！"

刀锋书酒馆有一个疏于打理的公众号，主要用于发布一些活动和通知，偶尔也会和顾客在后台聊聊天。店里没什么客人的时候，在后台做午夜电台也是常有的事情。人生的结有千百万种，我自然没办法一个个帮他们解开，安慰反而显得无效，尤其是对于一些执迷不悟的人，任何言语都是苍白的，我只好祝愿他们能够早日走出当前的状态，并许诺如果他们来店里我会请他们喝杯酒。这样的酒，恐怕我已经欠了十几杯吧，雅静的这杯酒便是这样来的。

承诺当然要兑现，我把酒给雅静倒上，放到她面前。雅静从包里拿出一个胶片机给这杯酒拍了张照片，然后才郑重其事地端起来喝了一口，左右张望了一眼，随口问道："老板娘今天不在吗？"

感伤的轮盘转向了我这边，往事翻涌而出……我意识到，雅静的确是间隔太久时间了才再次来到刀锋书酒馆，以至于她第一次来店里的时间比昀旸的离开还要久远。

雅静第一次来到刀锋书酒馆是在三年以前。不过那天晚上发生的事情几乎都在我的视线范围之外，严格来说，我与雅静并未打过照面。但是，我知道她，以及她的故事。

那是在开业后不久的一天，店里客人寥寥无几，到了夜里就更显清净。我在厨房里忙活着试验新的菜品，昀旸守在吧台。中途我听到外面传来清脆的玻璃碎裂声，赶紧冲了出去：一个男生站在那里，表情有点尴尬，脚下碎了一瓶啤酒，泡沫溅了他半截鞋面，见到我们出来，他连声说不好意思。我说，没关系，常有的事。

昀旸拿笤帚扫净碎玻璃碴，我拿拖把拖地。被打碎的是一瓶智美红帽，空气中弥漫着一股浓浓的酒香。男生又点了一瓶酒，很快地喝完，起身离开了，一个手提袋被他留在了椅子上。我拎起袋子追出去喊住他，他摇摇头，说："这个我不要了，送给你们吧。"

我推辞道："心领了，这个我们不好收的。"

他勉强接过袋子，转身走了。

我回到店里，酒香消散，灯暖店静，像是什么事情都没有发生过。

昀旸跟我说："和他一起来的那个女生是哭着跑出去的，估计是一个悲伤的故事。"

我问："发生了什么？"

昀旸说："他们坐得偏，我在音乐声中啥也没听见。后来，听见酒瓶摔到地上，才看见女生抹着眼泪走了。"

果然是个悲伤的故事。

第二天，我在公众号后台收到一条留言，是前一天夜里 10 点多发过来的，言简意赅只有六个字：我恨死刀锋了！

看得我心头猛跳，以为刚开业就招来了仇家，于是以非常书面和礼貌的服务业模范文本回复了她，如果她对我们有不满意的地方可以告诉我们，希望给我们一个改过的机会。

当天晚上，她终于回复了：我男朋友跟我分手了！昨天晚上，就在你们店里，我再也不要去刀锋了。

我哭笑不得，然后以更好的爱情在前方等你之类的话回复了她，这样的安慰显然无济于事。她又回复说：我好喜欢你们店的，可惜我再也不敢去了。

刀锋书酒馆在她心中已经成为这段恋情终结的标志，她害怕的不是这家店，而是未能释怀的这段感情。于是，我说：所有的爱都会过去，恨也一样，希望云淡风轻的那一天，你再来到刀锋书酒馆，我会请你喝一杯酒。

她没有再回复我，我以为这件事情就此过去了。几天过后，我在公众号发了一篇推送，讲述了刀锋书酒馆“厨房副本”的来源和玩法，宣告“厨房副本”正式开启。她又在后台留言：这个好有意思啊，我的故事肯定能打动老板下厨，可惜我不敢去刀锋。

那天晚上我一直没有登录后台，第二天才发现，她在后台密密麻麻发了很多条留言，时间从晚上 11 点多到凌晨两点多。这个时间段我其实还在店里，听着另外一个顾客讲着他的故事，而雅静在虚拟网络里，对着一个公众号，以自言自语的方式讲述了她的故事。

她说：“老板，你知道吗？那天是我第一次去刀锋。我之前一个月都在国外旅行，在朋友圈里看到你们店的照片，然后关注了公众号，真的很喜欢你们店。所以，我回重庆之后跟他见的第一面就约在你们店里，因为我想要和他分享我喜欢的东西，我还带了好多礼物给他，因为我每到一个地方都会想念他。可是他见到我之后，竟然直接跟我说要分手。”

她后面的叙述显得杂乱无章，情绪也不稳定，想到什么就说什么，我读完她发来的几十条长长短短的留言之后，勉强得以将雅静的故事拼凑完整。

雅静刚刚大学毕业，还处在自己的间隔年之中。她的男友比她大五岁，是一名摄影师，两个人是在摄影网站上认识的，约着

一起出来拍片子。雅静那时候还在读大学，只是个摄影爱好者。两个人去了长江边，还有一些人迹罕至的地方，破旧的木料场、被废弃的工厂、有绿皮火车经过的小站，本来是约着一起拍风景，到后来完全变成了他拍她。他能够发现每一处看似日常的景象背后的美，更能够发现她的美。

当天晚上，他把照片传给了她。雅静看着自己的照片，忍不住心跳快了一拍，这当然不是被照片中的自己美到了，而是心动的痕迹。雅静认为，一个人能够拍出自己不为人知的美，是心意相通的一种证明。

一周之后，他再次约她出来拍照。这次他们去了一个偏远的野山坡，有一大片开得正好的芭茅草，他们坐在山坡上等夕阳拍逆光。晚来寂静，偶有飞鸟，只有时间在悄然流淌。某个沉默的空隙，他说："光线对摄影来说特别重要，我刚学摄影的时候，前辈们都对我说，摄影就是要抓住光线，到现在我才发现，是光线抓住了我们。"很久以后雅静才知道，这句话是某部电影里的台词，但是那一刻她被笼罩在逐渐柔软的光线中，她的心也被抓住了。他们本来并肩坐着，她朝右侧轻轻一倒，脑袋靠到了他的肩上，他没有躲闪，于是他们顺理成章地恋爱了。

恋爱当然都有甜蜜期，那些专属的甜蜜记忆都变成分手后逐渐显露出来的刺，雅静大量地向我描述着那些美好的瞬间，以证明他们的爱情是真实浓烈的。我当然相信，在那一刻，他们都真实地爱着。

"爱是一定会消失的吗？"雅静又单独发了这么一条信息过来。

爱是在哪一刻开始消失的呢？或许是在他们第一次吵架的时候，或许是在他故意不接她电话的时候，或许是在他第一次说出她不懂事的时候……他总觉得雅静是一个还没有长大的小孩，不能理解成年人的世界，也不能理解他。他希望雅静理解他在微信里和那么多女生保持频繁联络是基于工作需要，理解他没有太多时间陪伴她是因为工作牵绊，理解他有时不及时回复信息是因为工作太累了。最激烈的一次争吵，他对她说：你的世界太小了，生活中不是只有爱情，不是只有两个人的缠绵，你应该多出去看看更大的世界。

于是，大学毕业之后，雅静选择间隔年，第一站去了西藏，她和他分享着西藏之旅的惊喜和收获，他却嗤之以鼻，觉得那些都不值一提，毕竟他已经进藏十几次了。雅静决定去一个他也没有去过的地方。第二站，雅静去了俄罗斯，因为她很多次从他口中听到过他对贝加尔湖的向往。他们的争执从她出发前就开始了，因为男生想让雅静等他有长假了一起去俄罗斯，而雅静却不想再等待，她约上闺蜜一起踏上了这次旅行。当雅静从俄罗斯回国之后，便发生了在刀锋书酒馆的那一幕。

雅静完全无法接受这一切，自尊心驱使着她当场离开，被她从桌上推到地上摔碎的那瓶啤酒表达了她的愤怒，却并没有帮助她获得任何慰藉。她觉得他们的感情没有任何问题，分手只是因为他变了心，她无法理解他为何突然离开，他给出的理由是他们不合适。这几乎是所有恋人分手的理由，也几乎不能算作是理由的理由。

第二天下午，我才在后台看到雅静再次留下的大段留言，依然是回复了几句安慰的话，没想到她马上就回复了。雅静问我，怎么看待他们之间的爱情。

我回复她说：点燃爱情是容易的，让爱情持续燃烧却是艰难的，这是所有爱情中都会面临的问题，尽力而为，全心投入，纵然失去了，便认为那是必须要失去的，无须强求。

我以为这段充满了哲理的回答可以让她沉思良久，作为本次聊天的终结，没想到雅静又回复说：老板，你和老板娘的爱情也会这样吗？你们是怎么让爱情持续燃烧的呢？

这一次，轮到我沉默了。我想了很久，最终也无法回答她。

那一年，从达瓦更扎回来的路上，领队让大家公布各自的特

摄影@陈三天

别关注对象，昀旸抽到的号码果然就是我，尽管我早就猜到了，却依然无法遏制内心的激动，我无法不将其看作是一场命中注定的相遇。

旅行结束之后，我约昀旸出来吃饭，理由是感谢她在山上对我的帮助，她如约而至。我们聊得很开心，即使在真实的生活当中，我们相处得也很舒服，开始频频约会，一起逛街看电影看演出。在确定了彼此的心意之后，我选择在跨年夜解放碑迎接倒计时的人群中向她表白，我说：当你发觉自己想要和某个人共度余生，那么余生越早开始越好。昀旸满眼含笑，点头应允。

如同其他恋人们一样，短暂的热烈之后，这段爱情也逐渐走向冷却。我们也坠入了日常生活繁复编织起来的网，在重复与消磨之后，步入困境。或许真正缠住我们的是生活，而不是感情，我们的感情看起来没有任何问题，没有猜忌和背叛，却慢慢地感觉有哪里不对劲，就像是小时候，眼睁睁地看着一颗脱手的玻璃弹珠滚进了地缝里，自己却站在原地不知所措。

昀旸是室内设计师，每天穿梭在工地和公司之间，迷失在一张又一张 CAD 图纸里，很少能准时下班，回家也常常加班。我当时在一家大型公司做市场专员，工作节奏非常紧张，每个月还要全国各地出差两三趟，有时还会占用周末。我们就像是在日常工作之外谈恋爱，当那些可以带来新鲜感受的约会仪式都失效之后，我们变得一筹莫展。

在偶尔清闲的周末，我们会放弃所有活动，在家平躺一整天，超过半个小时的静默让我们感到心慌。生活的激情急速地退却，像被一台大功率电机抽干了，变成了一个呼呼刮着大风的黑洞，咆哮着要将我们卷入。

开始正视这个危机的时候，我们才发现对彼此的了解是如此之少，除去那些身份标签和人生履历，我们在彼此眼中算不上真实。一次次的深夜长谈之后，我们得以走进对方的内心深处，看到一个小男孩和一个小女孩如何成长为大人，如何接纳这个世界并且被这个世界所改变。

我们聊起了那些隐秘的渴望，那些不会对常人提及的梦想。昀旸说，她很想开一家小书店，书不用太多，但都是自己喜欢的，客人也不用太多，但都是有意思的。我说，我想开一家小酒馆，没有驻唱，没有镭射灯，只用最好的音响放自己喜欢的摇滚和民谣，客人也不用太多，但都是有故事的。

昀旸突然提议："我们可以开一家既卖书又卖酒的小店啊，书酒馆，多么奇妙的搭配。"

我一下子联想起在达瓦更扎的山顶，昀旸和我曾经聊到的"深夜食堂"，我说："店里还可以有一个深夜食堂，不是固定开启的，而像一个副本，顾客如果有好故事，就可以为他做一道菜，不接受点单，有什么食材就做什么，恰好你做饭很好吃，我也勉强可以，这样也不用请厨师。这个设定肯定会吸引很多客人。"

昀旸也激动起来："万一有客人不愿意主动讲故事，我们可以设计一个小游戏，像综艺节目里那种，诱导客人分享自己的经历。"

我说："万一有好故事，我还可以写出来。"

我们越聊越兴奋，后来很长一段时间，我们都沉浸在这样的想象里，不断完善它的细节，直到有一天我们意识到，它已经成熟得不能再成熟，变成了一个随时可以采摘下来的梦想。但是，最大的障碍来自辞职开店之后的经济压力和不确定性，在这个残酷的现实面前，我们都同时低下了头。

然而，上帝之手在恰当的时候推了推我们，后面的一切都可以被理解为必然要发生的事情。前两年，我在网上陆续写过一些短篇故事，发表在个人主页里。某一天，其中一篇突然涌入大量留言和转发，然后才发现是被推荐到了网站首页。不久就有编辑私信联系我，问我还有没有更多的作品，可否出版一本短篇故事集，我自然是欣喜的。

在签完出版合同之后，虽然书都还没有看到半页，我却早早地生出幻想，以为自己也算是个作家了。如果我每年出一本书，开店之后的生活就能有基本保障，我们可以去实现那个近在咫尺的渴望了。昀旸听完我的构想后，慎重地考虑了几天，最终我们两人都从公司辞职，投入了所有积蓄，筹备装修了半年，自此有了刀锋书酒馆。

几年过后，当回想往事之时，我才意识到，刀锋书酒馆在某种意义上拯救了我和昀旸的爱情，它为我们被困住的生活敞开了一个出口，让爱情在获得新鲜空气之后得以继续燃烧，但是这样的燃烧又能持续多久呢？当时的我并不知道，所以我也无法给雅静一个令人信服的回答。

好在雅静后来也不在后台找我倾诉了，只是店里偶尔做一些线下活动的时候，雅静总喜欢在下面留言：这个活动真好，可惜我还是不敢去刀锋。一开始我故意回复她：来呀，互相伤害呀。后来我不回复她了，因为我明白她的留言不是为了互动，而是在对着一段往事自言自语，刀锋书酒馆是那段往事的终点，变成一个象征。往事应该沉默，沉默才会产生遗忘。

逐渐地，雅静的留言变少了，也不再包含怨念了，直到她说：刀锋真棒，等着我吧，终有一天，我会带着对的那个人再去刀锋，我们要喝老板的酒，吃老板娘做的菜。

我回复她说：好啊，等你。

在那之后，雅静便消失了，准确来讲，应该是从公众号后台消失了，我再也没有收到她的留言。她是一个不知形象的人，却留下了一段非常具体的情感记录。所以，我当然是认识她的，当她出现在刀锋书酒馆的时刻，这种认识终于找到实体依附上了。

我想起雅静最后那段留言，打趣道："怎么一个人？不是说要带人一起来吗？"

她笑了笑，说："当时年纪小，现在不执着了。今天上午不经意间想起刀锋，于是就来了。"

"来了就好，说明那些事情都过去了。"

"一切都会过去的，这是老板你跟我说过的话。"

说过吗？我不记得了。这句话可以用在很多地方，也只有过来人才明白其中奥义。

雅静说，间隔年之后，她选择出国留学，去意大利进修了两年艺术史，前不久才回来，在一家美术馆工作。

"虽然还没有遇到新的爱情，但是我相信它很快就会来临。"

"万一迟到一会儿，也不要紧。"

雅静笑了，问道："不要紧——但是，今天有机会吃到老板做的菜吗？我觉得这个很要紧啊。"

"当然可以，今天吃鸡汁抄手。"

摄影@陈国森

想在刀锋书酒馆里吃到鸡汁抄手或许需要些运气。因为往往需要前一天炖了鸡，第二天才会顺手包点抄手，拌馅儿的时候需要把鸡汤打进去，汤头里也会加鸡汤，味道极鲜。我在厨房看着锅里的水上下翻腾，突然想起，雅静第一次来店里的那天晚上，我正好在厨房里剁馅儿，试验鸡汁抄手的配方，三年后，还是同样的地方，同样的食物，人却已不同。

雅静吃鸡汁抄手的时候，我给她讲了这个事情，接着轻轻叹道："我一下子就想起了崔护的那首诗，此情此景可以说是：人面不知何处去，抄手依旧还热乎。"

雅静问："所以，你还在等老板娘回来吗？"

我摇摇头，说："不知道，她甚至可能不会回国。"

雅静顿了一下，犹豫着说："我本来是带了一样东西送你的，目前这种情况下，不知道你还会不会想要。"

"是什么？"

"三年前我第一次来刀锋，等人的时候在吧台和老板娘聊天，我当时也挎着这个胶片机，老板娘很感兴趣，跟我聊了一会儿摄影，最后让我给她拍了张照片，我冲洗出来后一直保存着，今天专门带了过来——你还想要吗？"

我的心一阵狂跳，昀旸的照片我手机里存着不少，一张都没有删，不知为何，我觉得这张照片会与众不同。我用尽可能平静的语气说："没事，给我吧。"

照片保存得很好，几乎没有褪色痕迹。照片里，昀旸站在吧台里面，系着店里的围裙，带着橡胶手套，两只手举着正在洗的杯子，微笑着看向镜头。胶片和冲印带来了一层属于时间的独特滤镜，昀旸似乎站在时间的另一头望着我，触不可及，中间隔着无色无形却又无法穿越的时间之流。时间抓住了我们，将我们变成了它的囚徒。我曾在无数个深夜里超然事外地安慰别人，这次终于轮到我置身其中，慢慢湿了眼眶。

相爱太短，而遗忘太长。时过境迁这件事情，对有人来说是半年或一年，对雅静来说是三年，对我来说，还很长很长。

小贴士 鸡汁抄手

在刀锋书酒馆里吃到鸡汁抄手或许需要些运气。因为往往需要前一天炖了鸡，第二天才会顺手包点抄手，拌馅儿的时候需要把鸡汤打进去，汤头里也会加鸡汤，味道极鲜。

牛肉饭
与《月亮与六便士》

古人的别离是一种愁绪，因为山水迢迢，后会无期；现代人的别离已成为日常，交通工具和通信技术的发达让愁绪无处蔓延。尽管如此，每当我想到有些人已经短暂或永久地离开这个城市，在刀锋书酒馆存续期间都不会再回到这里，依然还是会感到一丝丝的惆怅。

他们在生命中的某个阶段频繁出入刀锋书酒馆，看书、喝酒、聊天、会友、独处，演绎着各自的人生故事，而刀锋书酒馆在其中扮演着什么样的角色呢？当他们回望人生中的这段时光，刀锋书酒馆是否会有别样的意义浮现？他们离开之后，和刀锋书酒馆似乎就断开了所有关联，我常常怀疑这种意义是否真的存在，这便是我惆怅的来源。

每当这种情绪降临，我首先想起的便是小海。

我就是要像《月亮与六便士》里的
思特里克兰德那样，
追求内心深处最深沉的热爱，
实现生命的终极意义，
那才是天上的月亮，
目前的生活，都是散落一地的六便士。

店里一直摆着一把木吉他，是我年轻时对一些事情浅尝辄止的证明。当年我热情高涨地将它买回来，果断地报了一个培训班，学了几个沾沾自喜的和弦，却耐不住一遍又一遍爬格子的寂寞，最终半途而废。许多客人看到吉他也会被激发出某种遥远的热情，拿起来试图证明自己是了解这种乐器的，但基本都弹得不着调，他们的脸上会露出短暂地羞愧，挣扎几下之后就放弃了，最后漫不经心地说："唉……时间太久，全都忘掉了。"

不知道他们忘掉的是吉他的指法，还是自己曾经也是个文艺青年这件事情。吉他在店里遭受各种摧残之后，小海是第一个用它弹奏出音乐的人。

我和小海的相识要追溯到很久以前，那时我还年轻，热衷社交，偶尔会参加一些网友组织的聚会，小海便是我在一次义卖活动里认识的，他在现场负责吉他弹唱吸引路人关注。当时，小海留着长头发，眼神里始终带着一丝丝忧郁，吉他弹得很好，加上嗓音也不错，很受女生喜欢。晚上聚餐的时候，小海坐在我旁边，喝了两杯酒后互加了微信，得知他的本职工作是广告公司文案。后来，我们就再也没有交集了，直到我开了刀锋书酒馆。

小海是独自来的，一番礼节性的寒暄之后，他买了一瓶啤酒坐到外面看书。我在吧台忙完之后，也拿了瓶啤酒过去跟他聊天。毕竟之前的交往太少，话题很快就枯竭了，相对无言的间隙里，小海说道：“真羡慕你啊，能开这样一家店，这也是我一直以来的梦想。”

我附和道：“你也可以开啊，自己还能当驻唱，多好。”

小海长叹一声：“现实啊，太难了，不得不低头。你们是很有勇气的。”

“也不全是勇气，可能还是需要机缘，而且开店也没有你想象中那么美好的，各种糟心简直一言难尽。”

小海羡慕地说：“至少是自由的。”

我该如何向他言说这种自由呢？事实上它是无法言说的，一言难尽的。沉默再次出现。

小海扭头看到角落里的吉他，问：“你们晚上会请驻唱吗？”

我笑了笑：“驻唱是请不起的，吉他就是个摆设，客人会的话可以自己玩玩。”

小海把吉他拿过来，调了一下音，指法娴熟地弹了一首曲子，是老鹰乐队的《加州旅馆》，熟悉的旋律，悠扬的琴声，客人纷纷侧目。小海弹奏完，马上有客人情不自禁地鼓掌，他笑了笑，冲我说："老板，我这吉他弹得还可以吧？"

"必须可以啊，行家出手。"

"那我能到店里给你们当驻唱吗？——免费的那种，主要是太喜欢你们店了。"

虽然小海本意真诚，但是我和昀旸还是觉得有所不妥，最终小海没有成为我们的驻唱，而是成了我们的会员。他的确很喜欢刀锋书酒馆，基本每周都会来一两次。他说，喝酒、看书、音乐是他此生三大乐事，在我们的店里都能满足，不来不行。

不久之后，我从另外一个顾客那里也听到了几乎相同的话。

五月是我的读者，她第一次到店里的时候，径直拿了一本我的书过来要签名。

她说："我在网上读过里面那篇《不吃肉的姑娘》，写得太好了，我都看哭了！刚好我的英文名就是May，大家都叫我五月，我觉得我就是你写的那个五姑娘，跟我太像了。"

我一边听她说话，一边在扉页顺手写下：五月，我们面对面坐着，犹如梦中。

"啊！我喜欢这首诗！《过程》。"她惊呼一声，兴奋地接过书，又忍不住追问一句，"所以，五姑娘的故事是真的吗？真的有这个人吗？"

我干脆利落地回答她："假的。"

她毫不掩饰她的失望情绪，连连摇头表示承受不起，然后目光锁定酒柜，说："打击太大了，不行了，我得喝杯酒缓缓。"

她要了一瓶鹅岛IPA，我习惯性地说："这是IPA，会有点苦哦。"

"我知道，我心里更苦。"五月举着酒杯在店里逛了一圈，最后发现了吉他。她拿起来弹了一首《米店》，还轻轻地哼着歌词，虽然不够熟练，却也是好听的。

后来，她在店里坐了一下午，走之前选了两本书，伍尔夫的《海浪》和卡尔维诺的《树上的男爵》。她对我说："老板，你们店里的选书简直太合我的口味了，几乎每一本都想买，然后还能喝酒，还可以弹琴，全都是我的心头好——你们招店员吗？不要工资的那种，管酒就行，我周末可以来做义工。"

义工，我们自然也是不需要的，所以五月最终也成了店里的会员，隔一阵子就会来店里看书、喝酒。她的酒量其实并不好，一瓶精酿就上头，经常蜷在沙发里就睡着了。

相识久了，我发现她的确很像我书里曾经写过的五姑娘，年轻而美好，内心充满了各种新奇的向往，未必能看清自己的内心，却在活出自我的这条路上走得义无反顾。

小海和五月这两个如此相似的年轻人，却是过了很久之后才得以相识。因为小海通常是周日的下午来店里，而五月通常是周五的晚上，他们坐过同一个沙发，弹过同一把吉他，甚至还翻过

同一本书（我记得是小野洋子的《葡萄柚》），却始终未曾谋面。

直到有一天，小海周五晚上和朋友在附近吃饭，顺便来店里喝酒。当他进门的时候，五月正在努力地拨动琴弦，试图将《我会想起你》的前奏顺畅地弹出来。小海站着听了一会儿，眉头紧皱，他走到角落里把店里的羊皮鼓搬出来，小海的鼓点一加进来，五月的吉他也就找到了节奏，两人相视一笑，默契地继续演奏下去，五月放开声音唱起来："苍山洱海旁，你在我身边，这次的夏天和从前不太一样……"五月的音色非常漂亮，清脆婉转，如春风拂耳。

音乐作为另外一种语言，让小海和五月跳过了一系列可能的烦琐社交直接相识，小海要了几瓶啤酒，邀请五月加入他和朋友们的聊天。那天晚上，几个人玩得十分开心，喝了许多酒，唱了许多歌，在欢声笑语中散场，踩乱了满地月光。

这样的场景自然是美好的，很容易就会滋生爱情，可惜这并不是一个爱情故事，不管他们内心深处是否曾经荡漾过若有若无的憧憬，爱情最终没有发生在他们身上。

小海当时有个谈了五六年的女朋友，五月也有一个毕业去了外地的男朋友，他们谨慎地坚守在友谊的边界。他们的相遇、相识是另外一种注定，独特而有趣的灵魂终究会在人群中找到自己的投影，无论性别，无关爱情。

小海比五月年长四五岁，他看着五月就像是看着年轻时的自己，一些自己已经消失的激情和向往依然存留在五月身上，像一股神秘的力量在牵引着他，他几乎每周都要约五月出来玩，通常是在刀锋书酒馆，有时也会去一些别的地方。

无意中经过他们身边的时候，我经常能听到诸如人生、理想、意义、价值、虚无、存在、艺术、创造之类的字眼，他们有时面色深沉，有时慷慨谈笑，偶尔还会从书架上找出一本书读给对方听，引经据典试图说服对方。不过，一旦谈及音乐，五月的能量便略显单薄，她只是一个音乐爱好者，当小海谈及创作的时候，五月无法提供有效的反馈，于是她和我一样，更多地选择倾听。小海写了不少歌，常在酒酣夜深的刀锋书酒馆唱起，他的歌里弥漫着爱而不得的忧愁，而他拨动琴弦闭眼轻唱的样子，满是怅然与落寞。

对五月而言，小海是怎样的一种存在呢？或许他代表着自己可能的未来，小海身上藏着五月想要探索的答案，那些真实的渴望、怀疑和迷惘，是五月即将要经历的过程，小海都已经用自己的生命去蹚过了，他们就像两个相似的灵魂，前后踏入了同一条时间之河，却又在同一个时空折叠相逢。如果知道自己将会面临什么样的人生可能，五月还会做出小海当年一样的选择吗？

小海是北方人，大学毕业后为了女朋友留在了重庆，进了一家广告公司，工作节奏强加班多，每到周末小海就喜欢去酒吧，一开始是夜店，然后是小酒馆，后来他认识了开酒馆的老谢。老谢在20世纪90年代的北京组过乐队，巡演了一两年，没能签到唱片公司，最后解散了，游荡江湖多年后，回到重庆开了个音乐酒馆，每天晚上自己在店里驻唱，白天去朋友的琴行教琴。

小海第一次去老谢的店里，听老谢用沧桑的老嗓子唱了一首他自己写的歌，被触动得眼眶湿润、头皮发麻。小海就是在老谢的影响下才开始练习吉他，并学着自己创作，他不是将音乐作为一种消遣，而是认为自己受到了音乐的感召。他也的确展现出了这方面的天赋，乐感非常好，学琴非常快，口风琴、箱鼓、键盘也都能很快上手，一年以后小海就创作出了自己的作品，大家都说好听。但是，当他雄心勃勃地将这些作品放到网上，听者却寥寥无几，除了他身边接触的朋友，没有更多的人听过他的歌。他也做过一阵子驻唱，一有机会就唱自己写的歌，多次被客人强行打断要求唱流行歌曲之后，小海也不去驻唱了，从此埋头练琴和写歌。

苦练几年后，小海觉得时机成熟，在老谢的介绍下去北京见了制作人，面试的结果让他饱受打击，意志消沉。后来老谢的酒馆经营不善倒闭了，老谢一家搬去三亚开餐馆，小海专程去了一趟，在店里他看见老谢原本弹琴的手油腻腻地切肉杀鸡，一副铁嗓用来跟客人划拳嘶吼，当场内心崩塌。小海不得不承认自己曾经受到的感召是一种幻觉，回到重庆后他封琴锁谱，从此只把音乐当作一种消遣。

和五月相识之后，小海把自己的吉他从箱底翻出来，拿到店里长期摆放，方便他们随时弹奏，当然也是嫌弃我的吉他太差的意思。他俩一开始是气味相投，后来变成亦师亦友，小海觉得五月和他当年一样，有音乐的直觉，有细腻丰富的情感，有对生活的理解，有对万物的感知，这些都是作为创作者的先决条件，而五月的声音条件和外形条件，则是小海当年所没有的。

“相信我，你一定能成为一位优秀的创作歌手，陈绮贞或者张悬那种，对的，就是你喜欢的那种。”小海反复地对五月说。

很长一段时间里，五月也被这样的憧憬所鼓舞，学琴学得十分卖力，进步也非常明显，一些不太复杂的经典曲目可以弹唱自如，店里的客人常常会被吸引过来，五月收获了许多掌声，小海也眉开眼笑，他自己的遗憾似乎也得到了某种弥补。只要他们俩来到店里，那天晚上的刀锋书酒馆就一定充满了琴声、歌声和笑声，酒瓶相碰，清脆作响，那是他们最恣意欢畅的时分。

这样的欢乐能持久吗？这样的人生够真实吗？这是小海自己写的一句歌词。写的时候，他可能是为赋新词强说愁，或许没想到，有一天这句歌词会投射到自己的生活。

变化总是突如其来，并以摧枯拉朽之势，改变了他们的生活。年轻人们纷纷在玩各种短视频软件，一向喜欢新鲜事物的五月也不例外，她拍了一些记录生活的短视频发到网上，一开始也没有多少人看，后来她录了一段自己坐在家里用吉他弹唱一首经典老情歌的视频，莫名收获了上百万的点赞，欣喜之下她又录了好几条类似的弹唱视频，陆续吸引了 50 多万粉丝关注，迅速有 MCN 公司找到五月和她签约，并要求她从现在的公司离职成为他们的全职艺人。由于 MCN 公司开出的条件高到令人咋舌，许诺的未来让人充满期待，五月毫不犹豫地接受了。

这一切都发生得太快，我是在很久以后才知道的，小海也是。可能是因为我们俩都持有偏见，手机里没装短视频软件，丝毫没有发现自己认识的这位姑娘已经红遍了网络，地铁上、电梯里，都有人在埋头观看五月唱歌跳舞、卖萌撒娇的视频。

有一天晚上，毫不知情的小海约了五月在店里见面，结果足足等了两个多小时。在等待的过程中，小海一直坐立不安，甚至有点怒意了。眼看快到10点了，五月才风风火火地跑进来，身上穿着一套汉服，还画着一个精致的仿古妆，把我们都看呆了。

五月连声说着对不起："我知道你们肯定都很惊诧，我待会儿慢慢解释吧——不过，老板有什么东西可以吃吗？我还没有吃晚饭，饿得快不行了。"

我扭头看了一眼昀旸，因为快到打烊时间了，昀旸点了点头，问道："你想吃什么？我看看食材能不能满足。"

五月说："没啥要求，我现在非常饿，就想吃那种拌着米饭一吃一大碗那种——你懂的吧？"

昀旸说："好啊，给你做个牛肉饭吧。"

肥牛卷在锅里煎出油，放入切成丝的洋葱、青椒、胡萝卜、生姜，切成段的小尖椒、大葱，一通爆炒后放入盐、酱油和耗油，保留汁水不收干，撒上少许孜然和黑胡椒粉，盛起来堆在米饭上面，点缀少许葱花和熟芝麻，一份足足的牛肉饭便做好了。

五月看来是真的饿了，满满一碗牛肉饭被她吃得干干净净。

小海问："你们公司今天有晚会吗？怎么这么一身打扮，之前也没听你说起过。"

刀 鋒

五月说："不是的，今天拍摄的主题就是古风——还没来得及跟你细讲，我最近变动有点多，我已经不在以前的公司上班了，我签了一家 MCN 公司，做全职网红艺人。"

五月一边拿起手机调出自己的视频递给小海看，一边说："我之前发了这么一个唱歌的视频，然后莫名其妙就火了，你看嘛，就是这个——"

小海一边看视频一边听五月述说近况，眉头紧锁，面色愈发凝重。他放下手机，语气严肃地对五月说："这么大的事情，你怎么没有和我商量？"

小海的反应让五月始料未及，她有点尴尬地说："我觉得这个工作挺好的，也没多想。"

小海激动地说："好什么好啊！哪里好了？它会毁了你的！"

"不至于吧，哪有那么夸张？"

"你这是在浪费自己的天赋，你要做音乐人的啊，做原创，出专辑，站在舞台上像巨星一样演出，你怎么能去做网红呢！像个跳梁小丑——"

这句话着实不妥，小海一出口就意识到了。五月的脸陡然变色，说："小海老师，话不能这样讲，音乐人是一种职业，网红也是一种职业，没有你说得那么不堪。"

小海连忙说："对不起，我不是那个意思，你知道我什么意思的！网红谁都可以做，你应该去做更需要你的事情，知道吗？"

五月说："我不觉得有什么事情是需要我而且非我不可的，但是我需要这份工作，我需要钱，买房子，买好看的衣服，这份工作有更高的收入，更自由的工作时间，做的事情我也很开心，我不觉得有任何问题。”

小海长叹一声：“你要跳出来，看一看哪些事情对自己来说是真正重要的，工作、房子、收入都是套在我们外面的壳而已。”

“那小海老师，你找到了吗？找到对你真正重要的事情了吗？”

“当然，那就是音乐。”

“可你也没有做与音乐相关的事情啊，我们都在上班，音乐只是给我们的生活带来安慰的一种存在，它承载不了我们的生活。”

“不，你不一样！你拥有所有音乐人需要的禀赋，你是被老天爷青睐的人，音乐可以承载你的生活，它会让你发光发亮，让你实现最有意义的生活。”

“或许是吧，但那只是一种微弱的可能，我无法为了一个不确定的未来而牺牲自己当前确定的生活。”

“艺术有时候必须要有孤注一掷的勇气，你看《月亮与六便士》里的主人公，叫什么来着，为了绘画放弃了原有的生活，最后成了大师，他的原型就是高更啊——”

五月打断了小海的话：“小海老师，你有孤注一掷过吗？”

小海顿住了，良久才缓缓吐出一句：“有过吧——我可能没有那样的运气。”

“我现在唱歌有人听，有人喜欢，有团队为我服务，还能赚到钱，我觉得很好，没有任何问题。你说的那些，老生常谈的那些，艺术啊，意义啊，创造啊，都太缥缈了，我看不见，你自己不也没看见吗？”

“你这是被花花世界蒙住了双眼！你不能只看一时，要看一世啊！”

“怎么看？你说的那些，你从书里看来的那些大道理，你自己信吗？我不认为一个连今天都过不好的人，能过好一世。”

五月的这两句话，本来没有指向性，但是连在一起，就直接扎到了小海的心尖上。小海气得身体发抖，指着五月说：“你爱怎么着就怎么着吧，算我多管闲事，跟你在这儿瞎操什么心，有一天你别后悔！”

小海说完摔门而去，五月在座位上呆坐了许久。这一次，我也不知该如何去安慰。后来五月接到一个电话，匆匆忙忙也走了。

夜已深，店里没有任何客人，昀旸和我做完店面清洁准备打烊回家。关门之前，昀旸突然问我：“《月亮与六便士》放哪儿来着？我想拿回家看看。毛姆的代表作我好像就差这本一直没看。”

毛姆和刀锋书酒馆有着极深的关联。开店前取店名的时候，我突然想起了自己当年在西哈努克的海边读《刀锋》的场景，那是我生命中的一个天启时刻。那是一次横穿东南亚的漫长旅行，途中我决定暂缓行程，在西哈努克的海滩民宿里休息调整两天，早上睡到自然醒，吃过午饭便坐在海边的躺椅上看书，看着看着就睡着了。不知多久之后，我悠然醒来，睁开眼只看见蔚蓝的天空，猛烈的阳光，无边的海面，掠过的飞鸟，我感觉不到自己的身体，但是灵魂却飘浮在空中，仿佛有一个声音从天而降，告诉我说，去晃膀子吧，像书里的拉里那样，你会找到答案，那是你的得救之道。

在《刀锋》这本书的扉页上，毛姆引用了印度《奥义书》里的一段话，周煦良先生翻译为：一把刀的锋刃很不容易越过，因此智者说得救之道是困难的。东南亚旅行归来之后，我捡起以前写了半截的小说，继续进行创作。后来，我生活中发生的所有变化，都能追溯到我在海边读《刀锋》的时刻。昀旸在我的建议下也读了一遍《刀锋》，同样也非常喜欢，刀锋书酒馆的店名便由此而来。

如果说我们都有被某本书改变的人生，或许是由于那本书出现在了最恰当的时机。于我而言，这本书自然就是《刀锋》；于昀旸而言，这本书应当是《月亮与六便士》，它深深地触动了昀旸，引来了一场生活的巨变。但是五月却对它无动于衷，小海其实也一样。

只有昀旸能够准确地说出主人公的名字——思特里克兰德，因为那是她在文学作品中找到的生活镜像。后来，昀旸在与我争论的时候反复提及这个名字。

她说："我就是要像《月亮与六便士》里的思特里克兰德那样，追求内心深处最深沉的热爱，实现生命的终极意义，那才是天上的月亮，目前的生活，都是散落一地的六便士。"

再回到小海和五月的故事吧。他们的冲突其实都是与另一个自我的冲突，现实生活和精神理想的往返交错，编织成了一个茧房，将他们困在其中。想要打破这个茧房，很难依靠自身的力量，而外部的力量一旦降临，在解决他们困境的同时，也会携带巨大的破坏力，掩埋他们原本的生活。

那晚之后，他们再也没有来过店里，无论是同时还是独自。

好在移动互联网消除了空间的限制，在现实生活中没有见面的人，在网络上依然可以延续着关联。

后来，我也开始尝试短视频，想要拍一些店里的动态分享。

很快我就刷到了五月的视频，她的粉丝已经过百万了。在她置顶的视频里，竟然是她唱一首小海写的歌，获得了几十万的点赞，许多人在评论里问这是谁的歌，五月置顶了自己的一条评论：这首歌是我老师小海的原创，是一首还没有发行的歌，他是一个非常优秀的音乐人，如果有唱片公司想要找他，可以私信找我要他的联系方式。

我点开小海的朋友圈，才发现他已经辞职去了北京，似乎在做编曲制作类的工作，他和五月在朋友圈里没有任何互动，也不知是互删了还是默契地成为网络陌生人。他们在刀锋书酒馆里共同度过的那些时光，如同车窗外一闪而过的风景。我曾在旅途中见过许多这样的风景，深夜江畔孤独的渔火，大雪覆盖下静默的村庄，漫山遍野的花海，他们在今后的日子里不断浮现，向我们彰显那神秘莫测的意义。

小海和五月的生活还在继续，这不是最宁静宽广的结局，他们注定还将浮浮沉沉，就像小海和五月都唱过的那首歌："这样的欢乐能持久吗？这样的人生够真实吗？"

小贴士

牛肉饭

肥牛卷在锅里煎出油，放入切成丝的洋葱、青椒、胡萝卜、生姜，切成段的小尖椒、大葱，一通爆炒后放入盐、酱油和耗油，保留汁水不收干，撒上少许孜然和黑胡椒粉，盛起来堆在米饭上面，点缀少许葱花和熟芝麻，一份足足的牛肉饭便做好了。

威士忌与《青春咖啡馆》

提起深夜书店，很多人首先想到的形容词是温馨，其实不然，依我看来，这个词首先应当是痛苦。深夜流连书店不愿回家的人，大多各怀心事，或不安或惆怅，或失落或悲伤，他们试图从书籍里找到一些安慰，或者用酒精来自我麻醉，最终有些人实现了疗愈，但是有些人并没有，甚至有的人来到刀锋书酒馆，只是为了痛哭一场，比如王关关。

王关关已经哭过很多次了，那个人依然没有出现。我小心地不去碰触她的往事，但她一旦提起那个名字，还是会瞬间落泪。后来，我对美人垂泪的画面也免疫了，每次都默然退到一旁等她哭完。我不禁开始怀疑：让她落泪的到底是爱，还是一种持续的伤害？

王关关初次进店的时候可不是这般凄然的模样，她踩着细高到底什么是真实呢？

或许是因为我已经看过《青春咖啡馆》这本书……

武断地认为一个找不到他者旁证的人是不真实的，

最终反而是我将虚构当作了真实。

记忆不是凝固的，只要人还在生活，

就可以继续创造和书写，铸造他人的记忆，同时也是在铸刻时间。

跟鞋，穿着优雅的礼裙，带着精致的妆容，拎着爱马仕的包包，像个前去赴宴的贵妇走错了门。她一脸嫌弃地在店里晃了一圈，然后将注意力放到了书架上，慢慢地逐格扫视，似乎是在找什么书。过了十几分钟，她有点不耐烦了，到吧台来问我："你们店里的书没有分类吗？"

"是的，我们故意不分类的，目的是让大家邂逅好书。"

"那要找书的话怎么找呢？有系统可以查吗？"

"我们没有那样的系统。"

她有点恼怒，也不好朝我发作，丢了个白眼转身准备继续找，我喊住她："你是不是想找《青春咖啡馆》？"

她转身看着我，表情有点惊恐，脱口而出："你怎么知道？"

过了两秒，她反应过来："你怎么知道是我？"

我笑着说："你把自己的照片当作微信头像，难道还担心别人认不出来吗？"

随即，她意识到另一个巨大的谎言已经被拆穿，尴尬之下有点夺门而逃的意思，往外走了两步又停下来，抬头望向我，欲语又止。

我替她解围，笑着说："没事的，我可以理解。"

她思索片刻，快步走到吧台坐下，把爱马仕的包包随意地扔到吧台上，对我说："不，你不能理解，你以为的只是你以为的，那不是事实。"

时间要拨回前一天晚上。有人添加了店里的微信，通过之后，对方什么开场白都没有，直接发了一张照片过来，问：你是老板吗？这张照片拍的是你们店里吗？

照片应该是一位顾客拍的，从他坐的角度拍了一张放在桌上的书和咖啡，远景里带入了店里的书架和墙面。

放在桌上的书就是《青春咖啡馆》，法国作家帕特里克·莫迪亚诺的小说。而加我微信的人便是王关关，她的微信名叫关关，微信头像是自己穿着旗袍的写真。

我回复道：是我们店里。

她问：你对坐这个位置拍这张照片的顾客还有印象吗？一位先生，30多岁，个子不高，一米七出头，短头发，三天前，也就是上周五的晚上，他去过你们店里。

得亏是店里每天进出的客人不多，我基本都能有点印象。

我说：是有过这么一位客人。

她问：他在你们店里的时候跟什么人在一起？你还有印象

吗？如果不记得的话，你们店里应该有监控，可以查一下吗？

我说：不好意思，这是客人的隐私，我不能告诉你。

她说：不涉及隐私，你就告诉我是几个人，是男是女，多大年纪就可以了。

我说：抱歉，恕难从命。

我觉得她有点胡搅蛮缠，看这剧情，不是原配逮小三，就是小三查原配，我完全不想搭理。

过了一会儿，她发了一段很长的信息过来，大意是说那个男人是她公司领导，目前牵涉一桩经济犯罪案件，总部稽查的人过几天就要来了，但他突然消失，没有任何方式能够联系到他，他发的最后一条朋友圈就是在我们店里拍的那张照片，所以他消失前和谁在一起是关键信息，他们需要这些信息才有可能找到他。

我说：如果是这样的话，你们报警吧，如果警察上门来要监控，我会配合的。

她说：不能报警，这件事情暗流涌动，牵涉各方面的人太多了，要是被曝光会摊上大事的。我们现在就是要找到他，以和平的方式解决这件事。如果你不配合我们，导致这件事闹大了，你也难辞其咎！

我差点笑出声，心想这是把我当三岁小孩吓唬吗？我不想和她继续纠缠，回复说：随便你，与我无关。

过了很久，她又说：老板，我也不想为难你，我只想知道他那天是不是一个人在店里，只需要知道这个就可以了，这不算隐私，但对我至关重要，麻烦你告诉我，可以吗？

我想了想，回答她：一个人。

她回复说：好，谢谢。

王关关在吧台坐下来之后，似乎并没有打算为她前一天在微信编织的谎言做任何辩解，她说："你一定以为我是个小三，但是你错了。"

我连连摆手："没有，没有，我啥都没想。"

她坚持自说自话："很多人都对我有误解，包括我的朋友，但我真的不是！"

我只能点头，也不知道该说什么。她拿起菜单翻了翻，说："我想喝杯威士忌——有麦卡伦？挺好的，是单桶还是双桶的？"

我这个学艺不精的酒馆老板一下愣住了，胡乱回答："单份就是 1.5 盎司，双份也可以。"

她轻轻笑了笑，说："卖酒的怎能不懂酒呢，算了，反正就是麦卡伦，来一杯吧。"

酒端上去，她看了一眼，又开始嫌弃："竟然没有闻香杯。"

我面露不悦之色，她大概是看到了，端起来喝了一口，找补说："单桶的，不错，性价比很高了。"

从昨晚到现在的汇总来看，王关关表现出来的正是我异常反感的那种人，长得再好看也加不了分，包括昨晚微信中自以为是的小聪明，以及今天在店里言行间的刻意压制，这种不知从何而来的优越感具有极强的侵犯性，导致我完全不想跟她多说话。

我从书架上取下《青春咖啡馆》递给她，然后躲在吧台另一边洗杯子，拒绝和她再交流。她把书里里外外翻了个遍，想找到任何他留下的痕迹或线索，但是什么都没有，那本薄薄的书里面干干净净，没有书签、没有纸条、没有勾画、没有笔迹，甚至连个折角都没有，唯一能确认的是那个人读了这本书，他的目光曾经在这本书的文字间穿梭，他的意识与主人公或作者进行了某种交流，并且有所感悟，但无人知晓到底是什么。

王关关翻了半天一无所获，开始从第一页阅读这本小说，但她的状态有些烦躁，眉头紧锁，不断饮酒，那杯威士忌很快喝完了，她喊我换了一杯新的。

换酒的空隙，王关关问我 ：“老板，你看过这本书吗？”

“看过啊。”

“这本书讲的什么啊？我有点读不进去。”

“它的情节很简单，就是有个人消失了，其他人通过回忆来拼凑她的人生，还原她的故事，这是现代主义文学小说创作常见的叙事手法，故意打破原有的结构然后重组——”

王关关完全没有听进我的后半段话，她的眼神突然失焦，表情落寞，喃喃自语道：“消失了，他也消失了，这一定不是巧合。”

她猛地站起身，拎起包包准备要走，对我说：“老板结一下账，这本书我也要了。”

“好的，我给你拿本新的。”

“我就要这本。”

“我们店里有个规矩，就是‘one for read, one for sale’，所有的书都只有两本，一本拆封一本塑封，有塑封的才卖。”

“我就想要这本，书都是一样的，你把那本新的再拆开不就可以了吗？”

“不好意思，我们拆封的书是不卖的，这是我们的原则，而且两本书也不一样，因为后面贴的标签不一样。”

“不！我就要买这本！”她像失控了一样，高声冲我吼起来，情绪剧烈波动，固执而又委屈地盯着我。我还没想好要不要破这个例，迟疑了几秒，便见她眼眶一红，泪光闪烁。我心一软，说：“好吧，你可以拿这本。”

她把书放进包里，结完账往外走，刚到门口又折回来，问我：“老板，他那天下午真的是一个人吗？”

我说：“是的，一个人。”

我说谎了。在我眼中，这个充满戏剧性的桥段只是一段感情关系中的小插曲，我不想因为自己的介入将其变得复杂，我只是个局外人，他们也都是陌生人，我应该置身事外。

之后很长一段时间里，王关关没有再来找我，她的微信也没有任何动态。在我几乎快把这件事遗忘的时候，她又出现了。

她憔悴了很多，没有化妆，穿着宽松的运动服，给人感觉像是晚上散步随意拐进店里来的。第一眼我没认出她，她倒表现得像跟我很熟的样子，冲我打了个招呼，直接坐到吧台翻看酒单：“老板，你们家威士忌只有单子上这些吗？”

我说：“是的。”

她选了半天，勉为其难地点了杯格兰芬迪。虽然没有了初次见面的压迫感，但是从她挑剔的神情里，我认出了她。

我把酒端给她，说：“这次有闻香杯了。”

她说：“下次进货再多进几种威士忌吧，不够我喝的。”

她的确很能喝，店里其他客人都走光的时候，她已经喝到了第四杯。我走过去问她：“你还好吧？”

她抬起头看着我，眼睛里都是血丝，哀伤地对我说：“他真的消失了，我找不到他了。”

“发生什么事了？你有报案吗？”

“没有。他最后给我打过一个电话，说他的生意上出了点状况，可能要消失两三个月，情况很复杂。他没有跟我展开讲，他让我不要找他，更不要抛头露面，因为他可能会被监控，所以也不能联系我，让我等他的消息。到现在已经过去三个多月了，他还是没有任何消息。”

“不至于吧，这剧情听起来有点像谍战小说。”

摄影@陈国森

“你信也好，不信也好，但这次我说的都是真的。”

我追问道：“意思是上次说的都是假的咯。”

她倒也不闪躲，坦白说：“是的，他不是我的公司领导，也没有什么总部稽查的事，但他的确消失了。我也不是他的下属，更不是他的小三，我是他的女朋友。”

“我相信。”

“你的表情明明是不信的！是啊，这个年代怎么还有人能无端消失呢？即使没有手机微信和社交账号，也肯定能找到他的亲朋好友、公司或者家庭，总能得知一个确切的消息对吧。我都去查了，我去过他住的地方，房子已经被卖掉了，新房主正在重新装修，说是卖得很匆忙也很爽快，他的车也卖了，应该是急需现金。我还查了他的公司，办公室已经空了，的确是前不久注销的。”

“你见过他的父母吗？”

“没有，他从小父母离异，跟着母亲，母亲前几年患病去世了。”

“那他的朋友呢？”

她摇了摇头，说：“我见过好几个他的朋友，一起吃饭喝酒很多次了，但没有留他们任何一个人的联系方式。”

“那你有他的身份证信息吗？通过一些内部关系，有可能查到他的酒店或机票记录。”

“我没有留意这个，相处的时候他对我很坦然，带我去他家，见他的朋友，到他的公司，我对他也非常信任，从来没有想过留存这些信息。”

我挠挠头，感叹道：“这可真是——大雪无痕啊。”

“他出了事，要躲起来，故意抹去一切痕迹，我都可以理解。

但是这么久过去了，他至少应该给我一点消息啊，无论通过什么方式，他肯定可以找到一种方式的，但他为什么没有！我每天等他的消息等得好辛苦，他怎么可以让我这么辛苦？”

说到这里，王关关泪如雨下，伏在桌上号啕大哭起来。我的内心很纠结，不知道是否应该告诉王关关事情的真相。

那天下午，那个男人和另外一个女人在店里聊了一个下午。虽然没听到聊了什么，但气氛看上去很融洽，甚至有点暧昧。男人满脸带笑，丝毫不像准备跑路前的样子。那个女人走后，他又继续在店里坐了一个多小时，又点了一杯咖啡，选了《青春咖啡馆》优哉悠哉地看了许久。就是这样一个人，第二天凭空消失，并且将王关关能够找到的所有线索处理干净，我无论如何是不会相信的。

根据王关关的讲述，我大致可以勾勒出这个男人的轮廓，他应该是在别的城市已经有了家室，因为生意拓展在重庆开了公司，也买了房子长住，经不住风花雪月的诱惑有了外遇。从认识王关关开始，他就编造自己的身份和故事，用一个巨大的谎言将她笼罩其中，真假交织让人难以察觉，他一定早就已经准备好有一天要全身而退，离开这个城市，回到原来的生活，斩断这段感情所有的关联。所以，他才能消失得如此从容，不留痕迹。

因此，在我看来，王关关的痛苦是毫无必要的，但当我告诉她真相之后，她的痛苦就会减少吗？我不确定。至少，现在，她坚信他是真的爱她，他的消失是时间可以弥合的伤痛，但如果谎言被戳破，那样的伤痕或许一生都无法痊愈。

于是，我选择了沉默。

无论那个男人的消失是否真实，王关关所经历的这段感情都是真实存在过的。有一阵子，王关关每天晚上都要来喝酒，至少三杯威士忌，然后拽着我聊天，十次有八次以痛哭收场，如此，她断断续续地讲述了他们之间的故事。

他们是在一次酒会上认识的。王关关在一家大型外企做行政公关，经常出入这样的场合，虽说是百花争艳，但王关关无疑是尤为出众的那个，因此引来不少追求者，那个男人（在我这里他无名无姓，不妨叫他张三吧）也是其中之一。

王关关自身家世不错，家里是开4S店的，她在名利场里泡得久了，纸醉金迷梦幻泡影的故事也听得多，反而对那些一掷千金的富豪和虚伪浮夸的俊男不感兴趣。张三持续追求王关关一年多，各种惊喜浪漫的言情剧桥段都用了个遍，可惜王关关都不为所动。最终还是时间给出了答案，那些围绕在王关关周围的追求者们逐一消失后，只剩下张三初心未改，痴心依旧。每当王关关感到脆弱孤独的时刻，张三总能及时地出现，陪伴左右，王关关慢慢地委心于张三。

有一次，王关关外出游玩，去郊县一个偏僻山村里避暑，同行的闺蜜住了一天之后临时有事开车回城里了，计划过两天再回来接她。王关关一个人玩得也挺自在，夜里却不小心受了凉，又发烧又腹泻，一大早农家乐的主人不知道去了哪里，闺蜜的电话也没人接，王关关首先想到的便是张三。张三秒接电话，听说情况之后立刻开车出发去接她，一路也不知道超速多少次，正常要两个小时的车程，他一个多小时就赶到了。但到农家乐的最后两公里是一段农村土路，路面凹凸不平，只有底盘高的越野车和货车才好开进去，张三开的却是一辆保时捷Panamera。他下车张望了一下，几乎没有犹豫，就开车上了土路，好几处凹陷路面他都是轰着油门硬冲过去的，保时捷的底盘被刮得哗哗直响。在半山腰的王关关看着张三的车在山路上艰难地向她靠近，内心的坚冰瞬间融化。

“一个为了你连保时捷都不要的男人，是值得去爱的。”王关关对我说。

“也不是不要，只是维修费有点贵，都是金钱可以衡量的，他要是能抛弃他的公司和名利地位，我倒佩服他是条汉子。”我回答说。

“那太不现实了，金钱已经是非常真实的刻度了，你想想看，你会为了你爱的人抛弃这家店吗？”

我说：“可以啊——其实，也不一定……”

王关关白了我一眼：“你看，你也没有那么肯定吧。”

我真的面临过这样的选择。为了爱情，我们可以抛弃什么？能抛弃一切吗？钱和物都是具象的，很容易做出决定，真正让人纠结和痛苦的，是那些抽象的事物，比如生活，比如人生。

当昀旸决定要去巴黎念书的时候，我们的爱情也走到了抉择的十字路口。她去意已决，而我坠入慌张，我无法抛却的，不是这家书店，而是近30年的人生。昀旸在巴黎会找到她人生后半程的信仰，她会重启自己的梦想，无论前途是否坎坷，她都行进在自己的人生道路上；而我却不知道，这一次人生转向会将我带去何方，那可能代表着新生，也可能代表着毁灭，我无法追寻昀旸内心的狂热，去开启一种未知的人生。

因此，张三弃自己的保时捷不顾而冲向王关关这样的场景，在我看来不能说明任何问题，我怎么看也并不重要，这已经成了他们在一起的那个心动时刻，无论那一刻是因为爱还是因为感动。

王关关是一个一旦投入感情便覆水难收的人，她很爱张三，他们的相处也很融洽，而这种幸福却随着张三的突然消失被硬生生地中止，酒精成为她痛苦中最大的安慰。平日里，她依旧是职场上坚强独立、雷厉风行的王经理，周末她就变成了失落无助的王关关。

那一年，她在我店里喝掉的威士忌估计有十来瓶吧，她说她在家里喝得更多。她酒量好，也不容易醉，但几乎每次都以痛哭收尾。一开始是怀念，一度也有恨，后来变成绝望，最后是无尽的执拗与消磨。

后来，我终于还是于心不忍，对王关关说了那天下午张三在店里的实情，并且非常残酷地向她抛出了我的个人判断，期望这个大巴掌能够让她清醒过来。然而，她摇摇头，坚定地对我说：“不可能，不会是那样的，那都是你的臆想。”

我说：“当局者迷，你跳出来再去回想一些细节，是不是有很多不合常理的地方都能解释通了？他虚构了一个身份，才会在真实的世界里消失得如此彻底。”

她说：“当局者迷，旁观者也未必清。你已经先入为主地认为他是个渣男，所以他的一切行为在你眼中都是虚假的，但是你看到的都是表象，表象堆积起来即使无懈可击，也只是表象，不是真实。”

“那你如何确定自己看到的不是表象以及表象的完美堆砌呢？”

“我有这个信念，他一定会再次出现的。”

我只能摇头，叹气。

信念最大的对手是时间，第二年王关关便很少来店里喝酒了，偶尔出现一次，也是约了朋友聊工作。我颇觉欣慰，走出来总归是好的，那些让她在深夜里饮酒痛哭的事情，我们都不再提及，她会慢慢忘却那些伤心往事，开始新生活，她会遇到更好的人，收获更好的爱情。

两年后的一天夜里，王关关和一个男人一同走进店里，他们手挽着手，状态亲昵，如胶似漆，看到这个画面我也忍不住露出笑意，心想这个故事总算迎来了温暖的结局。

但是我错了。这是故事的结局，却不是我想的那样。

他们坐到吧台，王关关对我说："老板，两杯麦卡伦。"

男人轻声建议："麦卡伦喝久了，换一款吧。"

王关关说："不，今天必须喝麦卡伦，我第一次在这家店喝的就是麦卡伦。"

男人笑了笑，说："好的，依你。"

酒端上，两人碰了下杯。王关关狡黠地瞄了我一眼，说："老板，给你介绍一下，这位就是传说中的那位保时捷男。"

男人冲我打招呼："老板，你好，应该是第二次见面了。"

我一下懵掉了。看到我脸上错愕的表情，王关关得意地笑起来，说："是真的，就是那个消失的人，他回来了！"

张三出现在我店里那天，见的是一位大学同学，当时他还不知道公司出事，事情是晚上爆出来的。他的生意游走在一些权力寻租地带，背后的关系极为复杂，他不想将王关关牵涉其中，因此故意断绝和王关关的一切联系，准备将事情处理完之后再找她。

树倒猢狲散，张三没能躲过这一劫，他一度跑路去了香港，最终还是回来坐了两年牢，减刑半年才出来。服刑期间他曾经想过要联系王关关，毕竟案件算是尘埃落定了，但是他的公司和资产几乎清零，出去之后可以说一无所有。他认为自己已经无法再给王关关幸福，于是狠下心来继续断绝联系，从王关关的世界彻底消失，让她彻底死心。

这样的抉择是艰难的，对张三而言也是剜心之痛。深夜，他蜷缩在床上咬着被角无声抽泣的时候，也正是王关关在店里伏案痛哭之时。很久以后，王关关偶遇了张三的一位朋友，朋友说漏了嘴，王关关这才了解到真相。一番波折之后，两个人终于隔着铁窗重逢，无语泪先流。张三发生的这一系列变故丝毫没有改变王关关的心意，她告诉张三，她会等他出狱并且和他结婚。

当王关关和张三在店里向我讲述这些波折的时候，他们的手上已经带上了订婚戒指。王关关动用自己的关系为张三谋求了一份还算不错的职业经理人的工作，两段几乎被摧毁的人生又得以重建。他们结伴出现似乎就是为了印证王关关反复对我说过的那句话："你以为的只是你以为的，那不是真实。"

到底什么是真实呢？或许是因为我已经看过《青春咖啡馆》这本书，我认为人是活在他人记忆里的，并且武断地认为一个找不到他者旁证的人是不真实的，最终反而是我将虚构当作了真实。记忆不是凝固的，只要人还在生活，就可以继续创造和书写，铸造他人的记忆，同时也是在铸刻时间。

王关关和张三之后再也没有来过店里，他们是特地来告别的，告别一段往事，用两杯威士忌做了终结。过往皆序幕，新的生命历程在向他们展开，在我看不见的地方，我相信他们过得很幸福。

炸藕夹与《情人》

开书店之后，我认识了很多新朋友，也有机会与一些旧识重逢，从网络走到现实中相见的人也不在少数，在书店里相遇固然是美好的，时间长了也难免缺乏惊喜。唯有余欢第一次出现在店里的场景，让我至今回想起来还觉得头皮发麻，就像是被宿命撞击后产生的连绵回响。

那是一个寻常的夜晚，临近打烊时间，店里已经没有客人了，我在吧台做清洁。余欢一走进店里我就注意到了她，她穿着一件 The North Face 的紫色外套，双手插在衣兜里，沿着书架慢慢踱步，目光从一排排书脊上游过，甚少停留。我抬头第一眼看到她的时候，心跳猛停了半拍——是她吗？

我不确定。虽然余欢的名字和形象在我脑海里已经盘旋过成百上千次了，我却从来没有真正与她在现实世界里见过面。我看

将 Wi-Fi 密码写了 100 张小纸条，
藏在书架上的书里，给出一个线索让客人自己去找。
“除莫言以外，获得过诺贝尔文学奖的作家作品里都藏有 Wi-Fi
密码纸条，请自行寻找。”

过她的很多张照片，但都拍摄于学生年代，眼前的这一位来客，面色疲倦，略显沧桑，很难与我印象中明丽动人、活泼开朗的余欢直接关联。我想，大概是长得相似罢了，世上哪有这般巧合，一个即将被我遗忘的人，恰巧又出现在我的店里。

后来，她选了一本书坐下来翻看，位置正好对着吧台。我忍不住地打量她，多看几眼之后，我再次激动起来，她低头看书的样子，像极了余欢，或者说，像极了她那张同样姿势的照片。我顾不得唐突，冒失地走到她的面前说：“你好，可能有点冒昧，但是我想问，你是不是叫余欢？”

她抬头看着我，一脸惊讶：“我是用过这个名字，但是已经很久没有人这样叫我了，你是——”

我有点激动地说：“我是这家店的老板，你不知道我，但我认识你，那是很久以前的事情了。”这样的场景和开场白，让我联想起杜拉斯在《情人》里的开篇。

我已经老了，有一天，在一处公共场所的大厅里，有一个男人向我走来。他主动介绍自己，他对我说：“我认识你，永远记得你。那时候，你还很年轻，人人都说你美，现在，我是特为来告诉你，对我来说，我觉得现在你比年轻的时候更美，那时你是年轻女人，与你那时的面貌相比，我更爱你现在备受摧残的面容。”

命运的钟声敲响，两个灵魂被安排被牵引，以如此戏剧化的方式相遇，千人的管弦乐团在我脑后奏起，震得我全身战栗，我感慨万千，差一点儿泪洒当场。

余欢是我高中时的学姐，比我高两届。我刚入校的时候，她是学校文学社的社长，余欢是她的笔名。校刊的卷首语那页，便印着一张她低头看书的照片，恬静而美好。要说我后来报名参加文学社是纯粹基于对文学的爱好而不是被这张照片所吸引，肯定是骗人的。没想到文学社还有初试和复试，面试我的是两个男生，不难看出他们都是余欢的爱慕者，争相在我这个陌生人面前表现出他们对余欢的了解。

一个说：“你没看过博尔赫斯的书啊？那可是我们社长最喜欢的作家，还有卡尔维诺。”

另一个说：“你看过王家卫的电影吗？《春光乍泄》和《重庆森林》看过吗？那是我们社长最喜欢的电影。”

一个说：“但是库布里克才是她最爱的导演，《2001 太空漫游》真牛！”

另一个警惕地说：“学姐把碟借给你了？哼！但是 Radiohead

的CD她只借给了我。”

“你平时听什么音乐呢？”一个岔开话题问我，没等我回答，就接着说下去，“估计都是流行音乐吧，周杰伦、孙燕姿什么的，不行，华语流行音乐太弱了。”

我在对面坐着，感觉羞愧难当。我是以“小镇做题家”的方式升入这所市重点的，书山题库里走过来，连课外书都是老

师指定的，他们说的那些名字对我而言太过陌生，那是一个我尚未接触的世界。我可以写出高分的作文，但是我却进不了文学社的门。我没能进入复试，那位让我心头荡起涟漪的余欢学姐，最终也无缘一见。但是，这件事在我心头引发的震荡却不是一圈涟漪那么简单。

高中时期，我几乎每个周末都泡在书店，把所有省下来的奖学金和生活费都花在了买书买碟上，书架上那些名字逐渐从陌生变得熟悉，一个全新的世界在我面前徐徐展开。好多次我都想重新回到面试的那间教室，对着文学社的人（当然包括余欢在内）侃侃而谈，试图向他们证明：看吧，那些伟大的、精致的、不朽的精神世界，不是你们所独有的，也不是无法翻越的屏障，我虽然迟到了，但是我不会缺席。后来，当我意识到余欢已经毕业了，这件事也就显得索然无味，连想象的空间都没有了。但我经历这一番变化，确确实实地变成了一名文艺青年。

我是在南京上的大学，那几年流行校内网，像Facebook一样，通过学籍信息链接起的真实社交，我注册玩了一阵子，很快就在推荐认识的人那里看到了余欢。我点进她的主页，发现她竟然也在南京上学，念的新闻系，我坐公交经常会经过她所在的学校。余欢格外热衷于校内网，几乎每天都会发动态，上传很多自己拍的照片，包括自拍，照片里的她在旅行、在实习、在做志愿者，她的生活中似乎永远都充满阳光，照片里的她永远笑得那么开心，偶尔也会写一些伤春悲秋的日记，延续文学社的一贯风格。我几乎看过她在校内网上发的所有内容，虽然从不留言，但是校内网是会显示浏览痕迹的，我关注了她，她却一直都没有回关我，我非常失落。我可以理解，因为我对她而言是一个完全陌生的存在，她没有见过我，甚至没有听说过我，但我还是感到失落，相当失落。

余欢，依然是在我的夜空里可望不可即的星辰，她分享的音乐里有我没有听过的歌手的歌曲，我会专程找来听；她看的电影小众到网上找不到资源，我四处淘碟的时候会额外留意；她晒的书我会跟着去读。她喜欢去小酒吧看一些当时还不出名的歌手演出，以民谣和摇滚居多，我也去过几场，幻想在现场碰到她，没想到酒吧里灯光昏暗，人头攒动，即使近在咫尺，我也不太可能从人群中找到她。

余欢大学毕业后就很少再玩校内网了，似乎是回了重庆工作，再往后，新的社交网站兴起，校内网逐渐衰落直至关闭，我也失去了余欢的消息，这也算不上什么遗憾。

我在余欢的影响之下，在文艺的道路上一去不返，在那个逐渐构建起来的自我里，不再需要一个具象的她存在，时间一长，我几乎将她遗忘。

重逢的惊喜里也会有一点尴尬，我的那些少年心事自然是不能告诉余欢的，只能跟她解释说我是她的校友，从校内网开始关注她很久了。她哦了一声，没有继续接话，似乎并没有觉得有何特别。我问她是怎么找到店里来的，她说公司在附近一家餐馆里聚餐，她找了借口出来躲酒，随意逛进来的。而后，我们的话题就中止了，我退回吧台，她继续看书。

我的思绪芜杂，我想要告诉她，我很感谢她，她曾经那么深刻地影响了我的生活，严格说是我的精神生活，可能比现实生活更重要，在她看不见的地方，她的力量催生出一条因果链，绵延至今。

在我一直犹豫着要不要上前跟她聊聊的时候，倒是余欢主动来找我聊天了。她走过来靠着吧台，对我说："你的书店很不错啊，选书很有品味，至少很符合我的品味，连背景音乐都是。"

我心里说，那是肯定的，你都不知道你是怎样影响了这家书店的品味。但我嘴上只能客套地回答说："是吗？谢谢认可。"

她问："开这样一家书店应该也挺不容易的吧？我是指的经营上，会有压力吗？"

我坦诚地回答："确实有，所以要卖点咖啡和酒水来补贴。"

"也是，这个年代愿意到书店买书的人越来越少，书店也越来越难做。"

"是很难，但是这件事情总归得有人做。"

她叹了口气，说："我上学的时候也有个开书店的梦想，摆上自己喜欢的书，有客人来就卖书，没客人来就自己读书，周围人都告诉我这不切实际，所以我只能按部就班地念书工作。前几年，我从电视台辞职出来的时候，不想上班了，也盘算过开一家书店，算来算去，发现都没法养活自己，怂了，最终也没开成。和朋友合伙开了家广告公司，一做就是五年，简直心力交瘁。所以，我很羡慕你啊，学弟，能做自己喜欢的事情。"

我有点安慰她的意思，说："等你真正开了书店，也会发觉没有想象中那么有意思，不比任何工作轻松，而且还不挣钱。"

"我开广告公司也没挣到钱啊，去年现金流中断差一点要卖房子，今年才勉强挺过来。开书店最大的好处是自由啊，肉体终究都是用来消耗的，精神自由才最珍贵。"

“自由的获取都是要付出代价的，因为有代价，所以珍贵。”

她会意地笑了笑，摇摇头欲语又止。恰好她的电话响起，她接完电话说要回去了，主动找我加了微信，验证通过后她“咦”了一声，说：“江凌，这个名字好熟悉——我刚才进门看到最显眼的位置摆了一本书，作者就叫江凌，那是你写的啊？”

我挠挠头，说：“是的，自己开的书店，自己写的书肯定要放在进门位置了。”

她连连称赞道：“好厉害，那我一定要买一本回去拜读。”

我说：“只是一些小故事，入不了你的法眼，我送一本给你吧。”

余欢坚持要付钱，我坚持不肯收，推辞一番之后，我让她随便挑一本别的书买单，再送一本我的书给她。她挑了一本纳博科夫的《文学讲稿》，我在自己的书上签了名送给她。她翻开看了一眼，我写的是：“赠余欢，今宵别梦寒。”

她笑了笑，说：“余欢是我的笔名，很久没用了，今天看到这个名字，突然感到很亲切，谢谢你江凌，我也很喜欢你的书店，我会再来的。”

没过几天，她真的又来店里了，这次是下午。见面寒暄了几句，她对我说：“上次来得匆忙，都没来得及好好地挑书。今天，我要在你店里仔细逛逛，淘些好书回去——不过我得先回个邮件，给我来杯美式——你们店里有 Wi-Fi 吧？”

我指了指吧台上的一块台卡，说：“想要 Wi-Fi，得自己去找哦。”

这是店里的一个小游戏。开店之初，我特立独行地打算不提供 Wi-Fi，为了让客人们能够专心看书；但是，万一有客人要在店里办公没网肯定不行，我便折中想出了这个小游戏：将 Wi-Fi 密码写了100张小纸条，藏在书架上的书里，给出一个线索让客人自己去找。

余欢低头看了一下台卡上的说明，念道："除莫言以外，获得过诺贝尔文学奖的作家作品里都藏有Wi-Fi密码纸条，请自行寻找。"

她哈哈一笑，说："有点意思——不过难不倒我！"

余欢一转身，很快就从书架上抽出一本福克纳的《八月之光》，顺利地翻出了密码纸条。

我竖起大拇指，说："不愧是老牌文艺青年。"

她眉毛一扬，说："信不信我今天把你店里所有的密码纸条都翻出来。"

我是信的，但是她的甲方不给她机会。她坐下来写了一会儿邮件，电话响起，似乎是项目中出了什么状况。她眉头紧锁，开始给不同的人打电话，后来又戴上蓝牙耳机，一边打电话一边飞

摄影@陈国森

快地敲键盘。过了一会儿，店里进来两个客人，她怕打扰到别人，连忙走到门外接着电话沟通。透过玻璃窗，我看见她在店门外来回地踱步，或在争执，或在训斥，或在周旋，活脱脱一位叱咤职场的女强人，和我记忆里的那个余欢，完全两般模样。

过了一个多小时，她终于打完电话走回店里，对着电脑发了一会儿呆，然后长舒一口气，走到书架前去翻书。没过几分钟，她的电话又响了，她出去接完，又在电脑面前忙活了一个多小时，期间电话一直不断。下午六点钟左右，天色渐暗，店里的客人走得差不多了，她终于合上电脑，扭头望着书架上密密麻麻的书，表情怅然若失。

我走过对她说："终于忙完了？"

她冲我苦笑道："本以为今天会比较清闲，想着来看看书，结果只是换了个地方工作。"

"我以前上班的时候也经常这样，每当你觉得工作差不多处理完的时候，新的工作又来了，循环往返，永不停止。"

"你现在不就停下来了吗？"

我摇摇头，说："没有停止，只是换了一种运动的方式而已。"

"你觉得现在的生活是自己理想中的样子吗？"

我沉吟半晌，回答她："只能说甘苦自知。"

这时，有一位男士过来接她，余欢介绍说这是她的男朋友，在互联网公司做技术。两人坐在那儿讨论晚上吃什么，半天没得出个结果。余欢突然有点抓狂："为什么吃个饭都要我来拍板，工作中所有的事情也都在等我拍板，每个人每件事都要问我怎么办，我实在不想再做决定了！"

男士倒是好脾气，柔声说："那今天的晚饭我拍板吧，你跟着我走就行了。"

余欢一抽鼻子，眼泪涌了出来，说："对不起，我不是说你不好，我只是太累了。"随后她哇的一声哭了出来，埋头倒在男士的肩膀上。

男士说："如果觉得很累，那就休息一下。"

余欢真的给自己放了一个长假，当我发现这一点的时候，她已经开着车进了西藏。她独立一人自驾 318 国道，在朋友圈发了很多图片和视频，分享一路的见闻和经历。她开的是一辆有点老旧的桑塔纳 2000，通过 318 国道上最烂的海通沟路段后，她兴奋地发了留影，奇怪的是她并没有开到 318 国道的终点樟木口岸，而是在拉萨之后，下一站就出现在了甘南，她在甘南待了三个月才回来，然后就在朋友圈销声匿迹了。

又过了将近一年，我才再次见到余欢。她踏着夜色而来，到吧台直接和我打招呼："好久不见，店里多了好多新书啊。"

我又惊又喜："学姐！好久不见！"

站在我面前的余欢满脸带笑，眼里有光，简直和上次来店里的时候判若两人，却是我原本的记忆里美好而恬静的那个余欢，她又回来了。

她问我："书店最近还好吗？"

我挠挠头，说："不好也不坏，还是老样子。"

她说："我之前就知道店里有个厨房副本，据说客人如果有好的故事，就可以吃到你亲手做的饭菜。我今天是特地来打副本的，不知道我的故事能不能换来一顿宵夜呢？"

我开心地笑起来："这个副本你早就打通了，只是你不知道而已。"

余欢疑惑地看着我："什么时候？发生了什么？"

"那不重要，先说说你的故事吧。"

余欢慢慢地讲道："我去年差点死了——别惊讶，目前一切安好，你先听我慢慢讲。因为开公司以来压力一直很大，上次在你店里算是第一次公开崩溃吧，大家都劝我好好休息，出去旅旅游放松一下，我就任性了一把，扔下没做完的工作，一个人去自驾——男朋友吗？老袁请不了那么长时间的假，而且我就是想感受一下独自旅行的滋味。我开了一辆公司平时用来拉器材的桑坦纳，比较旧的车，磕坏了不心疼。一路上其实都挺开心的，景色很好，我没有明显的高反，也没遇到什么困难，最烂最难开的一段路就是海通沟，最终也顺利地开过去了。但是，最惊心动魄的事情往往在最平淡无奇的时刻发生，在波密的时候，下起了小雨，我想着路况挺好，开慢点就没啥问题，所以又上路了。速度也不是特别慢，估计 50 公里 / 小时吧，但老是被超车。你知道在国道上超车很难，因为道路比较窄，双向一直车来车往。有一辆车估计司机技术也不怎么好，跟在我后面一直超不过去，就狂按喇叭，我听得心烦，就踩了几脚刹车，把速度降下来，同时往路边靠了靠，那辆车就长按着喇叭从我左边超车过去了，速度非常快。然后，估计也就是十几秒钟，我眼睁睁地看着一堆大大小小的碎石头从右边的山上滚落下来，径直砸向前面那辆车的车顶。那车辆突然失控，撞上路边的护栏翻了过去，当场车毁人亡。

"这一切就发生在几秒之间，就在我面前几十米的地方，我猛踩刹车把车停下来，吓得腿都软了，大脑一片空白，不知道应该做什么，就一直呆坐在车里，心跳得非常快，耳朵里嗡嗡作响，好像时间都停滞了。后面车的司机张罗着报警、救人，我过了好久才能正常地挪动身子，打开车门走出去。前车的驾驶员被卡在座位里救不出来，周围人说已经没有呼吸了，我扫了一眼，那个司机也是个女人。我再次全身颤抖起来——你知道我当时想到了什么？——我想的是，这个女人或许是替我死的，如果我没有踩刹车让她，被石头砸中的就是我，死去的那个人也就是我……

“等重新上路之后，我出现了应激反应，我不敢开车了，车速超过 20 公里 / 小时我就害怕，浑身发软——你不要笑，我不是怕死，那是一种更加复杂的恐惧。我勉强开到一家旅馆住下，第二天连起步都不敢，只好就地休息。后来遇到两个搭车旅行的人，他们开车带着我到了拉萨。老袁专程飞到拉萨陪我待了两天，去了布达拉宫和纳木错，我都觉得毫无兴致。然后他开车带我回来，我不想再走 318 了，所以我们打算从青海经甘南走川北回来。

“途中经过郎木寺时，我身体有些不舒服，眼前又浮现出那个女驾驶员在车里扭曲的模样，当场呕吐起来。老袁扶着我找了一处山坡坐着歇息，他去帮我找热水。在他来回的半个小时里，我就一直坐在那里，望着远处起伏的山峦，成片的荒原，零落的房屋，成排的树林，些许薄雾或是炊烟飘荡在半空，阳光很晃眼却又很温柔，诵经的声音不时从远处的寺庙传来。我突然决定在这里小住一阵子，因为我知道，那个困扰了我很久的问题，会在这里找到答案，我一定要找到它。

“老袁真的很好，他得知我的决定之后，沉默了好几分钟，最后和我说，等我想回去了，他再来接我。我就在郎木寺镇找了家青旅住下，每天上午去寺里听经，下午晒太阳看书，晚上跟店里的客人们聊天。虽然高原的空气很干燥，餐食条件也不是很好，但在那三个月里我真的很开心，我已经很久没有那样开心过了，不是因为轻松和悠闲，而是内心深处涌出来的喜悦。

“我不断地回想，类似的喜悦在什么时候出现过？然后，我便一次次地回忆起高中在文学社的时光，我带着学弟学妹们读书写作，和他们分享音乐和电影，告诉他们我所理解的人生，带他们去看更大的世界，分享热爱和传递知识所带来的满足感进而演变成喜悦……慢慢地，我又重新抓住了这种感觉，并且意识到它是我生命的活力所在，然后顺其自然地，我知道接下来我应该走什么样的路了。

“从郎木寺回来之后，我便退出了广告公司，去年一整年都在备考。前几天，刚刚收到复试通知，我要去复旦大学念研究生，我报的比较文学，可能还会读博，看情况再定吧。最终目标是到大学或者高中当语文老师，那是可以承载我生命喜悦的事情。这是我为自己选择的人生，也是我的故事……够换一顿宵夜吃吗？”

“当然！”我爽快地回答。

我选择了炸藕夹，这是我小时候过年最喜欢吃的一道菜，在做法上改良了一下，现在叫紫苏虾滑炸藕夹。选择新鲜莲藕的中段，切成约一厘米厚的藕片，两片抹上厚厚的虾滑泥，中间夹上一片紫苏，裹上淀粉浆、蛋液和面包糠，在油锅中低温慢炸直至两面金黄，沥油后即可装盘出品。

在炸藕夹的间隙里，我不断回味余欢所讲的故事，蓦然想起远在法国求学的昀旸。当年她放弃现有的生活出国读书，我一直认为是源于她对于艺术的盲目激情，所以我的态度是理解但不支持。现在，我突然意识到，昀旸是不是和余欢一样，在其中找到了生命的活力和喜悦呢？所以，她才会如此坚定地去践行，即使要抛弃原有的人生、事业和爱情……

吃饭的时候，我问余欢：“你去上海读书，老袁怎么办呢？”

余欢说：“他会和我一起去上海，在那边找工作。为了防止我跑掉，他已经向我求婚了。”她朝我晃了晃手上的戒指，幸福洋溢。

类似的场景，不同的选择。老袁是个简单的人，越简单越幸福，而我注定要在自己的欲望和执念之中继续浮沉。

余欢对我说：“今晚，我是来告别的，因为接下来几年都不在重庆，未来更是说不定，所以特地来店里，一来是跟你讲故事，二来是想跟你说声谢谢。”

“谢我什么啊？”我疑惑道。

“故事里有个细节我之前没有告诉你，我之所以下定决心出去旅行休整自己，是因为在你店里的那个下午对我的刺激太大了，虽然平时也经常忙成狗，说来也应该习惯了，但是在一家我理想中的书店里，我竟然找不到一刻的安宁，能够让我坐下来好好读一本书，这件事让我太崩溃了，还有就是——”

余欢停顿了一下，盯着我说：“看到你，我就像看见了另一个自己，或者说，我的另外一种人生，我们太像了，然而你完成了所有我曾经心存的那些美好幻想：开书店，写小说，出书……看见你，我才意识到自己的人生之路走得一塌糊涂，一定是哪里出了问题，我要回过头去找寻。因此，才有了后面发生的一切……所以，我要谢谢你，谢谢我们的相遇。”

我忍不住地笑起来，久违的喜悦一阵阵地冲击着我，久久无法停止。我的脑海中绽放出无数的烟花，大概就是为了盛赞这生命的美妙。

余欢惊讶地看着我，肯定不明白我为什么会笑得如此夸张。

“我也给你讲个故事吧，关于你如何间接地推动了这家书店的诞生。你以为我和书店是你如今的因，但我想告诉你的是，他们其实是你结下的果。”

那一晚，两个人的人生故事终于交汇融合，因与果终于首尾相衔。有位哲学家说，时间本是混沌无序的，因为有了因果，才有了时间的流动，我们似乎证明了，这种流动还有可能是循环的。这样的因果关联彰显了永恒的力量，让我们不会在意义之海里迷失。

小贴士

紫苏虾滑炸藕夹

选择新鲜莲藕的中段，切成约一厘米厚的藕片，两片抹上厚厚的虾滑泥，中间夹上一片紫苏，裹上淀粉浆、蛋液和面包糠，在油锅中低温慢炸直至两面金黄，沥油后即可装盘出品。

耶加雪菲
与《牧羊少年奇幻之旅》

开书店这些年，人来人往已是司空见惯，许多人都没有再出现，因为这家店只是他们人生中的一个驿站。但也有一些人跟随着刀锋书酒馆一起成长，他们来店里看书、参加活动、结交朋友，他们没有在刀锋书酒馆留下过什么特别的故事，但是留下了无数细碎的时光，这些时光又反过来滋养他们的生命，这或许是开一家独立书店最能让人感到欣慰的地方。开店越久，这种感触越深刻，眼见着有些顾客从高中生到大学生再初入社会，有些顾客从单身到结婚再带娃，我能够明显看到他们身上年复一年发生的变化。

“每次来店里都有种亲切感，就像回家一样，精神的家园。”齐雨如是说。

齐雨是店里的常客，因为家住附近，刚开业不久她就来了，读书越多，困惑也越多。

这是每一个热爱读书的人都会碰到的阶段，

最终，有些人选择在知识和理性的海洋里继续远航，

有些人纵身一跃，跳回坚实的陆地。

当时她还在念大三，周末回家的话就会来店里喝喝咖啡看看书。

一开始我们并没有什么交流，她每次来都喝卡布奇诺，几乎固定的靠窗位置，安安静静地看一下午的书。我印象最深的是她喜欢看历史类的书，甲骨文系列是她的最爱，这在女生中很少见，她说她家里几乎收了全套，来我们店里专门挑绝版的那几本看。

有一天中午她来店里，发现我们正在布置场地，问我是不是有什么活动，我说下午有个读书会，她咨询了一下具体情况之后问我还能不能报名，正好有人临时来不了，我便让她替补了名额。

那天读书会的主题是逃离，来的几乎全是年轻人，讨论非常热烈。我发现平时默默看书不怎么说话的齐雨表达能力非常强，逻辑缜密，思路清晰，收获了许多关注。但是，那天闪耀全场的人却是另外一个女生，她叫郝佳，在读研究生。郝佳性格活泼，

发言十分积极，而且她兴趣爱好颇多，潜水、滑雪、健身、瑜伽、打鼓、画画、摄影、占星，感觉简直什么都会，同时她阅读涉猎甚广，文学、艺术、哲学、科学各个方面，都有一定阅读量，她吸引了所有人的关注，并且毫无悬念地当选为本期最佳分享者。

活动结束时已是傍晚，郝佳在散场的人群中召唤晚餐拼单，她说："我知道这附近有一家非常好吃的豆腐鱼，有没有人想要一起去吃的？"

齐雨首先举手，说："我就住在附近，都不知道有这么一家店，一定要去试试。"

还有另外一位女生也举手了，三个女生一起去吃了那家豆腐鱼，吃完饭另外那位女生就先回去了，后来再也没有露面，用齐雨和郝佳的话来说就是磁场不对，融不进同一个世界。剩下她俩叙意正酣，舍不得分别，于是重新找了家小酒馆一直喝到深夜，她俩惊喜地在彼此身上找到了共鸣，来自相仿的年龄、相似的成长背景和大量重叠的热爱和喜好，在年轻的时候遇见并不罕见，但也弥足珍贵。两人一见如故，惺惺相惜，很快就成了闺蜜。

因为友情是从刀锋书酒馆开始的缘故，她们经常来店里碰头，一起喝下午茶，一起看书聊天，然后再去逛街游玩。她们更喜欢做的是组队来参加店里的读书会，因为她俩是通过读书会认识的，觉得这种现场可以非常迅速地判断什么样的人跟她们是同类，奇怪的是，参加过好多次读书会，始终没有出现能够加入她们组合的第三个人，她们也只好作罢。

友情之中难免会出现一些小摩擦，这个时候其中一人便会到店里找我吐槽，无非都是一些少女的小情绪罢了，过几日又和好如初，嘻嘻哈哈地在朋友圈发自拍合照。她们会就一本书到底好不好看讨论半天，也会逮着一条明星八卦扯一个晚上，她们可以坐两个小时的公交车去找一家偏僻的小店，也可以攒一学期的零花钱飞去上海看一场一票难求的话剧，这就是青春的模样，每个人都是轻盈的个体，没有身份的束缚，也不承担意义的重负，自由是青春的底色，拥有的也是最简单的快乐。

但这一切都是暂时的，从她们毕业前开始，这种状态便被打破，无忧无虑的青春时光开始离她们渐行渐远。不知道是不是受郝佳的影响，齐雨大四的时候决定考研，大量的时间都泡在自习室；郝佳也进入研三，本来应该是为毕业课题而忙碌的一年，但她突然决定休学。这件事情无疑给了齐雨当头一击，她也没法安心复习了，两人之间终于出现了隔阂，反复的交流似乎并没能实现彼此的理解和支持。后来齐雨拽着郝佳来店里，让我帮着劝一劝。

齐雨向我讲述完前因后果，愤愤地说："她跟我说她觉得读研究生很没意思，这不是要了我的命吗？我都备考三个月了，现在翻开复习资料，脑袋一直有个声音对我说，读研没意思，别考了！别考了！我都快疯了。"

郝佳的表情有点哭笑不得，她说："我是说我读研究生没意思，并不是说所有研究生读研都没意思，你是可以的啊，你学的是工科，研究生阶段很重要。我学的是英语，意义真的不大。"

齐雨说："关键是你都研三了啊，现在放弃太可惜了，咬咬牙做完论文，大不了将来再修一个研究生学位嘛。"

郝佳说："我是休学，不是退学，有些事情等我想清楚了再继续。"

齐雨不知道怎么劝了，转向我用眼神求助。

我说："齐雨提的建议是非常实际的，也是任何一个理性的人会做出的选择，但是郝佳既然做出了决定，说明背后一定有个'非如此不可'的原因，那个原因，齐雨，你知道或者认同吗？"

齐雨撇撇嘴，说："我知道，但是我不认同，要不郝佳你自己跟老板再讲一遍吧，看看老板会不会认同。"

郝佳沉吟片刻，说："其实也没有什么特别的原因，也没有发生什么大事，就是有一天早上，我在做瑜伽的时候，脑袋放空之后，有一个想法像是从天而降，就是莫名的，突如其来的，我觉得自己好没意思，觉得自己的人生特别无趣。很多人都说我是个有趣的人，我也一直这样以为，我就是那种不愿意让自己停下来的人，所以我会去学很多事情，我觉得生命就是要不断地燃烧激情，享受世间的一切美好，很多书里也是这样告诉我们的——老板你别笑，我知道你们店里没有这种书——总之，就是毫无由来的，在那天早上，一个普普通通的早上，我心里的一根弦砰地一下断掉了，然后整个人的精气神就垮掉了，对任何事情都提不起兴致，所有好玩的好吃的，看电影、玩游戏、蹦极、开卡丁车，全都觉得索然无味，整个人都病恹恹的，去医院体检，什么问题都没有。

"我爸爸特别担心我，以为是家庭关系疏离了，专程开车带我和我妈妈出去露营，因为我以前最喜欢这项家庭活动。但这次开车刚进山里，我就觉得特别无聊，一刻也不想停留，嚷嚷着当天就折返了。我妈妈大惊小怪说可能是抑郁症，找心理医生做测试，也不是。

“在这样的情绪里，我觉得目前学的这个专业就更没意思了，所以我需要停下来，这就是我‘非如此不可’的原因，但是齐雨她不信，她说我这是某种矫情。”

齐雨说：“哪里有，我的原话是说，你这是属于伤春悲秋的情绪，是阶段性的，是可以调整过来的。但休学的话，你比同龄人就慢了一年，这个是补不回来的——老板你说对吧？”

我看了看她俩，说：“我的看法倒略有不同，至少人生的收获和价值不是用时间来衡量的，时间和效率是现代人自己给自己挖的陷阱，以为人的一切行为都要有统一的衡量标准。我的观点是，如果这一次的暂停能够让自己更清晰地找到生活的方向，错过这一年或许也没那么紧要。”

齐雨听完我的话，叹了口气低头不语，应该很后悔带着郝佳来找我了吧。郝佳反而像抓住了救命稻草一样，有点激动地问我：“老板，你有什么建议吗？我只知道需要停下来，但是我不知道该去哪儿。”

我笑了笑，说：“慢慢来，路都是自己走出来的。”

猛然想起，这句话是昀旸曾经对我说的，我竟然如此顺畅地转述给了另外一个人，好像我们达成了共识一般，然而在昀旸决定要去巴黎留学的时候，我们却没日没夜地在这些问题上争吵不休。

那是开书店的第三年，很多事情都和刚开店的时候不一样了，不仅仅是书变多了，门口栽的三角梅变茂盛了，吧台的漆开始脱落了，人也开始变化了。

那是一个阳光温暖的冬日，市民全都奔向了一切可以晒到阳光的室外场所，店里的生意惨淡，我们的心情也同样灰暗。当所有的客人都离开后，昀旸清点完当天账目，陷入了久久的沉思。我在一旁擦杯子，听见昀旸对我说：“要不，我们把店关了吧？”

“啊？”我听清楚了，却不敢确认。

昀旸又一字一字地重复道：“我说，我们把店关了吧。”

“为啥啊？”我下意识地回应她。我有点慌，手里的杯子都有点捏不住了。

我当然知道为什么，书店持续亏本，新书写不出来，手头窘迫，入不敷出，这已经不是我们原本要追寻的生活了。昀旸和我已经多次讨论过现状，寻求过各种解决方案，竭尽所能地做了许多努力，诸如做文创产品、开网上书店、写植入软文、做收费活动，等等，但全都收效甚微，难有起色。我们争执过好多次，都是为了救书店而想办法，甚至规划过两个人都继续上班赚钱养书店，却都心照不宣地从不会说出关店这样的话。当昀旸终于把这句话说出来之后，我知道有些东西正在无可挽回地走向崩塌。

昀旸没有直接回答，而是说："关了店，我们一起去巴黎吧。"她终于说出来了。去巴黎留学这件事情，昀旸已经试探性地和我聊过几次了，小心地绕过开店的现状，都是以将来实现财务自由之后最想做的事情为前提来畅想的。我说我要在山里建个院子住下来，实现渔樵耕读的生活，而昀旸则说，她想旅居巴黎，一边进修学习服装设计，一边逛遍巴黎的美术馆和博物馆，将来做自己的服装品牌。

是的，昀旸本来做的是室内设计，但在她看完《月亮与六便士》之后，潜入自己内心深处去捞那个耀眼的月亮，最终捞出的那个能够让她终其一生投入热爱的理想是服装设计，而实现这个理想的圣地，便是巴黎。

昀旸见我低头不语，继续说："我打听过了，你交点学费上语言大学就可以拿到签证，还可以在那边一边打零工一边写作，我课余时间也可以接单做设计，生活应该不成问题。"

我心乱如麻，回答说："生活哪有这么容易啊！"这句话是回应也是婉拒。

昀旸说："慢慢来嘛，路都是自己走出来的。"

我说："你想得太简单了。"

这句话终结了话题，却没有终结问题。在后来的日子里，我们爆发了多次争执，始终没能达成一致。我不愿意关掉书店，更不愿意去巴黎，这意味着我先要打碎一个梦想，然后在废墟上重建一个充满不确定性的新梦想。

首先，我觉得书店还有救，那么多客人喜欢这家店，在这里留下了他们的故事，还有那么多人把这里当作灯塔和火把，我怎么能轻易放弃呢？更重要的是，即使我关掉书店，我也不想去巴黎，虽然那也是我很喜欢的城市，但我无法以昀旸所规划的方式在巴黎生活。我一路走来一路追寻的那个自我，将会在巴黎被彻底淹没，重塑一个未知的自我，是昀旸决议要去完成的下一步人生目标，却是我不愿迈出的一步。

我们僵持了很久，但是昀旸的态度很坚决，她说的唯一一句软话：把店关了吧，为了我！可我还是沉默不语，类似的话她再也没有说过，后来她几乎不来店里了，开始上各种相关课程。几个月后，昀旸拿回来一堆文件档案，告诉我她已经接到学校的OFFER，两个月之后就要去巴黎读书了，如果我想跟她一起走，一切都还来得及。她的语气和态度已经没有给我任何讨论的余地。

那些日子里，我每天晚上都故意拖到凌晨两三点才打烊，没有客人就自己埋头喝酒，回到家昀旸已经睡着了，临近中午醒来时昀旸已经出门了。日子变得浑浑噩噩，一天天过得飞快，而我始终昏昏沉沉的，甚至接连几天睡在店里都不回家。原以为如此这般，我便可以什么都不想，从而逃避那个迫在眉睫的选择。直到有一天，当我凌晨回到家时，发现昀旸坐在客厅等我，她已经收拾好了两个大行李箱。

她说："我要走了。明天晚上出发。"

我在她的身旁坐下，心头有千言万语在翻涌，却喉咙干涩，一句也说不出来。昀旸一直在等着我开口。我想找烟和酒，却发现家里什么都没有，于是我们不言不语，就这样静静地坐了大半个小时。最后还是昀旸说话了，她说：“如果你想好了，可以来巴黎找我。如果你没想好，就不要联系我了。别想我，也不要怪我。”

眼泪猛地涌上来，我差点没绷住，赶紧站起身，背对着昀旸说：“我下去买包烟。”

我在小区楼下抽掉了半包烟，始终不敢上楼，直到客厅的灯灭了，我的心也一并暗了下去。我已经想不起那时候是什么样的心情，没有是与非，没有爱与恨，只是很堵，犹如在一场铺天盖地的迷雾中找不到任何出口。很久以后我才看清楚，当时我满脑子想的都是牺牲，而昀旸所想的却是重生，这场分离几乎是注定的。

那天晚上，我走了十几公里的路，最后走回了店里，喝了好几杯威士忌，趴在桌子上迷迷糊糊地睡到天明。白天，我一直心不在焉，好几个瞬间，我都想扔下店里的客人，冲回去拦住昀旸，可是，然后呢？我会跟她走吗？我不会。我甚至都不敢给她打电话，只能在手机里把信息编了又删，删了又编，最长写了将近1000字，最后全都删了，只发了一条信息给她：如果你想回来了，我还在这里等你。

昀旸没有回复我，在之后的两年时间里，她都没有再联系过我。

郝佳后来也出国了，她通过一个Working Holiday的项目去了澳大利亚，简单来讲就是一边打工一边旅行，官方为她提供一年签证，郝佳辗转两个城市之后，停留在了墨尔本，在一家咖啡馆里打工。郝佳在朋友圈发了很多她工作时拍的照片，各式各样的咖啡，形形色色的客人，澳洲明媚的阳光下人们坐在街边喝咖啡聊天……郝佳晒出了小麦肤色，笑容灿烂地融在人群之中，惬意而自然。

齐雨依然常来店里，她在本校就读研究生，似乎并没有结识新的好友，又恢复了一个人坐在靠窗的位置默默看书的状态，只是她不再看历史类的书了。我好奇地问她为什么。

她说："历史读得多了才发现历史没有真相可言，都是被人书写的，建立在一套极为复杂的人造体系里，明白这一点让我突然觉得历史很乏味。"

我说："你这样想也不对，但凡是以语言和文字呈现出来的，都是人类的理性体系构建的，那你岂不是什么书都不用看了？"

齐雨说："对啊，所以我现在来你们店里只看科普和科幻了。"

我说："但科学也是人类的理性体系里的啊。"

齐雨说："科学不是。"

我说："你是学工科的，我没有把握能说服你，不过这个命题你可以重新思考一下。"

读书越多，困惑也越多。这是每一个热爱读书的人都会碰到的阶段，最终，有些人选择在知识和理性的海洋里继续远航，有些人纵身一跃，跳回坚实的陆地。

一年以后，郝佳回国了，她刚回来两个人便相约来店里喝酒。听郝佳分享国外旅行的经历，她的神色之间恢复了以往的自信和活力，但从她的故事里，我无法捕捉到这种变化产生的缘由，齐雨应当也没有，只是纯粹为好友的回归而开心，尤其是当郝佳告诉我们她会继续完成学业。

临走前，郝佳问我店里需不需要兼职的咖啡师，她可以来免费打工。由于一直没有这个先例，我还是委婉地拒绝了。

后来，郝佳在星巴克做了大半年的兼职，完成毕业论文之后，她飞到上海，面试了一家独立咖啡馆，成了一名全职咖啡师，毕业典礼时她回了一趟重庆，收拾完行李匆匆忙忙又飞走了。

齐雨赶过去见了郝佳一面，过了几日，独自来到店里找我。她郁郁寡欢地跟我讲了郝佳去上海的事情，然后从袋子里拿出一个礼物盒子递给我，说："这是郝佳托我送给你的礼物，她本来想亲自来一趟的，但是时间太紧了，以后她可能只有春节才会回来了。"

我拆开盒子，里面是一包单品咖啡豆，还有郝佳写的一张纸条：谢谢江老板，谢谢刀锋，让我窥见天命。这是我第一次自己动手烘的豆子，不算完美，但很有意义，希望你喜欢。

我一下子有点懵，不知道她这份郑重其事的感谢从何而来，印象中我和郝佳没有过什么深入的长谈，启发和帮助什么的应该更谈不上。齐雨凑过来想知道纸条上写了什么，我递给她，齐雨看完长叹一声，说："天命，又是天命，她跟我说过好多次了，那本书我也读了，我一点儿都不认同天命的说法，完全是宿命论和神秘主义嘛。"

我问道："哪本书？"

齐雨说："就是那本《牧羊少年奇幻之旅》啊，她说是在刀锋看的，看完激动得不行，还买了一本送给我，但是我看完没什么感觉，像是童话，太虚太玄了。但郝佳被这本书彻底征服了，动不动就提天命，去澳洲是寻找天命，回来做咖啡师也是天命。"

齐雨絮絮叨叨地说个不停，突然我记忆里的画面被唤醒，我终于想起来了。那是在郝佳休学后还在国内的那段日子里，她单独来过一次店里，说想找点书看，家里的每一本都觉得没兴趣，所以想来店里找找看。我让她在店里随意选，她晃悠了半天，最后还是两手空空，过来问我有没有什么书推荐给她。

当时我正在整理书架，把一些客人放乱的书归回原位，手边堆着一本《孤独六讲》，一本《局外人》，一本《牧羊少年奇幻之旅》。我稍微想了一下，眼睛正好瞥到，几乎是下意识地拿起《牧羊少年奇幻之旅》递给她，说："这本你可以试试看。"

我也说不出来为什么当时给她的书不是另外两本之一，非要讲逻辑的话，另外两本也未尝不可，也都适合她当时的状态，我凭借的仅仅是直觉。

那天，郝佳坐在店里把书看完了，在店里静静地待了很久。现在我突然意识到，她当时应该很想和我聊一聊这本书，可惜那天店里客人不少，我一直在吧台忙碌，很晚才闲下来。记得郝佳买下了那本书，跟我打了个招呼才走。这是一家书店介入客人的生活并产生明显

拐点的时刻，应该是从那以后，郝佳走上了另外一条人生道路，尽管我当时对此一无所知。

齐雨的愤然或许来自一种失落，她和郝佳各奔东西，无论是距离还是心理上，再也无法回到那段可以共享和共鸣的友情之中。齐雨始终无法明白郝佳为何会选择做咖啡师作为她的天命，她坚持认为那只是郝佳的一时兴起，过一两年就会放弃。

我问齐雨："你喝过郝佳给你做的咖啡吗？"

她说："喝过啊，她在星巴克的时候请我喝的。"

我说："感觉怎么样？"

她说："没啥感觉，星巴克都是一个味儿。"

我说："那你尝尝她自己烘的咖啡豆吧。"

郝佳送我的咖啡豆是水洗耶加雪菲，来自埃塞俄比亚一个名叫耶加雪菲的小镇，咖啡树生长在海拔 1700 米到 2100 米的地方，阳光雨露、虫鸟花木锻造了它的独特风味，果实被摘取下来后，去除掉表面果肉，浸泡在水里发酵，然后用流水清洗并干燥，装进麻袋里漂洋过海来到中国，经过多次运输之后，进入郝佳所在的咖啡馆，被一颗颗地挑选出来，称重，放进烘豆机里，小心翼翼地控制温度和时间，观察颜色和气味的变化，选择在最佳时机出锅，铺开来让它通风氧化，最后被封装进袋子，送到我的店里。

烧水，称豆，选择合适的研磨度将咖啡豆磨成粉，湿润滤纸，温壶温杯，将咖啡粉倒入滤杯，选择适合的水温，少量注水，润湿咖啡粉进行闷蒸，咖啡的香气浓烈地释放出来，然后再缓慢均匀地注水，选择合适的粉水比，萃取出最佳风味的咖啡液。

我倒出一杯咖啡递给齐雨，她喝了一口，惊讶地说："还真的很不一样欸，没有以前喝的那些咖啡的糊味，有点酸，但酸味很舒服，像柠檬，还有一点儿花香。”

我说：“是的，过两分钟再喝，口感又会不同。”我向齐雨大致讲解了一下咖啡背后的故事，咖啡本身的风味来自哪里，不同的加工方式会产生什么影响，烘焙程度、研磨度、水温、粉水比、萃取方式在哪些方面会决定最终呈现出来的风味。

齐雨叹道：“原来咖啡还有这么多门道啊！”

我说：“万事万物都有道，郝佳一定是在做咖啡这件事情当中悟出了某种道，并且和她的生命产生了强烈的交融，所以才会被她视作天命。你想想看，她去澳洲之前处于多么糟糕的状态，回来之后完全找回了生命的活力，而且非常坚定地要走咖啡师这条路，背后都是天命的力量在推动。你可以不接受天命这个概念，若换成另外一个词语——志业，或许你就可以理解了。”

“职业？”

“不是职业，是志业，志愿的志。比如说，你毕业后想要做工程师，这是一种职业，但你想做一名通过工程设计提升人类生产效率的工程师，就是一种志业了。”

“那太难了，不是所有工程师都能达到那样的高度的。”

“这就是天命和志业的区别所在，如果你相信那是你的天命——‘当你想要某种东西时，整个宇宙会合力助你实现愿望。’”

听完这一套玄之又玄的道理，齐雨满脸写着不相信，一直到她离店的时候，她依然皱着眉头在思索。想要让理性之人理解感性之人的世界，果然是一件异常困难的事情，而她和郝佳的友谊能否经得住这种冲突带来的挑战，或许要再经历一些岁月才能知晓。齐雨的人生，还将面临更多的困惑和选择。

然而我已经无暇再为他人解忧，忧愁已经布满了我的心房。因为齐雨最后问了我一个问题，她说：“我很好奇，老板你也是洞悉天命的人吗？你的天命是什么呢？开书店还是写小说，或者其他？”

我一时竟无法回答，久久地沉默着。

在这久久的沉默之中，暮色笼罩，黄昏降临。

小贴士

耶加雪菲

埃塞俄比亚一个名叫耶加雪菲的小镇，咖啡树生长在海拔1700米到2100米的地方，阳光雨露、虫鸟花木锻造了它的独特风味，果实被摘取下来后，去除掉表面果肉，浸泡在水里发酵，然后用流水清洗并干燥，装进麻袋里漂洋过海来到中国……被一颗颗地挑选出来，称重，放进烘豆机里，小心翼翼地控制温度和时间，观察颜色和气味的变化，选择在最佳时机出锅，铺开来让它通风氧化，最后被封装进袋子，送到我的店里。

烧水，称豆，选择合适的研磨度将咖啡豆磨成粉，湿润滤纸，温壶温杯，将咖啡粉倒入滤杯，选择适合的水温，少量注水，润湿咖啡粉进行闷蒸，咖啡的香气浓烈地释放出来，然后再缓慢均匀地注水，选择合适的粉水比，萃取出最佳风味的咖啡液。

莫吉托与马拉松

开刀锋书酒馆的这些年，我曾数度被人调侃为“重庆村上春树”，这种调侃指向的当然不是作品，而是同样开酒馆和写小说的人生经历。

村上说他大学毕业后不知道该做什么工作，所以选择了开爵士乐酒吧，而我是在工作好几年之后才辞职开了书酒馆，说是自主创业，其实有些消极避世的意思，村上在书里大方地承认了这一点，我也大可不必遮遮掩掩。

当然，逃避并非长久之计，终将有一天会碰到边界。村上在棒球比赛现场遇见“天启时刻”，从此走上了职业小说家的道路。而我还在等待着这个时刻的到来，幸运的是，独立书店和深夜酒馆的双重属性，让我在经营这家店的过程中收获了很多意义彰显的时刻，而不必像村上那样在一天又一天的月升日落中陷入意义聂鲁达说，爱情太短，而遗忘太长。
遗忘这件事情，依靠的不是记忆力的丧失，
而是感觉的消弭，在一次又一次的想念之中，
在酒精与眼泪之中，痛觉不断地被弱化，
直到有一天，你终于拥有了一次平平淡淡的想念，
那便是遗忘的开端。

的困顿。

关于意义这件事情，如果要细细地讲，恐怕我暂时还不具有这样的能力，我唯一可以确认的是，在某些时刻，我确实地感受到了它的存在，并且为我当前的生活带来了片刻的慰藉。

这个故事的主人公叫沈珂，在大学城念书，由于学校离刀锋书酒馆很远，她其实没有来过几次，最后一次出现也是很久以前，人来人往，我几乎快要将她遗忘了。直到有一天，我看到她的朋友圈，她说：毕业倒计时，即将离开重庆，心头好像有诸多不舍，但是仔细想来，这座城市最让我留恋的事物只有两样，一个是刀锋书酒馆，一个是火锅。

我在下面评论："呀，没想到我们店的排名竟然这么高。"

她回复："是啊，当时并没有多少感觉，但是回过头来看，觉

得那是拯救过我的地方。”

开店这么久，称赞和喜爱的话我着实听了不少，却从未出现过“拯救”这样沉重的字眼。我细细回想她在店里的场景，始终无法确认这种“拯救”来自何处，于是对她说：“如果有时间的话，离开重庆之前再来店里一趟吧，我请你喝酒。”

她说：“好啊，本来就计划要去的，能蹭酒喝就更好了——嗯，我要双倍朗姆莫吉托。”

很多老顾客都有一些小怪癖，比如有人要喝八分牛奶的拿铁，有人要喝没有奶油的摩卡，有人喝酸梅桂花冰沙不要吸管。沈珂也

是其中之一，她的怪癖是喝莫吉托不加薄荷，薄荷糖浆都可以要，但就是不要新鲜薄荷，还要加双倍的朗姆酒。

她第一次在店里喝的就是这种特殊的朗姆莫吉托，因为要求很特别，我随口问了一句："为什么不想要薄荷啊？"

"因为我讨厌薄荷。"她的回答气呼呼的，感觉带着点儿怨气。这也可以理解，毕竟刚刚在门口等了大半个小时我才开门，换谁也开心不起来。那段时间我一个人守店，没有人跟我换班，如果前一天晚上打烊太晚，第二天开门时间就会被延误。因为几乎不会有人那么早来店里，我也就一直任性懒散下去了。后来她跑到吧台来问我："老板，你们开门不准点，打烊是不是也不准点？"

我说："至少 10 点打烊，也可能更晚，看情况。"

"啊？这么晚！你就不能像你开门那样随意地提前打烊吗？"

开店以来，被顾客抱怨无数次打烊太早，还是第一次碰到有人嫌打烊太晚。我一时没反应过来，问："10 点打烊有什么不妥吗？"

"10 点打烊，我就赶不上轻轨了呀，我要回大学城的。"

我有点哭笑不得："你可以早点走啊。"

"不行，我今天一定要待到你们打烊。"

"为什么呢？"

沈珂故作神秘地笑了笑，没有回答。我没有追问，也不知道背后的故事，只觉得这个女生心事重重，整个人都被忧伤笼罩，再多的朗姆酒也于事无补。因此，当她想要点第四杯双份朗姆无薄荷莫吉托的时候，我拒绝了她。

“这是店里的规矩，每个人喝酒不能超过三杯。”其实并没有这个规矩，我临时编的，因为我感觉她像是成心要喝醉。虽然醉酒偶尔可以为某些故事推波助澜，但大多时候醉酒带来的结果都不怎么美好。

“那我换一个，白色俄罗斯。”

“不行，带酒精的都不可以。”

“喂，老板，你这样任性，很容易失去顾客的。”她哭笑不得地说。

“众所周知，我一直都是个任性的老板。”我耸耸肩，表示不为所动。

“那就给我一杯无酒精无薄荷的莫吉托！”

“那不就是柠檬苏打水吗？你怎么对莫吉托这么执着？”

“就不告诉你！”她硬生生地怼了我一句，转身回到座位。

总的来说，沈珂第二次来刀锋书酒馆算不上一次愉快的经历，但她依然坚持待满一整天，直到我提醒她说我们要打烊了。

她当时正专注地盯着手机，听到我说话才回过神：“就剩我一个顾客了吗？”

“是的，已经10点钟了。”

“反正今晚只能住校外了，老板，有没有兴趣听我讲个故事？据说故事讲得好的话，有宵夜可以吃？”

“可以啊，不妨讲一讲你为什么要在店里待一整天。”

沈珂长叹一声，说：“因为那个人，第一次带我来你们店里的那个人。”

我并不记得沈珂第一次来店里是什么时候，所以也不可能记得和她一起来的那个人是什么模样。关于“那个人”的一切，我都是从沈珂的讲述中得来，姓名不知，容貌未见，为了便于叙述，姑且称之为“那个人”吧。

他们应该是偶然逛到店里来的，在书架上翻了一会儿书就走了。

那个人对沈珂说：“这家店简直太舒服了，回头一定要找个周末，来这里待上一整天。”

这就是沈珂第二次来店里从开门一直待到打烊的原因，那时候他们已经分手了，可惜的是，他们分手之前始终没有找到机会一起再来刀锋书酒馆。直到他们分手一个多月之后，沈珂一个人来了，曾经说好要一起做的事情，她一个人来完成了。

“说好了一整天就是一整天，少一分钟都不行。”沈珂说。

显而易见，这姑娘执念太深，注定还要经受不少的苦才能走出这段感情。我无法直接说出这么残忍的话，只好转而问道：“那莫吉托呢？为什么坚持只喝莫吉托，也是跟那个人有关？”

沈珂有点不好意思地说：“是的，因为他喜欢在家里自己调鸡尾酒，他给我调的第一杯就是莫吉托。”

“为什么会加双份朗姆酒呢？”

“因为我跟他都嗜酒如命，单份朗姆酒味道太淡了。”

“那又为什么不加薄荷呢？”

“因为家里面找不到新鲜薄荷——”

听到这个解释，我忍不住哈哈大笑起来，猜来猜去，没想到理由如此简单。

我笑着说：“所以，不仅一整天要一分不少，莫吉托也要一模一样，你的仪式感真的好强。”

沈珂幽幽地说："他不肯出来见我，我也只能用这种方式想念他了。"

"你们都已经分手了，为什么要想念，不是应该遗忘才对吗？"

她摇摇头，无可奈何地说："忘不掉啊——"

忘记和想念，后者的确要容易许多，如果这两种方式都无法让人走出失恋的忧郁，想念也未必是一个坏的选择。

那天晚上，沈珂并没有吃到宵夜，倒不是因为她的故事不够精彩，而是我知道她当时的状态，无论什么样的食物都无法给她以慰藉，或者说，她并不需要任何慰藉。

聂鲁达说，爱情太短，而遗忘太长。遗忘这件事情，依靠的不是记忆力的丧失，而是感觉的消弭，在一次又一次的想念之中，在酒精与眼泪之中，痛觉不断地被弱化，直到有一天，你终于拥有了一次平平淡淡的想念，那便是遗忘的开端。

总而言之，沈珂那天晚上离开店里的时候并不是很开心，或许对刀锋书酒馆还有几分失望，以至于她出门的时候我感觉她应该不会再来了。

类似沈珂这样的顾客应该不少吧，我有时候会这样想。在坊间流传的故事里，刀锋书酒馆具有某种治愈人心的力量。但我并不认同这种说法，也拒绝承认我和我的店拥有这样的力量。每个人心底的空洞都是被自己一点点填满的，那些来过的顾客，只是恰好在刀锋书酒馆的这个时空坐标上，填上最后那块砖，仅此而已。

因此，当沈珂再次出现在刀锋书酒馆的时候，我是有些欣喜的。

她在吧台将菜单翻看了好几遍，最后犹犹豫豫地说："还是来一杯莫吉托吧。"

我问："像上次一样吗？还是要标准的做法？"

她停顿了一下，说："就——正常的吧。"

切半个青柠，将汁水榨到玻璃杯里，然后将青柠切成小碎块放入杯中，再放入几片新鲜的薄荷叶和少许白砂糖，用研磨锤轻轻挤压，薄荷叶里的汁液释放出来，同时白砂糖也会适度融化，然后加入适量冰块，倒入 10 毫升莫西多薄荷糖浆和 30 毫升白朗姆酒，再加入苏打水至八分满，表面再装饰两片薄荷叶和柠檬片，插入吸管轻轻搅动一下，一杯标准的莫吉托就做好了。

沈珂坐在吧台看着我调制出这杯莫吉托，第一口喝下去，突然大惊小怪地喊起来："老板，你这样做出来的莫吉托，真的很好喝耶！"

"是啊，新鲜薄荷能起到关键作用。"

"我从来没喝过正常的莫吉托，以前喝的都是他调的，真是没有对比就没有伤害。"

"感情也是如此啊，走出来了才知道原来还有更好的。"

沈珂连连摆手，说："不是这样的，我再也碰不到比他更好的人了，这一点我可以确定。"

那个人到底有多好呢？他似乎无所不知又无微不至，有着极高的审美与品味，充满了生命的张力，他会带着沈珂徒步到深山里露营、钓鱼、看星星，也会在俯瞰全城的山顶民宿里和她一起度过温馨的圣诞节，他会带她去城市最隐秘的角落寻找美食，也会在音乐节的现场和她一起滚得满身是泥……

沈珂在描述这一切的时候非常入迷，可是在我听来却并未感受到任何稀奇。好与不好是一个比较主观的概念，且不说那个人到底好不好，有些人全身写满缺点和差评，在爱人心中却依然谁也取代不了。

说到底，还是一种沉迷，一种尚未戒掉的瘾。

“为什么会分开呢？”我问。

“见异思迁，移情别恋，很俗套吧。”

“还在期望他回心转意？”

“应该算是奢望吧，没可能了。”

“这么确定？”

“他说他在另一个女生身边，重新找回了自己。真搞笑，那跟我在一起算什么？迷路了吗？”

“可能真的迷路了。”我煞有其事地回答道。

“老板，你太过分啦！”沈珂拍了一下吧台，佯装生气地盯着我，大概是等着我收回刚刚说的话。我撇了撇嘴，什么都没说。

吧台的吊灯闪烁了一下，她的脸色也随之黯淡：“其实，我都明白，只是心有不甘，不甘心他就这样从我的生活中消失。”

人生哪能事事都顺遂心意呢？比起甘心，不甘心才是生活的常态吧。但这句话我不能跟她说，我怕她听完之后甩头就走，不肯再买我的酒。

然而，这把奸商还是没做成。

沈珂在店里没坐多久，就过来跟我打招呼说要走了。

“这么早？”

“对啊，晚了就没有去南滨路的公交车了，我在那边预定的酒店，明天有马拉松比赛。”

“什么？你要去跑马拉松？”看着她弱不禁风的身板，我非常怀疑。

“我不跑，就是去看看。”

沈珂当然不是为了凑热闹才去看马拉松比赛的。她和那个人还没分手的时候，他拉着她一起报名了今年的马拉松比赛，结果抽签的时候沈珂没抽中。严格来说，这次的马拉松比赛和沈珂已经没有什么关系，她如此大费周章地前往现场，只不过是想看到那个人而已。不仅仅是源于曾经说好要一起做的事情，即使分手了也要一个人去完成这份执念，更因为那是她能够见到那个人的唯一途径。

“你确定他一定会去参加比赛吗？”

“他一定会去的，我太了解他了，跑马拉松是被他列入人生清单的事情。”沈珂的语气十分坚定。

我只能祝她好运。

第二天中午，我刚刚挂上“营业中”的牌子没多久，沈珂就推门走了进来。她径直走到吧台坐下，喊道：“老板，来一杯莫吉托，要有薄荷的。”

“上午情况如何？看见他了吗？”

沈珂没有回答我的问题，而是晃着脑袋说：“惨烈啊，简直是太惨烈了——老板，你去看过马拉松现场吗？”

“没有。”

“想象一下，几千人挤作一团，然后哗地一下全部冲出去，简直就是大型灾难片现场，观众区的人感觉比选手都多，根本就挤不进去。”

“所以，你没有看见他？”

“有没有看见他不重要，我知道他就在人群之中。今天上午，南滨路，马拉松起点，在这个确定的时空坐标上，我和他在一起，这就足够了。”

听得我心头一颤，虽然我之前一直觉得沈珂这样做有点傻乎乎的，但细细想来谁又曾例外过呢？有那么一阵子，我也会绕很远的路去一家偏僻的咖啡馆，点一杯咖啡呆坐很久，因为那是昀旸从前最爱的咖啡馆，尽管我知道她不可能出现，却总试图从熟悉的环境和记忆里，虚拟出昀旸存在的痕迹。

我替她担心，忍不住说道：“万一，他没在现场呢？”

“他肯定在的。”沈珂斩钉截铁地回答。

我没有再说什么，做好一杯莫吉托递给沈珂，然后自己坐在吧台里抽烟。烟雾缭绕中，我想起了许多早已潜入湖底的往事。沈珂也不再说话，低头翻看手机。

沉默，各怀心事的沉默，直到我听见沈珂说了一句话，她的声音很低，像是在自言自语，但静默让这句话变得清晰，甚至锐利。

她说：“他果然没去。”

我扭头看着沈珂，她双目失神，犹如在一瞬间被抽离了灵魂。

“你说什么？”我想确认刚刚听到的话。

“他今天没有去跑马拉松。”沈珂像是没有力气再继续说话了，把手机递给了我。

我低头一看，屏幕停留在一条微博上，显然就是那个人的账号。他转发了重庆国际马拉松官方账号对今天比赛的报道，同时写道：好不容易中了签，全力以赴准备了三个月，却因为处理工作中的突发事件而失之交臂，实在可惜，重马，我们明年见。

马拉松的那一幕本来是一个五彩斑斓的泡沫，如今沈珂亲手戳破了它。她愣了半天才缓过神来，对着我苦笑一下，说："都怪我手贱，忍不住要去搜他的微博。"

"或许应该从另一个角度看这件事情，假设他没有发这条微博呢，你很可能永远都以为他今天就在人群中，应该怪他发了这条微博。"

"他发微博的时候又不知道我去了现场。"

"可以猜想有这样一种可能，或许他其实是去了现场的，而且还看到了你，他也知道你在看他的微博，这条微博是他专门发给你看的，只要你不去找他求证，这种可能性就一直成立。"

沈珂摇着头说："这就是在自欺欺人了。"

"但你之前做的事情在逻辑上跟这个是一样的啊，存在就是被感知，你独自做的所有这些事情，都没有被他感知到，这是你的独角戏，他不存在于这个舞台上。"

刚说完，我便意识到这段话说得有点过重了。沈珂听完表情凝重，侧脸望向窗外，一言不发，过了几分钟，她一口气喝完杯子里的莫吉托，起身走了。

后来，沈珂大概又来过店里一两次，都是跟朋友一起，我们也没有机会交谈，直到她毕业要离开重庆之前，再次应我的邀请独自来到了刀锋书酒馆。

依然是标准做法的莫吉托，以及一些礼节性的寒暄。然后，我迫不及待地抛出了自己的问题："为什么会觉得这里是拯救过你的地方？"

沈珂笑了笑，说："或许没有拯救那么夸张，但的确是给了我很大帮助，让我从之前的那段感情中走了出来，开始了新的生活。"

"有吗？印象中你独立离去的那次，其实不是很开心。"

"确实不开心，但也就是在那一刻，你的话点醒了我。你说存在就是被感知，我从他的世界里已经消失了，他不知道我去现场，他既没有看见我，也不知道我就在人群中，对他来说，我就是不存在的。同样，我在店里刷微博之后才知道他并没有去参赛，他原本并不存在，是我给自己预设的场景，才让他变得存在，我做的很多事情，都是为了让他凭空存在。"

我笑着说："差不多是这个道理，但是你引申出来的比我说得可要深刻多了。"

"这个就叫师傅领进门，修行在个人。后来我也想明白了，是我强迫自己让他留在了我的世界里，一旦我放弃对他的感知，他也就走出了我的世界。"

"真的就这么容易？"我不大相信。

"当然没那么容易，只是从那以后，我便走出了之前的死循环，一天比一天变好。"

"你们后来还见过面吗？"

"见过，就在上个周末，算是一次正式的道别吧，云淡风轻，挺好的。”

直到此刻，我才相信她的确在这个过程中完成了自我救赎。我并没有拯救她，我对她说的那些话可以毫无用处也可以意义非凡，是她自己捕捉到了其中的能量，从而让我隐藏在宇宙深处的某种意义得以彰显。

那天下午，沈珂离开刀锋书酒馆之前，对我说：“老板，其实我和他的故事里，有一个很关键的细节一直没有告诉你，因为我不知道该讲不该讲。”

“那你现在想好了要讲吗？”

她抿了一下嘴唇，说：“还没想好。”

“那就不必讲，如果我已经感知到了，即使你不讲，它也已经存在了。”

她笑着说：“如果我以后再也没有机会来到店里，你还会记得有我这个客人吗？”

我白了她一眼，说：“不是还有朋友圈吗？”

“那不一样，网络关系太脆弱了——诶，不如这样，你在菜单上增加一款不加薄荷加双份朗姆酒的莫吉托，名字就叫不存在的莫吉托，怎么样？是不是很有创意？”

“可以啊，你就假装我会增加这款饮品，反正你也不会再来，这款不存在的莫吉托在你心里就是存在的。”

沈珂突然收敛表情，一脸严肃地对我说：“我真的要走了，老板，谢谢你，无论如何，希望你能够记得我，记得有我这样一个人存在。”

她的话让我有点恍惚，我似乎在哪里听到过类似的话，具体的场景却一时想不起来了，只能下意识地回答道："好啊。"

这一瞬间的分神导致我的记忆里始终缺失了沈珂从店里离开时的背影画面。

沈珂的确再也没有回来过。有一天，我突然意识到她在朋友圈里也不见了，通讯录和聊天记录翻遍了也没有找到，我都开始怀疑她是否真实出现过，但所有的对话和场景都如此生动而真切，于是我写下这个故事，至少，她和不存在的莫吉托会在这个故事里存在。

至少，我可以确切地记得有个人对我说："希望你能够记得我，记得有我这样一个人存在过。"

小贴士

莫吉托

切半个青柠，将汁水榨到玻璃杯里，然后将青柠切成小碎块放入杯中，再放入几片新鲜的薄荷叶和少许白砂糖，用研磨锤轻轻挤压，薄荷叶里的汁液释放出来，同时白砂糖也会适度融化，然后加入适量冰块，倒入 10 毫升莫西多薄荷糖浆和 30 毫升白朗姆酒，再加入苏打水至八分满，表面再装饰两片薄荷叶和柠檬片，插入吸管轻轻搅动一下，一杯标准的莫吉托就做好了。

苦艾酒与小说家

书店对于许多年轻人而言是一个比较理想化的工作场所，每天与书为伴，与爱书之人邂逅，似乎是一份充满幸福感的工作，其实不然，摘下滤镜之后，书店的工作内容和其他工作并没有太大区别。但是，书店工作确实拥有某种奇妙的能力或者神奇的力量，它对于店员们的影响是持续的、无形的，甚至是颠覆性的，唯有那些将生命的某段时光完全浸入书店之中的人才能把握住这种力量。

昀旸出国之后，店里就招聘了一个店员上白班，我通常是下午两三点到店，值守到打烊，所以深夜故事里很少看到店员的身影，但他们也是刀锋书酒馆重要的组成。第一位店员是个温和安静的女生，在店里做了一年多，因为家庭原因要回老家，我在网上发布招聘信息，小野便是从网上找过来的。

小野在应聘的邮件里写了很长的自述，她是北方人，在北京

小野回赠我一幅小画，主画面是一个空心人，
身体里密密麻麻地堆叠着日月星辰、山川草木、狸猫羊鹿，
而在空心人的右上方，还有一个月亮一样的人脸，
映入了空心人的眼眸。
小野说："我没见过老板娘，但我知道她是怎样的存在。"

上学和工作了很长时间，学的是广告设计，在广告公司待了两年多之后，突然决定离开北京，之后的三年就在全国四处游荡，在丽江的咖啡馆当过店员，在新疆的民宿里做过义工，在东北的餐馆里做过啤酒促销员，她为自己选择的下一个城市是重庆。在邮件里，她描述了自己对于重庆的好奇以及对书店的喜爱，并且非常坦诚地表示自己的咖啡手艺还不太娴熟但愿意多加学习。这显然不是一份符合我预期的简历，她的技能有欠缺，更重要的是生活状态不稳定，我并不相信她的热情能够维持多久。但是，当我看到小野发来的附件后，我很快就改变了主意。

附件里是她工作时做过的一些平面设计，还有几张她自己画的画。那几幅画一下就吸引了我，说不出是什么风格，或许也不属于任何一种风格，浓烈撞击的色块，破碎的意象，肆意的构图，

指向了一个个我可能曾经做过的梦，指向了那些在语言之外无法被描述的事物。我突然对她产生了好奇心，同时我也不愿意因为自己的成见而错过一个有趣的灵魂，于是回复邮件约她来店里面试。

小野面试那天顶着一头染成绿色的头发，我们聊了一个多小时，完全不像是面试，更像是两个路人首次见面便一见如故的热烈交谈，她的性格、特长、品味几乎像是为刀锋书酒馆量身定做的一样，简直再适合不过了。幸好，我没有被冲昏头脑，还是将心中最大的顾虑向她提了出来：“所以，这家店对你而言意味着什么呢？因为你很明显是那种永远在路上的人，如果我是你，可能只会在这家店里待几个月。”

小野说：“你说对了，如果我在去年碰见刀锋，最多只会待半年，因为我的内心涌动着很多东西，我不能在一个地方停留下来。但是，现在不同，我内心渴望停留。”

“牵绊你的是什么呢？爱情吗？”

“不是爱情，爱情不能让我停留——是一种我也不知道应该用什么词语来形容的东西。我有过很多热爱，设计、摄影、画画、写作、剑道、潜水、登山，也去过很多地方，国内的国外的，高山峡谷，海洋草原，有一些东西在慢慢沉淀，最近这种趋势越来越明显了，但我还是看不清它，所以我需要一些力量来帮助我完成这个析出过程。”

“你觉得答案在书里吗？”

“肯定在书里，因为当我在阅读的时候，能感觉到它们在下沉，情绪稍一波动，它们又消散了，所以我想要在一个安静的地方停留下来，沉淀它们。”

这大概是我听过的最不切实际同时又最无法拒绝的求职理由了。如果是其他的店老板，怎么可能接受店员来工作的目的是为了找到自己呢，但是在刀锋书酒馆可以。小野就这样成为第二任店员。入职之后经历了好一番磨合，她的个性太强，任何工作要求抵达她那里之后都会受到她的挑战。

比如，图书在书架上陈列的时候，基于视觉的美观舒适，通常都是按照左高右低的顺序排列，但她不肯，她觉得书就应该随意排列，凌乱反而能产生丰富感。我们就此好生辩论了一通，她说："你知道吗？阿摩司•奥兹写过，他小时候把他父亲书架上的书从高到低排列，最后被他父亲打了一顿，因为他父亲认为，书中的灵魂都很伟大，不能用书的外表高低来给他们排序。"

我说："那是他爸爸的认为，顾客并不会那样认为。"

最后还是我赢了，因为我是老板我说了算！但是我很惊讶，在国内那么小众的奥兹，她竟然也读过，有时候看到她放在吧台里正在读的书，都是波拉尼奥、科塔萨尔、布朗肖、罗伯-格里耶这些人的作品。

过了两个月，小野基本上习惯了店里的工作节奏，咖啡饮品也能够达到出品标准了，我便不需要每天带着她上白班，自己恢复了下午两三点到店的规律。因此，那个每天中午来喝咖啡的男生和小野的故事，我很久以后才知道。

男生叫阿秋，在附近一家公司上班。一天午休时不经意走进店里喝了杯咖啡，此后几乎每个工作日中午，他都会来店里点一杯咖啡，找本书看个把小时再回去上班。时间一长，小野注意到他了。

小野过去找他聊天，问他在看什么书。阿秋说："《美丽新世界》，这本书太震撼了，我读第二遍了，你看过没？”

小野说：“还没有。”

阿秋说：“推荐给你，你一定要看。”

第二天小野就把书看完了，对阿秋说：“《美丽新世界》有点意思，但还是差点意思。”

阿秋问：“那你觉得哪些书算是很有意思的？”

小野报了一串作家名字和书名，阿秋基本都没看过。阿秋说：“在书店上班的人果然都很厉害，读过这么多书，你们老板更厉害，好像自己就是写小说的，他的书你觉得怎么样？”

小野说：“我没看过。”

后来小野告诉我，她只是翻了翻我的书，读了几段文字，严格意义上来说不算看过，但阿秋是真的看完了我的书，最后他还专门在我上班的时间过来买书并找我签名。

阿秋问我：“老板，如果一个新手想要写作的话，有没有什么书推荐阅读？”

我说：“这要看你写作的动机是什么？”

阿秋说：“也没什么明确的目的，就是我在读你的书的时候被勾起了写作的冲动，我也有一些类似的故事和经历，感觉可以写出来。”

我说：“写出来是容易的，那是创作，每个人都可以，但是成为写作者，可能需要更多的能力、毅力和运气。”

阿秋问：“那所谓写作天赋这种东西到底存不存在呢？”

我说：“当然存在，但是有天赋的人最终未必成了作家；同时，通常意义上的写作也用不上天赋的，靠的是持之以恒的阅读和写作训练，大量的作家并没有天赋，比如我就是。”

我听到小野在一旁笑出了声。

我给阿秋推荐了村上春树的《我的职业是小说家》和斯蒂芬·金的《写作这回事》，他花了很长的时间才看完。因为前期和他见面的次数极少，我其实对他没有太大印象，至于他和小野具体什么时候开始交往的，我更是毫不知情。两位当事人也都闪烁其辞，不愿说得过于详细。

我可以理解，阿秋长相帅气性格随和，小野则拥

有一种独特的魅力，大概是年轻男女之间的激情在某个瞬间被点燃了吧，爱情如巨浪来袭，瞬间淹没两人，不需要那么多扭捏和暧昧的过程。

两人瞒着我交往了好一阵子，阿秋等小野下班都是悄悄在远处碰头，后来还是阿秋打篮球扭伤了腿，小野找我请假去陪他，才不得不向我坦白。这样的事情我自然是不会反对的，何况店里从此又多了一个义工。阿秋下班后过来等小野时，还会帮着送餐和收桌，没事的时候就坐在店里看书。我唯一担心的是小野的状态，我问她："爱情会不会让你沉淀不下来？"

小野说："会，但是热烈有热烈的意义，而且热烈之后，终究还是会沉淀的。"

那段时间小野画了很多画，依然很抽象，但是其中明显多了一些男性的面孔和身体器官，用色依然大胆，然而结构变得轻快了，各种意象不再密集堆叠，留出更多的空间，以盛放更多的想象。总之，看起来游刃有余。

然而，阿秋在写作这件事情上却进行得极为艰难，他写了一个几千字的短篇，趁着小野不在的时候拿来给我看，希望我能给点建议。我问："你没给小野看吗？"

阿秋说："发给她看了，她说我这个属于高中生作文水平，我不服啊，觉得不至于吧，所以想再听听你的意见。"

我读了阿秋的小说，明白小野为什么会那样评价了。阿秋的文笔还算不错，用词丰富，情感细腻，情节也算吸引人，但读起来磕磕绊绊，一点都不流畅，角色也缺乏立体感，是一篇缺点很明显但优点并不突出的小说。

我说："你读书的时候作文经常得高分吧。"

阿秋嘿嘿一笑："是的，经常被语文老师当作范文。"

我说："你想要写小说，动机之前说过，是有书写的冲动，那意义呢？当你完成一篇小说之后，它的意义对你来说是什么？"

阿秋皱着眉头想了一阵子，说："可以说是一种认可吧，上次你说写作天赋这个东西是存在的，我就在想，我从小就能比较好地把控文字，就像写作文，这是不是说明我可能拥有写作的天赋，只是没有得到挖掘，也没有机会被人看到。后来，高中分科的时候我选的理科，大学念的是汽车制造，现在做的工作是采购，都是父母替我选的，老实说，我都不是很喜欢，但是为了生活又不得不继续下去，这样的日子过久了心中始终有些不甘。所以我想要写小说，一方面是为了证明自己，另一方面，我觉得小说家是一个不朽的职业。"

可惜他尚未看清背后的真相，小说和小说家的确可以通往不朽，但并非所有小说和小说家都可以。不过，这样的话说出来未免太残忍，在他这个阶段，更需要的是鼓励，无论结果如何，做出努力总是一件好事情。我对阿秋说："挺好的，加油写。这篇小说我不好评价，能给出的建议是多读一些文学经典，从那些伟大的作品里汲取营养，寻找灵感。"

阿秋让我给他推荐几本经典作品，我选了《包法利夫人》《罪与罚》《太阳照常升起》《沙之书》《看不见的城市》给他。临走之前，他突然问我："老板，你最近在写什么小说啊？灵感都从哪里来？"

我苦涩一笑，说："最近没灵感，所以很久没写了。"

我的确很久没有写小说了，以及其他文体形式的文字。开书店之前，我曾无数次幻想自己坐在店里写作的场景，想要读一段谁的文字可以随时起身取书来看，写累了就自己去吧台做一杯咖啡提神，夜深时还可以给自己倒一杯酒，回忆起白天见过的顾客和听来的故事，文字就轻盈地从键盘上一个个跳进屏幕组成文章，最后变成书，再被摆回我的书店。然而这样的场景并没有出现。

经营一家小店，生活就是由各种琐碎的事情堆积而成。为了控制成本，我和昀旸开始没有聘请任何员工，所有事情都是亲力亲为，做清洁、做饮品，挑书、买书、上架，进货、买菜、下厨，谈合作、做活动、跑手续，就连最轻松愉快地与顾客聊天这件事情，到后来都让我们备感疲倦。感觉每天好像也没做什么大不了的事情，跑前跑后埋头一通忙，等歇下来的时候天就黑了，回到家基本倒头就睡，充其量可以在守吧台的时候读几页书，想要坐下来拥有一段安静的时间写点东西，几乎是不可能的事情。

源于我的坚持，刀锋书酒馆除了春节几天之外是全年无休的，因为位置相对偏僻，刚开店的第一年，来店里的顾客很多都是从网上慕名而来的，虽然数量不多，但我不想让顾客扑空，如此一来，我们就被彻底淹没在开店的日常之中，生活完全被绑架在这家店里。

更糟糕的是，书店开业之后，生意一直不温不火。每个月卖不出去多少书，虽然早有心理准备，但咖啡和酒水也很不稳定，周末天气好偶尔会坐满人，其他时候都是冷冷清清的。好在门店租金低，没有员工，每个月倒还不至于亏损，但是，我和昀旸的生活失去了经济支撑，只能寄希望于我的新书。

因为第一本书销量还算不错，编辑找我谈第二本书的出版，我火速签了协议，但是被书店的日常琐事所牵绊，始终无法进入满意的写作状态，半年之后只交出了干巴巴的一万多字书稿，编辑又宽限了我三个月。每天深夜打烊之后，我强行把自己按在电脑前，依然无济于事，两三个小时的时间，除了喝酒、抽烟、来回踱步，看书、刷网页、刷朋友圈，始终心乱如麻，无法写下任何一段完整的文字，然后就会变得很焦虑，越焦虑就越写不出来，进入了一个死循环，出书计划因此搁浅。

开店之前的完美设想缺了重要的一块，就像从底部被抽走的一块积木，搭建在上面的生活开始摇摇晃晃。眼见存款逐渐萎缩，昀旸不得不开始接一些私人的室内设计获取一些收入，但也极不稳定。经济上的窘迫导致我们之间出现一些争执，昀旸不能理解我为什么会手里拿着出版协议都写不出稿子来，她说："你也承认写这本书不是为了伟大或者不朽，就是纯粹地为了出书赚稿费，你只需用自己擅长的方式把一些故事写出来就行了，每天500字1000字，就像每天例行需要完成的工作一样，怎么会写不出来呢？"

我说："我必须对我的文字负责，即使为了写稿而写稿，我写下的文字也要有意义。"

至于为何每天枯坐两三个小时也写不出有意义的文字，我无法向昀旸说明白，大概我自己也没弄明白。现在想来，当时的我多少还是有些偏执，在自我的世界里迷失。

实际情况确实越变越糟，我们所构想的完美状态没能实现，一道裂缝出现了，均衡被打破，生活开始滑向无法预知的方向。昀旸出国之后，我一度将原因追溯到这里，我懊恼地以为，如果当年我能顺利地写小说出新书，生活顺心如意，她或许就不会离开。这样的想法自然是幼稚的，却给写小说这件事情又加了一重心理障碍，于是便一直被搁置下来。

我很羡慕阿秋，他胸中堆积着热烈的写作欲望，我却如同一潭死水。他几乎一周就能写出一个短篇，每次都会发给我看，进步很微弱，我看完之后都会礼貌性地称赞两句，有进步，挺好的。

小野有一次看见我正在手机上看阿秋的小说，惊讶道：“你还真的在看他写的东西啊，我基本只瞄一眼开头和结尾。”

我问：“你会给他什么反馈？”

小野翻了个白眼，说：“很直接，我跟他说，省省力气吧。”

阿秋却愈战愈勇，花了两个月时间野心勃勃地写了个三万多字的中篇小说，他自己觉得很满意，想要找渠道发表。我非常委婉地建议他不要往杂志期刊投稿，可以先试试找网络平台签约或者投稿给网络征文比赛。阿秋两种途径都尝试了，漫长的等待之后，均无下文，他颇受打击，一天晚上跑到店里来找我，说刚刚跟小野吵了一架。

阿秋向我吐槽小野：“她太傲慢了，有时候真的受不了，她老说我写作成不了气候，她不也一样吗？她画的那些画，除了我们，谁会看？”

我说：“有没有人看和有没有价值，是两码事。”

阿秋说：“对啊，我的小说不是没有价值，是没有伯乐。”

我摇了摇头，转移话题：“要不要来杯酒？驱散一下心中苦闷。”

阿秋问：“你们有苦艾酒吗？我在书里经常看见这个名字，好像是梵·高和海明威的最爱。”

“有啊，但这个酒度数非常高，有70度，你喝得了吗？”

“喝一杯应该是没问题的，早就想试试了，今天正好。”

我斟酌了一下，最终还是兑了许多雪碧在里面，又加了大量冰块。阿秋郑重其事地喝了一口，说："味道有些奇怪，算不上好喝，搞不懂为什么那么多艺术家都喜欢这款酒。"

"因为你还没喝到位，苦艾酒的神奇之处不在于酒精度数高，有些伏特加比它度数高多了，而在于它的致幻剂的功用。"

阿秋问："难怪，我很好奇致幻之后到底是什么样的感觉呢？"

我赶紧阻止他："别好奇，反正不是什么让人舒服的感觉。"

正说着，小野走进店里，阿秋赌气地把头扭向一边不看她。小野看了一眼他手里的杯子，啧啧说道："苦艾酒哪里是这样喝的呀，太糟蹋了。"

阿秋脱口而出："老板就是这样做的。"

我无奈地耸耸肩，把吧台让给小野。

小野说："老板那是怕你喝醉，既然你想喝苦艾酒，我给你调一杯正宗的波希米亚式烧苦艾，这是我在大理的时候在酒吧学的。"

取一个玻璃杯，横一个专用的漏勺在杯口，夹一块方糖放在漏勺上，将一盎司苦艾酒淋在方糖上漏入杯中，用打火机将方糖点燃，烧至呈现焦糖色之后，让糖块落入杯中，杯里的苦艾酒也被点燃，用勺子迅速搅拌将糖块溶化，用盖子盖住杯口让酒精熄灭，然后倒入适当冰水，酒水呈现出悬乳状，便是一杯波希米亚式烧苦艾。

阿秋喝了一口，五官都皱成了一团，估计是想说不好喝，对上小野的眼神，又生生地吞回去了。小野说："苦艾酒被称作绿色缪斯，一些艺术家沉迷于苦艾酒，都是因为他们在现实世界的灵感被掏空，你写小说遇到阻碍，首先应该继续在现实世界里找灵感，我难道不是你的缪斯吗？”

阿秋笑了起来，说：“当然是。”

小野端起阿秋面前的苦艾酒，自己也喝了一大口，久久不语，表情有点迷离。

第二天上班的时候，我问小野：“有点好奇，你画画的时候依赖的缪斯是什么？是阿秋

摄影@陈三天

吗？还是苦艾酒？或是其他什么？”

小野说：“都不是，我在酒精里找过，在爱情里找过，在梦境里找过，甚至在药物里找过，但发现都不是，所以我开始在书里找，找一种称之为绝对精神或绝对灵性的东西。”

“那你应该看黑格尔……”

“不完全是黑格尔定义的那种，印度教里也有，基督教里也有，很多小说里也有，我说不清，所以我还在找。”

我大概知道小野要找的是什么，同时我也知道，那可能是一场徒劳。

小野在店里待了将近一年，三月的一天，她跟我说她要离开重庆。似乎春天到来的时候，所有文艺青年的内心都会出现躁动。虽然我早已料到会有这一天，但还是有点惊讶，问道：“怎么了？阿秋呢？你们分手了？”

小野说：“还没跟他提，过几天再说，提前告诉你，你好招人。”

“你要离开的原因是什么呢？”

“我要回北京，感觉有一种声音在召唤我，等待我去完成。具体是什么我不知道，只有回去了才能找到，但这种意识非常强烈。”

我能明白她的感受，那一刻我甚至有点羡慕小野，不仅羡慕她的年轻和自由，更重要的是她永远都能听到内心深处的声音并且毫不犹豫地去追随，这种清晰和坚决，让她能够顺利地找到自己的天命所在。而其他很多人，包括我在内，一直都在兜兜转转的迷途之中。

我问：“那你来之前想要找的东西，在刀锋找到了吗？”

小野说：“这个还真不好讲，和我设想的不大一样，那些东西最终还是没有落下来，不过这一年找到一些别的东西，很有收获。”

“是什么？”

小野笑着摇摇头，说：“描述不出来，不是爱情，但肯定是好的，或许要过一阵子才能明确那到底是什么吧。”

我让小野从店里挑一本书：“在刀锋看过的书里，把你最喜欢的那本挑出来带走，算是我给你的送别礼物吧。”

小野选的是黑塞的《玻璃球游戏》。我是后来才读完这本书的，明白了小野为何做出那样的选择，在无边无际的精神世界里遨游一番之后，她选择做现实世界里的造梦人。

过了几天，小野回赠我一幅小画，主画面是一个空心人，身体里密密麻麻地堆叠着日月星辰、山川草木、狸猫羊鹿，而在空心人的右上方，还有一个月亮一样的人脸，映入了空心人的眼眸。小野说：“我没见过老板娘，但我知道她是怎样的存在。”

小野和阿秋的分手场面具体如何我不得而知，但我想一定非常惨烈。对小野来说，这是一种激情之爱，过程热烈不求结果；对阿秋来说，这段爱情却是人生的重要构成，他甚至跟我探讨过小野会不会愿意跟他结婚并留在重庆的问题。但是，结局已经注定，小野最终还是如期离开了重庆，在那之后很长一段时间里，阿秋都没有再来过店里。当他再次出现的时候，时间已经过去了一年多。

阿秋带了一个文文静静的女孩，看样子是新女友。阿秋表面上虽然若无其事，很自然，我却从他看新店员的眼神里捕捉到了一丝介怀。两人点了咖啡在外面坐了一会儿，阿秋到吧台来找我，他带了一本杂志递给我，说：“老板，我的小说终于发表了！”

那是一本发行量还不算小的青春文学类杂志，我说：“恭喜啊，坚持付出，终有收获。”

阿秋说：“老板，你可以读读看，我比之前有没有进步？”

我翻到他说的那一页，是一个 5000 字左右的短篇。阿秋靠着吧台站着，应当是希望我能够当场看完并给出一些反馈，他用手指敲打着桌面，眼神不知道何处安放，又瞄到了新店员身上，大概往事又翻涌上来，一时陷入了沉思。

我迅速读完了那篇故事，很明显这是根据他和小野的故事作为原型改编的，讲述了一个用情至深的男孩爱上了一个自由热烈的女孩，用尽所有方式都没能将女孩留在他的身边，想要表达的主题是一场海鸟与鱼的爱情，虽然注定只能拥有短暂的美丽，但那依旧是值得珍藏的回忆。

我对阿秋说：“写得很不错啊，文笔漂亮，感情真挚，故事结构完整流畅，进步非常明显。”

“谢谢老板，这也是我目前最满意的一篇，虽然发表了，但这种杂志还是偏通俗读物，我想知道，在你看来，它离一篇真正的小说还有多远？”

“你定义的真正的小说是什么样的？在我的定义里，我觉得你这篇也算。”

阿秋说：“我觉得真正的小说是不朽的。”

我突然反问他：“你读过小野写的小说吗？”

这个名字突然跳出来似乎把阿秋给惊到了，他有点慌，说话都结巴起来：“她什么时候写过小说，我不知道，没听她说过啊，她不是一直在画画吗？”

我说："前两个月发在她的朋友圈，你没看到吗？"

阿秋低头不语，我才意识到两人已经互删了微信。

我说："你想看吗？如果不介意的话，我建议你可以看一下，因为你们写了几乎同一个故事，却完全是两篇小说。"

阿秋连连摆手，说不看不看，也不跟我继续聊天了，拿着杂志回去陪女朋友了。没承想，晚上的时候，他又一个人溜回店里，红着脸跟我说，他还是想看一下小野的那篇小说。

我翻出来后把手机递给他，那是一个万把字的短篇，故事很简单，就是一男一女在江边聊天，语境不断切换到回忆、想象、艺术、历史之中，最后他们分手了，男生拂袖而去，女生在江边坐了整整一宿，天亮后，她手里燃烧的烟蒂和天上的星斗一起消失了。

阿秋读完之后，半天都沉默不语。

我说："我不知道你的感觉是什么，但我读完之后，真的很汗颜。我写不出来这样的小说，十年后也写不出来，小野才是有天赋的小说家，你和我都不是。但小野没有走小说家的道路，因为她知道自己的使命，她依然在画画，而且最近还做了一个小型的个展。她分享这篇文章的时候也说，这是一种画画间隙的自我消遣。"

阿秋喃喃一说："读完之后，我都不好意思再继续写小说了，她是对的，我在白费力气。"

我说："这样想也大可不必，小说没有高低之分。还是要回到写小说对自己的意义这件事情上，写小说不是为了证明自己的天赋，写小说是一种使命。如果你认同了这种使命，就继续写下去吧。"

阿秋低着头沉思许久，突然抬头说："老板，我想喝杯苦艾酒，有吗？”

“有啊，你要烧一下喝吗？”

“不，我要直接喝，Double。”

“这是上限，再多我可不给了啊。”

我直接倒了两盎司苦艾酒递给他，阿秋找了一个沙发位置坐下，缓慢地将酒全部饮下。他仰着头闭上眼睛，试图在酒精的作用下，去追寻那个遥不可及的背影，去捕捉一丝一毫的精神共振，去感知他在她的世界里如何存在。

但是，一切都来不及了，一切都是徒劳，落花与流水各自天涯。我看见他的泪从眼角落下。

那天晚上之后，我再也没有见到过阿秋。

小贴士

波希米亚式烧苦艾

取一个玻璃杯，横一个专用的漏勺在杯口，夹一块方糖放在漏勺上，将一盎司苦艾酒淋在方糖上漏入杯中，用打火机将方糖点燃，烧至呈现焦糖色之后，让糖块落入杯中，杯里的苦艾酒也被点燃，用勺子迅速搅拌将糖块溶化，用盖子盖住杯口让酒精熄灭，然后倒入适当冰水，酒水呈现出悬乳状，便是一杯波希米亚式烧苦艾。

太阳煎蛋与灵魂伴侣

基于一家独立书店的表达需要，刀锋书酒馆组织过许多次读书会和沙龙，一群原本并不相识的人因为爱智求真而聚到一起，书店的功能算是得到了极大的发挥。长期观察下来，我发现参加活动的以年轻人居多，大多是刚刚毕业一两年还在为扎根于这座城市而打拼，想来生活的压力都不小，周末出来参加这样的活动，跳出原有的圈子，与素未谋面的人聊一些形而上的话题，也算是某种良性的调剂。如此一来，刀锋书酒馆算是为他们提供了一块诗意的栖息地，自然是我这个曾经的文艺青年最乐意看到的事情。

但凡年轻人扎堆的场合，爱情就容易滋长，更何况是读书会了，遇见灵魂伴侣的概率应该会比相亲会要高出许多倍。很多人对此深信不疑，唯独有一件事情是他们始料未及的，那便是灵魂伴侣依然被困在凡夫肉体之中，无论相遇时撞击得如何惊天动地，

就像用微波炉做太阳煎蛋一样，只要流程和参数不变，
就会永远保持它的完美外形和千篇一律的味道。
但当幸福感退却之后，
你才会发觉还是慢慢煎的太阳煎蛋更好吃，
因为它有缺点，有变化，也有滋味。

终不免陷入红尘俗世的牵绊与儿女情长的纠缠。

邱岚与夏峰在读书会见面的那天之前，应当是完全陌生的两个人。但是，有些人注定要相遇，不在此地，就在别处。他俩无论从身高、外形、气质，还是兴趣爱好、认知体系，全都是匹配的，十几个人坐在那里分享，局外人一眼望过去，毫无疑问地就会把他俩配成一对，甚至他们的名字，都昭示了相遇的必然。

邱岚在自我介绍的时候说："岚的意思是山中的雾气，大家要记住我的名字，就联想一下秋天的早晨，山中的雾气，邱岚。"

轮到夏峰的时候，他说："我的名字很好记，夏峰，夏天的山峰。"

然后就有人起哄了："你是夏天的山峰，邱岚是秋天的雾气，你们俩的名字很登对啊。"

邱岚羞涩地埋下了头，夏峰连忙打圆场："话不能这样讲，

万一人家有男朋友呢，如果男朋友今天也一起来参加活动正坐在现场呢，那岂不是尴尬了。”

众人哈哈大笑，这个插曲就算过去了。

那天的读书会是什么主题我已全然不记得，身为局中人的邱岚和夏峰也未必记得，但所有人都记得，他俩是那天活动全程最出彩的两个人。不知是有意为之还是无意造就，他俩的发言最多，获得的掌声也最多，两个人甚至还针锋相对地辩论了一小段。夏峰是学机械工程的，却超级迷恋俄罗斯电影和文学，讲起塔可夫斯基的电影和阿克梅派的诗歌简直是如痴如醉；而邱岚是学英语专业的，最迷恋的却是科幻小说和科幻电影。一个是有着文艺心的理工男生，一个是有着极客精神的文科女生，这种反差与互补，就像磁铁的两极，产生了无法抵抗的吸引力，在两个小时的活动过程中，他俩的眼神已经对话过几百次了吧。

活动结束之后，两人心照不宣地留在店里喝酒，他们坐在靠窗的位置聊了整整一晚，直到我提醒他们要打烊了，他们才意识到时间的流动。两个人都是一副意犹未尽的模样，夏峰试探着问：“你急着要回去吗？如果不介意的话，我们找个地方吃宵夜？离这里不远有一家烧烤味道非常好。”

邱岚面露难色，说：“今天可能不行，我有事得先回去了，下次吧，有机会的。”

夏峰说：“没关系，那我们改天再约，我从群里加你微信，你记得通过一下。”

邱岚收拾好手提包，匆匆走到门口，忽然又停住了，转身对夏峰说：“很开心今天认识你，再见啦。”

很多的再见最后都是再也不见，但有些人注定要重逢，甚至走进对方的生活，不管要经历什么样的波折，也不管未来会怎么样。

夏峰和邱岚后来又见面了，那是一个天气好得出奇的周末，他们一起吃了午饭，然后走到南滨路，在四月温柔的阳光下漫步，据说那天他们沿着南滨路来来回回走了两趟，一直到暮色四合，江对岸解放碑的摩天大楼都亮起了灯光。夏峰告诉我，那天他们聊了好多，从文学聊到电影，从爱好聊到工作，从华夏文明聊到多维宇宙，从童年记忆聊到人生理想，恨不得一下子将自己的人生向对方全盘托出。他们一直在不间断地聊天，几乎连三秒钟的停顿都没有，连一秒钟的疲惫都没有。

夜色渐浓，夏峰建议找个地方吃晚饭，邱岚停下脚步，望着波光荡漾的江面，说："好美啊，虽然我也想多待一会儿，但我必须得回去了。"

夏峰体贴地说："那我打个车送你回去。"

邱岚推辞道："不用了，我自己打车就行。"

夏峰也不坚持，说："那我替你拦车，你坐车先走。"

他们并排站在路边等车，江风从背后吹过来，两个人一瞬间陷入了沉默。邱岚不声不响地往夏峰那边挪了一小步，轻轻搂住夏峰的胳膊，将脑袋歪在他的肩膀上，也不说话，就这样浅浅地靠着。夏峰全身都僵住了，一动也不敢动，眼睁睁地看着一辆又一辆空车从眼前经过，直到邱岚松开手臂，招手拦下一辆出租车。

邱岚拉开车门，转身对夏峰说："谢谢你，今天也很开心，期待再见啦。"

那一刻，夏峰的心中充满甜蜜与喜悦，他知道遇见了自己的灵魂伴侣，这是许多人终其一生都无法拥有的幸运。他们相互吸引，他倾心于她，而她刚刚的那一刻倚靠，也已经说明了她的心意。

夏峰无论如何都没有想到，那天晚上分别之后，邱岚便兀然消失了。夏峰的微信被邱岚拉黑，他发出的所有信息都被拒收，那个读书群邱岚也退出了，这个时候夏峰才发现，微信是他们之间唯一的联系方式，除此之外他没有任何办法找到她。

在这个时代，与一个陌生人相识是如此便捷，与此同时，与一个人失去联络也是如此简单。

夏峰四处打听邱岚的消息未果，最后能够想到的唯一方法就是来我店里，简称守株待兔。因此有一段日子里，他几乎每天下班后都会来，要一瓶啤酒，坐在靠窗边的位置，一待就是一晚上。

邱岚当然没有出现。

我劝夏峰说："她如果刻意想要从你生活中消失，她是不会来我店里的，你在这里等到她的概率还不如你在大街上随处乱走撞到她来得高。"

夏峰听不进去，说："她没有理由躲我，肯定是生活中出了什么变故。"

"比如说？"

"比如说她的手机被偷了，微信被盗号了。"

"还有别的理由吗？"

"没有了，我觉得唯一可能的就是这个，她是还没想到这个地方能够找到我，或者是没想到我会在这里来找她，一旦她想到了，就会出现的。"

"当然还有别的可能，你心里肯定也能想到，只是你不肯相信

而已。别傻了，她不会来的，你天天这样守着，别耽误了工作。”

“没有别的可能，她总有一天会出现的。”夏峰斩钉截铁地回答我。

在店里见过了太多的悲欢离合之后，我自诩还有几分识人断事的眼力。从夏峰的讲述中，我大概可以推测出邱岚的行为逻辑，她应当是有男朋友甚至可能已经结婚了，夏峰的出现撩动了她的心弦，收不住的心猿意马让她与夏峰有了南滨路那次约会，而触碰到边界时，她个人的道德自律或者来自伴侣的外部压力让她不得不停止这种危险的探寻，于是她选择直接斩断，彻底消失，不再给自己和夏峰任何机会。

不过这一次，我猜错了。

在夏峰守候了十几天之后的一天，暮色将至，我刚刚亮起门外的招牌灯箱，便看见一个人影朝刀锋书酒馆走来，我还没来得及看清楚那个人的面容，坐在窗边的夏峰腾地一下站起来，冲出门去，将那个人紧紧搂在怀里——邱岚出现了。

夏峰把邱岚拉进店里坐下，急切地想要知道她消失的原因，邱岚几度欲言又止，提议说："我们出去转转吧，边走边说。"

于是那天晚上，他们在江边走了三个小时，之后又回到了我店里。两个人坐在吧台，要了两杯冰美式，我一边做咖啡一边感觉氛围似乎有些微妙，两个人也不说话，对望一眼脸上就笑开了花。

夏峰藏不住心事，冲我说："老板，恭喜我们吧，我们在一起了！"

邱岚作势打了夏峰一下，忍不住羞红了脸。

我连声恭喜他们，虽然当时还有点搞不清楚状况，但是有情人终成眷属终归是一件值得庆贺的事情。

后来我才从夏峰口中得知原委：我推测的前半部分是对的，邱岚的确有一个交往了三年的男朋友，所以她每天晚上到时间就不得不回家，她突然消失也的确是为了悬崖勒马，试图斩断这段危险的关系，但是她万万没有料到，她可以让夏峰从自己的生活中消失，却没有办法让他从自己的脑海中消失，他们在仅仅两次见面中燃起的火，不仅没有熄灭，反而越来越旺，灼烧着她的内心，让她昼夜不眠，茶饭不思。一周过后，邱岚主动向男友坦白，并提出分手。

男友难以置信，坚决不同意。两个人拉锯胶着了好几天，邱岚的态度没有丝毫动摇，男友无可奈何地说："一个是三年来对你真心真意也从未负过你的男人，一个是只见过两次的男人，你确定你在做一件正确的事情吗？”

邱岚说：“即使这不是一个正确的选择，我也无怨无悔。”

总而言之，邱岚以巨大的意志力强行结束了当前的这段恋情，分手的那天晚上，邱岚就过来找夏峰了，她没有先把夏峰从黑名单移出来和他发微信，因为她想直接对夏峰说出她想说的话。她打车来刀锋书酒馆的时候，都没有怀疑过是否会扑空，她似乎通过某种心灵感应，确切地看到了夏峰坐在店里一般。

站在嘉陵江畔的时候，邱岚对夏峰说：“很多人究其一生都没有碰见自己的灵魂伴侣，对我而言，这次也可能是我此生唯一的机会，这个赌注太诱人了，我付出了很大的代价，旁人或许不理解，只有我自己知道值得不值得。”

夏峰百感交集，他并非一个能说会道的人，沉吟良久，字斟句酌之后，他郑重其事地对邱岚说：“余生，请交付于我。”

那天晚上他们回到店里的时候没有机会向我讲述背后的这些故事，否则我很有可能会被这个故事打动，即使推迟后面的酒局，也会为他们下厨做一点吃的。当他们问我能不能吃到宵夜的时候，我只能非常抱歉地回答说：“太不凑巧了，今天我得准时打烊，因为约了朋友一起小聚。”

夏峰说：“什么吃的都没有吗？简单的也可以，我们俩都没有吃晚饭，还走了那么多路，能垫垫肚子都行。”

我拿他们打趣，说：“有情饮水饱啊，你们竟然也会饿？”

话虽然如此，我还是不忍心让这两个纵使饥肠辘辘也要回我店里的人饿着肚子出门，说：“还有十几分钟就到打烊时间了，别的菜也来不及做了，给你们每人做两个太阳煎蛋吧，三分钟可以做好，两分钟可以吃完。”

太阳煎蛋指的是在煎鸡蛋的过程中不翻面，保留蛋黄的形状和颜色，通常要用小火慢热，做起来还是颇费功夫的。不过我从别人那里学了一招快速做太阳煎蛋的办法，只需要找一个陶瓷浅底碗，将鸡蛋打进碗里，表面撒一点点盐，放进微波炉里高火叮80—90秒，便可以做出一份合格的太阳煎蛋。我找了四个碗，一次性做了四份太阳煎蛋，扣出来分在两个盘子里，淋上一点点生抽，端给夏峰和邱岚。

两个人狼吞虎咽，两分钟不到就吃得干干净净。

邱岚说：“从来没有吃过这么好吃的煎蛋，老板的手艺果然名不虚传啊，能分享一下诀窍吗？”

我故弄玄虚，说：“独门秘籍，从不示人，而且你们是吃到这道菜的唯一一对客人。”

刀锋书酒馆的厨房极少开启，也极少如此潦草地用简单的食物做给客人吃，一切都因为那天晚上的聚会，由于一位朋友来重庆，约了当年一起徒步旅行的人小聚。我之所以如此着急打烊，是因为在那场聚会上有两个女生认识昀旸，从她们那里我能够打听到她的最新消息。

好在夏峰和邱岚并没有觉得被怠慢，爱情是他们最好的佐料，他们吃任何东西都会觉得美味异常。从那以后，他们会隔三岔五来店里坐坐，还一起参加了两次读书会。众人听说他们是在读书会相识的情侣，纷纷表示艳羡，并祝福他们天长地久。在大家眼中，夏峰和邱岚的爱情是更加容易实现天长地久的那种。

然而，事实证明，灵魂伴侣和天长地久之间，似乎并不存在这种正相关。

天长地久真的存在吗？其实，我也一直在寻找这个问题的答案。在我的记忆里，昀旸很喜欢林夕写的词，很长时间里，她的签名都是这句歌词：爱情不停站，要开往地老天荒需要多勇敢。当时我并不知道她的这句话写给我看的，我还跟她抬杠，这首歌粤语版的歌词显然更好：我绝不罕有，往街里绕过一周，我便化乌有。直到很久以后我才意识到，她是在告诉我说，她还不勇敢，我需要更努力啊。

对夏峰和邱岚而言，他们相信自己的爱情会天长地久吗？我没有问过他们这个问题，但是他们接下来的举动可以证明，这样的时刻存在过。如果没有这样的信心，他们也不会做出这样的决定：他们要一起辞职去环游世界。

大家都觉得这件事情很疯狂，连我也不例外，第一反应也是被惊到不知道该说什么。事实上我也说不了什么，无论鼓励也好劝阻也好，都没有多大意义。他们已经做好决定，特地来跟我告别，我从他们眼中看到的都是满满的兴奋和向往，或许还有一丝忐忑。

我只能祝福他们旅途顺利。

那天，他们在店里待了很久，还特地买了几本欧洲和非洲的游记。快要打烊之前，夏峰走过来说：“老板，我们过几天就要出发了，走之前有个不情之请，不知道你能不能满足我们这个小小的愿望。”

我笑着说：“可以啊，你讲。”

他说：“我们想再吃一次你做的太阳煎蛋，一人一个就够了。”

摄影@陈三天

如此简单的心愿我当然乐于满足，这次我改用平底锅慢慢地煎，煎到底面酥脆，表面滑嫩，香味四溢。不过，当我把太阳煎蛋端上桌的时候，邱岚稍微愣了一下，说：“这次的煎蛋和上次的好像不大一样呢。”

“是吗？哪里不一样了？”

“没有上次那么圆。”

“是的，做法上有些不同，但肯定比上次的要好吃。”

明显是我过于自信了，从他们俩的表情来看，似乎并没有这样觉得。但他们依然礼貌性地连声称赞，大口大口地吃完。

邱岚还是不死心，问我：“上次的太阳煎蛋到底是怎么做的呢？出品又快，味道又好。”

我笑着说：“很想知道呀，等你们旅行归来，我就告诉你们。”

他们规划的旅行时间是两

年，不过我再次见到他们并没有等那么久。

严格说来，我并没有见到他们，因为他们并没有一起出现。告别一年不到，夏峰首先回到了店里。

他在夜色中悄然推开店门，无声无息地在吧台坐下，全身被一种巨大的沮丧所笼罩，似乎连说话的力气都没有。我一抬眼认出他来，惊奇道："你怎么来了？旅行结束了吗？"

他苦笑了一下，点点头算是默认。

"女朋友呢？怎么没有一起来？"

他回答得非常简洁："分了。"

他不愿意细说，但从他的神态中我可以知晓，这应当是一场痛苦而纠缠、耗尽力气的分手。与上次离开时对比，夏峰似乎一下子老了好几岁，这个结论不是来自他缺乏打理的面容，而是他那浑浊无力的眼神。

他让我推荐一款啤酒给他："要苦一点的，度数高的。"

我拿了一瓶督威递给他，他闷头自斟自饮，丝毫没有说话的欲望，直到他把玩着酒瓶子，看到背后的标签时，突然自言自语道："就说味道这么熟悉，原来是比利时的啊。"

我问："怎么了？"

"我在比利时喝过这个牌子的啤酒，在一个小镇的餐厅里，当时特别好玩——"他的话戛然而止，像是突然想起了什么，眼神瞬间又黯淡下去，摇摇头说，"算了，其实也没什么。"

那天晚上，夏峰从始至终没有提及他们的旅行为何半途而废，以及他和邱岚为什么分手，他坐了一个多小时，喝了两瓶啤酒，没等到打烊便走了。

走之前，他问我："老板，你觉得所谓的真爱或者灵魂伴侣是不是一个伪命题？因为每当你找到它们的时候，他们就变了。"

我说："或许是你们变了呢？"

这个世界充满了不确定性，环境会变，人心会变，灵魂伴侣当然也可能会变得不再契合。没有什么会永恒不变，对某个地方的感情会消失，对某个人的感情也会消失。

夏峰走后没过几天，邱岚也来了一趟店里，坐下第一个问题就问夏峰有没有来过。

我说："前几天来过一次。"

邱岚小心翼翼地问道："他有没有说什么？他的状态还好吗？"

我摇摇头，说："只是说你们分手了，状态嘛，算不上很好——所以你们之间到底发生了什么？"

邱岚讲得有点零乱，其中是非我无法判定，但故事的脉络差不多说清了。绝大多数环球旅行者都像是在苦行，而他们的旅途显然舒适过度了，花了几个月时间游历完欧洲和北非之后，发现旅行经费所剩无几。

争执从这个时候开始，夏峰的意思是接下来选择穷游，花最少的钱走更多的地方，没钱了就回国；邱岚的意思是不能穷游，没钱就想各种办法，旅行计划不能中止，质量也不能降低。在此处就可以看出，两个人对于旅行的理解和认知是不一样的，无关对错，但是裂缝就此产生。从此，他们的旅行就没有太平过，隔三岔五就因为一些鸡毛蒜皮的事情发生争吵，抵达迪拜之后，他们再也没有资金支持后面的旅行，不得不提前结束周游世界的计划，回到国内继续找工作上班。但是，好运似乎也逃离了他们，夏峰的工作一直不顺利，半年换了三家公司，邱岚的工作也算不上满意，而旅行带回来的信用卡欠债越来越沉重地压在他们身上。爱情的蜜月期过去了，生活露出锋利的刺，毫不费力就戳破了他们的幻想。他们变得不快乐也不自信，互相指责，互相怀疑，当他们争执着到底谁为这段爱情牺牲更大的时候，这段爱情已经不可避免地走向崩塌。

邱岚说：“我以为我们是心意相通的伴侣，以为我们能够从容地面对生活中所有的困难，没想到我们和旁人并没有区别，依然被这些琐碎的日常所打败。”

我说：“或许是你对生活太苛责了吧。”

邱岚皱了皱眉，说：“怎么讲？”

我说：“生活本来就是由各种琐碎的日常构成，这是它的常态，那些高光时刻，都是生活中偶然亮起的灯火，如果你希望一直处在高光时刻，势必会提前耗光你们的能量。”

邱岚没有回答我，她的表情很微妙，我可以猜到她的潜台词：如果不是为了高光时刻，我们为什么要费尽心力去找灵魂伴侣？

我转而说道：“你现在还有兴趣知道做太阳煎蛋的诀窍吗？”

她一下子来精神了，说：“想啊，老板，你终于肯说了。”

我说：“不管怎样，也算是旅行归来，我应该兑现承诺。你们俩第一次在店里吃到的太阳煎蛋，之所以做得那么快，造型又那么完美，因为是用微波炉做的。只需要找一个底部比较浅的敞口碗，把鸡蛋打进去，放到微波炉里面加热80秒左右就可以了。”

邱岚一副完全不愿相信的样子，说：“怎么可能？微波炉打出来怎么会那么好吃！”

我说："好吃不好吃这件事情其实是非常主观的，微波炉做太阳煎蛋很讨巧，因为碗的形状就是它的形状，它做起来很快，也很好看，但算不上好吃，因为缺少了变量；相反，用平底锅慢慢煎出来的太阳蛋，外形虽然没有那么规整，但是油、盐、火、锅、人综合到一起构成了它的味道，每一次都不一样。你如果不信，我可以用微波炉做一份给你尝尝。"

邱岚点头说好。我转身进了厨房，两分钟之后，端出一份太阳煎蛋放到她的面前。

邱岚默默地吃完，长叹一声，对我说："老板，你说得对，它的确没那么好吃。"

"这便是幸福的错觉。当你找到所谓灵魂伴侣的时候，便忘记了其他所有不尽人意之处，你觉得他是完美的，生活也是完美的，并且会一直完美下去。就像用微波炉做太阳煎蛋一样，只要流程和参数不变，就会永远保持它的完美外形和千篇一律的味道。但当幸福感退却之后，你才会发觉还是慢慢煎的太阳煎蛋更好吃，因为它有缺点，有变化，也有滋味。"

邱岚听完我的话，陷入了沉思，支着胳膊在吧台发了很久的呆，最后像是恍然大悟一般，起身拿起包就往外走，走了两步又折返回来，对我说："老板，我太佩服你了。"

"怎么讲？"

"你为了跟我讲道理，居然可以绕这么大一个圈子！"

越是执迷不悟的人，越是听不进复杂的道理，唯有简单的比喻才能奏效。

夏峰和邱岚后来重归于好，几个月前结婚了，是不是我说的那些话帮助了他们我不清楚，反正他们每次来店里都嚷着要吃太阳煎蛋呢。

好了，这个故事到结局了。

每个故事都要有结局，无论是几千字的短篇还是几十万字的长篇，写作者都要安排一个结局。生活的结局并不会那么快地到来，可能要几个月甚至几十年，然而我却不得不先把这个故事写完，不得不给他们安排一个结局。

是的，这是我自己安排的结局。到目前为止，夏峰和邱岚并没有结婚，不仅如此，从某个节点开始，后面的情节都是我虚构出来的。

当然，我并不打算告诉你虚构是从哪里开始的。你大可做一下推理和猜测，你相信多少比例的真实和多少比例的虚构，取决于你对灵魂伴侣有多少的渴望。

别沮丧，至少他们的相遇是真的。

小贴士

太阳煎蛋

太阳煎蛋指的是在煎鸡蛋的过程中不翻面，保留蛋黄的形状和颜色，通常要用小火慢热，做起来还是颇费功夫的。一招快速做太阳煎蛋的办法，只需要找一个陶瓷浅底碗，将鸡蛋打进碗里，表面撒一点点盐，放进微波炉里高火叮 80—90 秒，便可以做出一份合格的太阳煎蛋。

起泡酒与《惶然录》

有些人以为书店里一直有很多故事在发生，每天有各种各样的人在店里饮酒聊天、交换人生……其实不然，这些故事都是在漫长的时光里绵延发生，被我浓缩在几千字的文字里而已。

事实上，很多时候，尤其是傍晚过后，客人陆陆续续离开，极少有新客人进来，书店里显得空空荡荡的，两三个小时里一个客人都没有也是司空见惯。所以，开一家独立书店，其实是一件孤独的事情，因为主动选择远离繁华的商圈，主动剔除通俗畅销类和实用工具类的书籍，就是选择远离大多数人，这意味着宁静和闲适，也意味着冷清和孤独。

店里没有客人的时候，店主都在做什么呢？难道不是看书吗？我曾经这样想，直到开店之后才发现，自己能在店里看书的时间其实并不多，而且大多只是在新书上架时翻一下目录读两页

黎美嘉给蜥蜴取名叫“阿索”，因为那阵子她刚读完《惶然录》，
彻底迷上了佩索阿，她兴奋地和我说：“我实在太喜欢佩索阿了，
我跟他太像了，我们思考的东西、看待世界的角度，
甚至生活的方式几乎一模一样，
而且他是会计，我也是会计，我简直是佩索阿附体。”

内容而已。真正专注地在店里读书是很难做到的，店员们可以，但是我不可以。因为没有客人的时候，店员感觉到的是清静，我感觉到的是慌张；即使我心平气和地接受没有客人的现状，只要有人在店里，眼睛瞥到的任何细节都可能会扯出背后的一堆琐事待处理，手里的书马上就放下了。

尽管店里5000多种书都是我自己一本一本精选出来的，但我自己读完的比例其实是很低的，反而是黎美嘉——店里的一位常客，她说三年多时间在店里读完了近300本书，比我看得都要多。黎美嘉所言非虚，由于家就在附近，她是最常光顾店里的客人之一，书架上排列的书，她比店员都熟悉。

意外邂逅刀锋书酒馆的第一年里，黎美嘉几乎每天都来店里。她在一家国企做会计工作，平时作息时间非常固定，每天下班后

坐公交车到书店附近下车，在路边一家小餐馆里吃个盖浇饭，然后走几分钟就来到我们店里，点一杯咖啡，戴上耳机，找一本书坐下来，心无旁骛地开始看书，几乎不玩手机，就这样一直看到9点过后，再起身步行回家。

她很少在周末来店里，因为她周末不爱出门，自己在家做饭、看书、看电影，如无必要，活动范围不会超出小区。她家的书房有五六百册藏书，文学类和哲学类的书是她的最爱，这也是她中意刀锋书酒馆的原因。

我对黎美嘉的了解是很久以后的事情，开始接触的时候，我们都觉得她是个有点古怪的人。话极少，不苟言笑，有一股强烈的“生人勿近”的气场。她只在点单的时候才开口说话，每次都是“一杯热拿铁牛奶八分满不要糖”。

我问：“八分满的拿铁不就跟卡布奇诺差不多了吗？”

“不一样。”她没有多说一句话来解释。

后来，我们都认识她了，她还没有开口，我们就主动问：“老规矩吗？”

她还是面无表情地说：“一杯热拿铁牛奶八分满不要糖。”多一个字都没有。

接连来了一个多月之后，有一天她在吧台仔细读了读办理会员卡的海报，终于多说了几个字，她说：“我办张会员卡，充500。”

这么干脆地办理会员，我也是从未遇到过，我说：“那我跟你介绍一下会员卡的使用规则。”

“不用，上面写得很清楚。”

“那麻烦你提供一个名字和手机号码，我登记一下。”

她皱着眉头问：“一定要留手机号码吗？”

“是的，不然我录不了会员系统。”

“随便录个号码应该也可以的吧，我比较讨厌骚扰短信。”

“好像不可以，你放心，我们不会群发信息的，没那么先进。”

她不情不愿地报了手机号码，名字也报的是英文名——MAY。办完会员手续后，我拿出手机，对她说：“你加个店里的微信吧，拉你进会员群，会有一些会员活动和福利的。”

“用不着，不加了。一杯热拿铁牛奶八分满不要糖。”她摇摇头，说完转身找位置看书去了。

基于仅有的这点打交道的经历，我们都不会主动找她说话，保持着陌生人一般的距离。她也一直都是独来独往，从来没有带朋友一起来过，在没有了解她更多过往的时候，她在我们的眼中就是一个沉默而巨大的谜，一个游走在所有人世界之外的孤独者。

有一天下午我到店的时候，店员说有个顾客专程来找我，已经等两个多小时了。我走过去，看到一个穿棕色夹克的陌生男生，个子不高，手里捧着一本《曾国藩的正面与侧面》正在看。我打了个招呼做自我介绍，他连忙站起身，非常热情地和我握手，一开口就让人感觉很商务，什么久仰大名、拨冗一见的，我本以为他是从网上慕名而来的读者，问他是从哪个网站关注我的，他愣了一下，转而直奔主题了。

他说：“我其实是因为我的女朋友才知道贵店的，她是贵店的常客。”

我比较不喜欢他说话的风格，于是打趣道：“我们店也不贵，咖啡才30一杯。”

他没在意，继续说：“今天来找您，其实是有事相求。实不相瞒，我女朋友跟我分手有两个月了，因为异地恋的缘故。我在北京工作，这次专门来重庆是想和她复合的，但我所有的联系方式都被她拉黑了，我完全联系不上她，来了两天都见不到她人。”

我打断他说：“不至于吧，你可以去她家门口等啊。”

他有点惭愧地说：“她现在住的地方，我一次都没去过，以前都是她到北京找我。我知道小区地址，给她寄过快递，但她都不让我填门牌号，说是会暴露个人信息。后来我想到，她提起过好几次你们书店，说很喜欢，还办了会员，所以就找过来了。”

“你希望我帮你做什么呢？”

“我有一个方案，可能要麻烦您配合，您用店里的电话和她联系，就说她在会员抽奖活动里中奖了，送给她几本书，让她今天来店里领取。她就住在附近，下班后肯定会过来领的。”

这个过于精巧的计划让我满心狐疑，我说：“不好意思，我不能配合你做这样的事情，这是一种欺骗，她是我们的会员，但我对你一无所知。”

他有点着急，说：“老板，你相信我，我不是坏人。”

“你不是坏人，但我也不能做这个坏人。如果她不想见你，自然有她的原因，我不想充当这个外部力量帮助你见她，缘聚缘散，顺其自然吧。”说完，我便起身回吧台了。

他掩饰不住地失落，坐在座位上一直发呆，我在店里进进出出路过的时候，他都会看向我，眼神充满恳请之意，似乎还想再找我谈一谈。我视而不见，一脸冷漠地快步路过。

过了许久，他找出笔和纸，伏案写了一封信，拿到吧台来找我：“老板，你不肯帮我打电话，我也可以理解，我明天上午就要回去了，这次肯定见不到她了。我写了一封信，还想请老板帮我挑三本书，下次她来店里的时候，能否拜托您帮我转交给她？”

我想了想，觉得转交信件应该是可以的，我不帮他交，他自己也可以寄给她的，于是便点头答应了：“不过，这三本书你还是自己挑选吧，更代表心意。”

他苦笑着说道：“她读的书比我多太多了，我选的书她都看不上的。”

我说：“但我不知道她的阅读偏好，也不好选的。”

他说：“就选几本外国文学吧，她平时喜欢看这些。”

我想了想，从书架上拿了《过于喧嚣的孤独》《惶然录》《南方高速》三本书递给他，他看了看书封，轻微地撇了撇嘴角，也没有多说什么，让我拿袋子装起来，付款后把自己写的信折好放到里面。

直到这个时候，我依然没有把眼前这个人和黎美嘉联系到一起，尽管很多特征都指向了她，但我已先入为主地认为黎美嘉肯定是单身，一开始就排除了她。

为了要对应到会员号，我让他提供了她的手机号码，在系统里输入之后，跳出的名字赫然是MAY，我有些错愕。紧接着，更让人错愕的事情发生了。

我正低着头在袋子上写她的名字和电话，耳旁传来一声惊呼，我抬头一看，是黎美嘉来了。

其实这算不上什么巧合，因为黎美嘉几乎每天都是这个时间来店里，她对店里发生的事情一无所知，像往常一样走进店里。她的男友对她的这个习惯应该也不清楚，否则也不会大费周章地找我帮忙打电话了。既然避无可避，说明这是他们注定要面对的一次相遇。

惊呼声来自黎美嘉，但她随即恢复了一贯的漠然，冷冷地说："你来这里干什么？"

男生十分激动，眉开眼笑地快步过去似乎要拥抱她，走到跟前又站住了，无所适从地搓着手，说："我专门来见你的，又联系不上你，只能找到这儿了。"

黎美嘉望向我，眼神里有点质问的意思。

我连忙撇清关系，解释道："我可没有透露你的任何行踪，你再晚来五分钟，他可能就走了。"

黎美嘉摇了摇头，叹了一口气，对男生说："我们换个地方说话吧。"

他们出去了两个多小时，大约9点多钟，黎美嘉回到店里，独自一人。她的眼睛红肿，神情哀伤，有气无力地坐到吧台，这次不再是拿铁了，她说："老板，我想喝酒。"

"可以，想喝哪种？"

"我不懂酒，你给我推荐一款吧。"

我猜测她应该很少喝酒，对于酒精的作用还没什么概念，担心她喝醉了难受，于是推荐她喝起泡酒。

果然，她问道："起泡酒是什么酒？"

"有点类似香槟，准确来说，香槟是起泡酒的一种。我们店找厂家定制了一款，小瓶装，一个人喝刚刚好。"

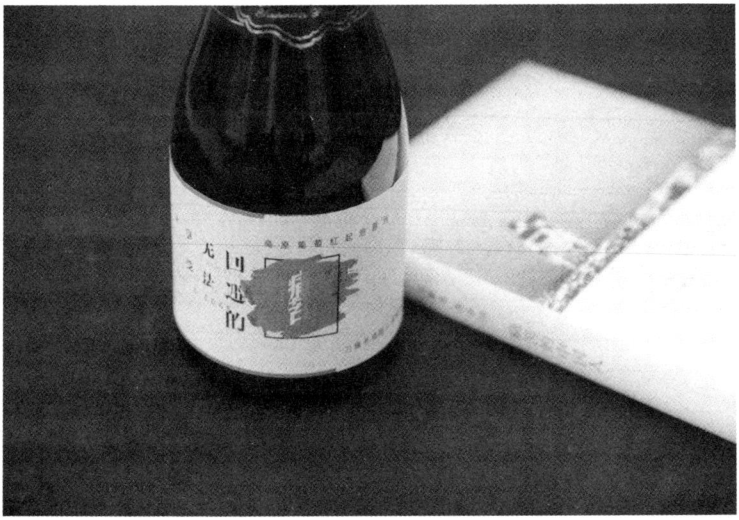

她点头应允。我取了一瓶红起泡酒替她打开，红色的液体倒进细长的高脚杯里，滋滋地冒着细密的气泡。她轻轻地抿了一口，眉目舒展开来，看样子是在她承受范围内的酒精浓度。

我试探着说："有件事情，说出来你可能不会开心，但我还是得完成，毕竟答应他的。"

她说："我知道是什么，拿给我吧。"

我把袋子递给她，她取出里面的三本书看了一眼："这几本书是你帮着选的吧。"

我点点头，她啧了一声："他还非说是他亲自选的，他怎么可能选得出来，他连这些作家的名字都读不顺。"

我提醒她说："里面还有一封信，是他写给你的。"

她拿出信，没有看一眼就直接撕成几截："不用看，都结束了。"

黎美嘉与那个男生是大学同学，大二开始恋爱，至于为什么会在一起，对年轻人来说，似乎并不需要太多的理由。虽然在我看来，他们显然不是同一个世界的人，但当年他们的恋爱，一定是基于强烈的吸引和渴求。在黎美嘉的口中，她承认当年非常爱他，觉得他风趣机智又温柔体贴，所以他们的感情可以持续那么多年，但最终提出分手的也是她。

黎美嘉说："我只能说，是我变了。

"毕业那年，他被北京一家大公司录取为管培生，机会很好，他也很想去，但我父母希望我留在重庆，我个人也不想去北京。那时候纠结了很久，最后找了个折中方案，他说一年后定岗，他可以主动申请来重庆。我觉得一年也挺快的，就答应了，于是就开始了异地恋。他工作很忙，都是我隔一两个月去北京看他。他也的确很优秀，在同一批管培生中拿到最高评分，职位评定也高了一级，但问题也由此而来，他的职级在重庆没有空岗，如果他一定要回来，就不得不接受低一级的岗位。他建议说再等一年，一年又一年，就这样又拖了两年，他的职位一升再升，一度被调到东北半年，最后还是回了北京，我知道他不会再来重庆了，而我也不可能再去北京——

"为什么我不能去北京？说不出来，父母的意见只是一方面，我对那座城市有一种天然的抵触，去了好多次始终喜欢不起来，甚至有一种恐惧感……后来，他落户北京，我知道一切都结束了，我跟他提出分手，他不肯。有时候都分手一两个月了，他又若无其事地找我聊天，我心一软，就又理他了。反反复复好多次，这次是彻底删除了所有联系方式，以为他能彻底死心，没想到他会来重庆找我。

“过去三年，他从没回来过。人是不是彻底失去之后才懂得珍惜？他太聪明了，他知道这次已经没有退路可言。他告诉我他想通了，为了我他什么都可以放弃，包括现有的工作和北京户口，他愿意来重庆，回去就辞职。

“但我拒绝了他！为什么？我说不清楚，我没有变心，也没有爱上其他人，我遵循的是直觉。如果这次，他是辞了工作拖着行李回来找我，或许我的答案会不一样，但没有如果……”

尽管如此，黎美嘉的神色中依然满是忧伤，我知道她不需要安慰。

我说：“酒瓶上的这句话，恰好符合你现在的心境。”

她拿起酒瓶读道：“请享受无法回避的痛苦。”

她摇了摇头，说：“我不痛苦，也不想享受痛苦，没有什么是无法回避的，只要你愿意放手。”

她喝完杯中酒，起身离开，最后对我说：“老板，谢谢你选的书，我很喜欢。”

第二天傍晚，黎美嘉依然准时出现在店里，依然是一杯热拿铁牛奶八分满不要糖，表情中忧伤不再而漠然依旧，就像昨天什么事情都没有发生一样。唯一的变化是，临走的时候，她主动把杯子送回来给我，以前都是留在桌子上无声无息地走掉。

我随口道声谢谢，她站在原地顿了几秒，似乎经历着一些纠结，最终还是开口了。

“昨天晚上，我回去看了那本《过于喧嚣的孤独》，非常喜欢，一口气读完了才睡觉。”

我有点诧异她会来找我闲聊：“是吧？赫拉巴尔的文字很迷人。”

“不仅仅是文字，我觉得小说的主人公就像是另一个我，精神层面上的那个我。”

“对，爱书之人都会感同身受。”

“老板……你给我选这本书，是因为你觉得我是个孤独的人吗？”

我一时不知该如何回答，她在我的眼中自然是孤独的，但孤独这个词的内涵过于复杂，可褒可贬，并非每个人都能欣然接受它被用在自己身上。

我只好绕开这个话题：“选书的时候我不知道是要送给你啊，随便选的。”

黎美嘉没有得到想要的答案，于是又说道：“换另外一种说法吧，是不是喜欢读书的人都很容易变得孤独呢？”

“从某种意义上来说是这样的，读书本身就是一件孤独的事情，因为你要摒绝外界的干扰，沉浸到文字中去，我们在读书的时候就没办法同时做其他事情，它是反社交的，你花了越多的时间用于读书，你在社交上的时间就越少，这是孤独的一种来源。读书会逐渐改变你的思想和认知，甚至会令你脱离身边的朋友和同事的话语体系，你与他们的沟通可能会变得困难，导致你宁可选择沉默，这也会带来孤独。”

她慢慢地摇摇头：“但我不是这样，我是因为不喜欢社交，也不喜欢凑热闹，才把多余的时间用来读书，读书能够让我感到愉悦。”

“那你刚刚提的问题又是从何而来呢？”

“周围的人都说我太孤独了，他昨天也说我，谴责我太执着于自己的世界，不肯为他做出牺牲，还说我既然这么喜欢一个人的生活，这辈子都可以不用谈恋爱了……呵呵，我倒觉得未尝不可。”

“孤独是一种值得享受的状态，但并不意味着要完全排斥他者。”

她耸了耸肩，说：“反正我已经习惯一个人生活，就这样也挺好，大不了养只猫。”

但她最终没有养猫，而是养了一只蜥蜴，因为她觉得养猫之后做房间里的清洁会消耗太多时间。那是一只带着绿色花纹的蜥蜴，学名叫丽纹攀蜥，大概 20 多厘米长，身上的花纹像黑色石头上长出的斑驳苔藓。

黎美嘉给蜥蜴取名叫“阿索”，因为那阵子她刚读完《惶然录》，彻底迷上了佩索阿，她兴奋地和我说：“我实在太喜欢佩索阿了，我跟他太像了，我们思考的东西、看待世界的角度，甚至生活的方式几乎一模一样，而且他是会计，我也是会计，我简直是佩索阿附体。”

我和她打趣说：“但是佩索阿有爱情，而你没有。”

她说：“他那个叫有过，最后依然是一个人，我也算有过。”

黎美嘉真的很喜欢佩索阿，她看完了佩索阿所有的书，还把《惶然录》放在床头，翻来覆去读了很多遍。有一阵子，我建议她也学佩索阿写点东西，诗歌、随笔之类的，她很努力地尝试过，最终发现用文字进行表达非她所长，只好作罢。

养了蜥蜴之后，黎美嘉来店里的频率就低一些了。她更愿意买书回家看，因为在家里看书，看到好的句子就会读给“阿索”听，一个自己的房间，一堆好书，一只宠物，一个人生活得自得其乐。

但这种状态持续了不到一年，突然被打破。有一天，黎美嘉

洪
业
ALEXANDER
OF MACEDON
356–323 B.C.

来到店里找我帮忙，问店里可不可以寄养宠物，她想把“阿索”放到店里养一阵子，她的父母都在郊县，母亲住院需要动手术，她要请假两三周回去照顾。

我说：“放店里可能不太方便，有些顾客会怕蜥蜴。”

她皱着眉头说：“那怎么办呢？我问过小区的宠物店，人家也不愿意收。”

“要不放到哪个朋友家寄养一下？”

她的面色有点尴尬，我才意识到话有不妥，以她独来独往的性格，如果有朋友愿意帮这个忙的话，她也不会来找我了。于是，我话峰一转，说：“放我家里也可以啊！”

就这样，“阿索”住进了我家，那时候昀旸刚出国不久，我晚上睡觉前要喝一杯威士忌才能安然入睡。饲养箱放在桌上，我坐在客厅喝酒的时候，“阿索”就透过玻璃盯着我，眼珠飞快地转动着，我竟然不由自主地和它聊起天来，有时候能聊半个小时。

聊些什么呢？比如店里的日常，社会的热点话题，让人生气的遭遇，以及离我而去的爱情。我从不会和“阿索”聊什么书好看、什么音乐好听，那是我在店里已经感到疲倦的、无穷无尽的话题，我更愿意和它坦露一些真实的情绪，无论它做出什么样的反应。

那些日子里，我突然意识到自己原来也是孤独的。每天店里来来往往有不少人，似乎很多人都认识你，喜欢你，你在网络上发一些东西，也会有许多人点赞和回复，但这些都像细雨飘落在静止的湖面上，丝毫未能波动深处静默的湖水，我潜入这巨大无边的深湖，没有光照进来，没有鱼在游动，我与湖面上的世界隔绝，却始终无法抵达湖面下的世界，抑或是那个世界本不存在？

我得以一眼看透黎美嘉的孤独，却不曾想，自己也在另一重孤独的包围之中。

20多天之后，黎美嘉回来了，来接“阿索”。她一脸愁容，不住地唉声叹气，除了反反复复地说心累没有再多说什么。她看到“阿索”也没露出欣喜，反倒是我想到晚上再也不能跟“阿索”聊天，心头有一些失落。

几个月后的一天，黎美嘉告诉我“阿索”不见了。她在喂饲料的时候突然接到电话，掀开的盖子忘了合上，接完电话回来就再也没见到“阿索”。黎美嘉住的是老式楼房，三楼，阳台外面挨着一棵枝繁叶茂的黄桷树，“阿索”也许是顺着枝干溜走了。

黎美嘉很难过，她觉得自己对“阿索”这么好，它没有理由逃走。我想，“阿索”一定是无数次从饲养箱里看到了黄桷树那生机勃勃的枝叶，它坚定地知道饲养箱里的人工绿植和定时定量的食物都是假象，所以它才会抓住那一刻的机会，敏捷地爬上栏杆，用尽力气腾空跳起，跃进那一片盎然的绿意。

“阿索”的消失对黎美嘉来说，似乎有着很强的象征意味，代表着生命中某个阶段的结束。她不再养蜥蜴了，周末也会安排一些活动，看书的爱好依然没有改变，只是速度明显放缓，找我聊天的时候不只围绕着书籍的话题，也会聊一些家常，母亲患病一事给她造成了不小的冲击，她第一次提起还有个上高中的弟弟，以及早年间落下残疾的父亲。

她对我说：“爱情和友情都可以主动选择，亲情是没法选择的。平时无风无雨，觉得一个人逍遥自在；但凡家里出点事情，所有的压力都扛在自己一个人肩上，还是会觉得累，很累的感觉。”

我只能安慰她说：“慢慢来，都会过去的。”

“我突然明白那句话了，就是你们店里酒瓶上写的那句——请享受无法回避的痛苦！有些事情，我们的确没有选择的。”

“是的，树欲静而风不止，树活在空气中，人活在关系里，空气的变化由不得树，关系的变化由不得人。”

黎美嘉听得有点绝望：“所以，读书的意义是什么呢？它能帮助我们改变吗？我的感觉是无能为力。”

我说：“一棵树很难影响空气的流动，但一片森林就可以的。即使你只是一棵孤独的树，你也可以选择成为一棵更粗壮更茂盛的树。”

黎美嘉摇摇头：“这听起来太形而上了，抓不住。”

“这个时候，你或许需要我们店里另外一瓶酒和上面的话了。”我拿出另外一款白起泡酒递给她，酒瓶上写着：请幻想无法企及的愉悦。

黎美嘉盯着瓶子看了半晌，说：“这句话有点玄，但是不管懂不懂，我决定先喝一瓶。”

我替她开了酒，配上香槟杯，她找了个沙发坐下，一边喝酒一边看书。当时，已经是晚上 9 点左右，店里只剩她一个顾客。

过了一阵子，进来一个男生，沿着书架转了一圈之后，一眼看到了黎美嘉正在喝的酒，好奇地凑过去问：“你喝的是什么啊？包装很独特，外面没见过。”

黎美嘉大概是想替我推销，非常卖力地介绍道：“这个是店里自己做的联名款起泡酒，有两款包装，上面分别有两句话，特别有意思，酒也很好喝，我这是白起泡酒，还有红起泡酒，你可以试试。”

男生也很是自来熟，说：“好啊，那我买另外一款，我们可以一起喝。”

黎美嘉明显地犹豫了，没有答应却也没有拒绝。男生也没在意，转身就到吧台买了一瓶红起泡酒，坐到黎美嘉的对面，说：“这家店好棒，我还是第一次来，你常来吗？”

男生果然是个社交达人，这样一套话下来，黎美嘉很难拒绝跟他聊天，而且两个人居然还能聊到一块儿，到后来频频碰杯，笑声不断。我本来还担心男生心怀不轨，结果临近打烊的时候，反而是男生先起身告辞了，但是加了黎美嘉的微信。

这件事情后来的发展曲线十分奇特，虽然都发生在店外，我也是事后才知晓结果，但是黎美嘉说，这都是刀锋书酒馆种下的因。

那个男生后来约黎美嘉吃饭，同行的还有他的男性朋友（姑且叫小李），因为他觉得两个人很适合想要撮合一下。黎美嘉其实并没有很想谈恋爱，但觉得小李还不错，也没有直接拒绝，同意进一步接触和交往。

小李的出现就像一阵早春的风，恰好迎上了黎美嘉正在融化的心，他们认识不到一个月就确认了关系。三个月之后，黎美嘉意外地发现自己怀孕了，她再三考虑之后，决定要把孩子生下来，于是两个人直接领证、拍婚纱、举办婚宴。第二年夏天，黎美嘉生下一个女孩。那一年的时间里，我几乎没有见过黎美嘉，直到孩子满三个月的时候，她用婴儿车推着宝宝来店里找我，向我讲述了这一年间发生所有的故事。

我听完后感叹道："这转折来得也太突然了，就像是一脚急刹车，然后猛地调了个头。"

她说："我也一直在想，变化是从哪里开始的。我觉得'阿索'的消失是一切的转折点，我终于不再喜欢佩索阿似的孤独，孤独有时是好的，有时也代表了无助，我不想做一棵高大却孤独无助的树，我想融进一片森林。"

我也想起了"阿索"，它在漫长的夜晚趴在饲养箱里，一动不动地陪伴过我们，听过了无数诗歌和充满哲理的句子。而此刻不知它在何处，以何种状态存在着，它的存在是未知的，又是确切的。

眼前的黎美嘉也不再是当年那个形单影只、孤独冷漠的黎美嘉了，她的目光变得温柔，尤其是投向孩子的时候，充满浓浓的爱意。

我好奇地问她："孩子对你来说意味着什么？"

她低头望了一眼怀里熟睡的婴儿，缓慢而确定地回答："是痛苦，也是愉悦。"

厚蛋烧与尼采

总有人问我开书店最艰难的时刻，我都避而不答，并告诉他们开书店虽然困难很多，但欣慰更多，这是他们想要听到的回答。而实际情况恰恰相反，烦琐与困顿才是日常，欣慰是偶尔到来的调剂，书店工作大抵都是如此，人生的本质似乎也可同理。

开店最艰难的时刻自然是存在的，那是在昀旸出国后的半年时间里，我终日惶惶，彻底陷入迷雾之中，日渐消沉，书店经营也不怎么上心。我失去了昀旸，以此为代价，得以继续维持着原来的生活，但那样的生活指向何处，已经让我感到迷惘。如果说当初开书店是为了过上自己向往的某种生活，而如今的生活早已面目全非，我坚持执着不放的，已说不清是何物。曾经以为自己已经越过了剃刀边缘，最终还是望之兴叹，得渡人稀。

在这样的心态下，书店的经营彻底陷入困境，一度无法按时缴

我一如既往地每天夜间守店，给客人调酒做菜，
没人的时候看看书，慢慢动笔写下其中一些故事，
日子就这样一天天过去，如同一条平静缓慢流淌的河，
我不知道它将流向何处，但我知道它终将汇入大海。

纳房租，我也意志消沉，并且开始背负债务，日子过得十分煎熬。

在一个愁云惨淡的冬日下午，店里突然停电了，没有跳闸也没有停电通知，我问了一大圈，才得知是物业断的电，因为我的房租逾期未支付。我跑到物业办公室理论一通，未遂，物业大姐严格执行公司规定，义正辞严地说："你经营困难是你自己的问题，不管你是书店还是旅店，房租不能欠。"

我只得恳求她说："店里现在还有客人，能不能先供电，房租我筹一下，明天就来缴。"

她面无表情地回复："不行，缴了房租才能供电。"

那一刻，我感到异常羞辱。我每天在店里与客人们谈论的都是诗与远方、高贵的品行与永恒的灵性，此刻却恳求着区区几度用电；我鼓励着每一个迷茫困惑的人要坚定地找到方向往前走，

自己却在一张一万多元的账单面前抬不起头。也曾听闻无数理想主义者面临过类似的情形，他们抛开自尊，卑躬屈膝，只为理想得到片刻延续，当时我为他们感到悲悯，而此刻，我为自己悲悯。

我灰心丧气地回到店里，向几桌客人解释缘由，告诉他们今天都不会来电，请他们原谅。有两桌喝咖啡的客人走了，还有两桌看书的客人没有走，只是换到靠近玻璃窗的位置，借着透进来的天光继续看书。那天是阴天，阳光躲在密实的云层后面，微弱的光线照进店里，黑灯瞎火的感觉，音乐也停了，安静得可以听到远处马路上传来的车流声，以及两桌客人偶尔的翻书声。

我坐在外间的沙发上，看到这样的场景，愤懑而沮丧的心勉强得到一丝丝安慰，我很想把这个场景拍下来，发给物业的那些人看看，义正辞严地告诉他们，即使熄灭了我店里的灯，阅读的这盏灯也是不会熄灭的。但是，我知道这样做毫无意义，崇高归于崇高，实际的问题只能用实际的方法解决。

反复纠结了许久，最终我还是透支了最后的额度，从信用卡里借了一笔钱，用于支付眼前的账单。等到借款到账，物业却刚好下班了，只能等明天再缴费。

虽然勉强过了这一关，但一想到下个月的账单和还款计划，我心头压着的那块石头越发沉重，关店的念头也开始浮现。这是一个过于艰难的选择，它不仅仅是关乎我个人生活的选择，如果那样，答案反而更明确，但这个书店已经不再纯粹只是一家店或者一个空间了，它与很多人的情感和记忆产生了深厚的关联，变成了一种责任加在我的身上。

我陷入久久的沉思之中，以至于孟凡进来我都没有注意到。

他走过来跟我打招呼，把我从神游中唤了回来："老板，这是什么情况，停电了吗？"

我认出了他，强打起精神，说："出了一点小状况——你又来重庆了啊，又是一年过去了！"

"是的，这次我还带了一位朋友，我们正好在重庆碰到聚了一下，他说特别喜欢逛书店，我告诉他一定要来这家店看看。"

他向我介绍了同行的这位朋友，姓杨，我们简单打了招呼，他说想看看书，便走到书架前，店内光线微弱，他掏出手机打开闪光灯来照明，看来的确是爱书之人。

孟凡坐下跟我聊天。他是一位很特殊的顾客，生活在北京，但每年都会来一趟重庆，来一趟我们店里，今年已经是第三年了。我把今天断电的缘由以及经营遇到的困境跟他简单讲了讲，他听完之后神色也变得凝重，长叹道："开书店确实太不容易了。"

过了一会儿，他出去打了个电话，回来之后对我说："老板，我刚跟小唯商量了一下，你给我一个账号，她待会儿给你转 3 万块钱，你先去把房租缴了。"

我连忙摆手，连声拒绝道："不用不用，我已经筹到钱了，明天就去缴。"

孟凡说："这不是借款，也不要任何回报，纯粹是我们的一点心意，我们目前能力有限，能拿出来的也不多，书店有困难，这点钱能帮到多少算多少。我和小唯都希望刀锋能够好好活下去。"

"那就更不能收这个钱，我不能平白无故受人恩惠，拿一分钱都会心慌的。"

"不是平白无故，老板你知道的，如果不是因为你和这家店，我的人生可能到现在还是一片灰暗，也不会有我和小唯的今天。”

说来话长——孟凡第一次来店里已经是三年前了，那时候书店刚开业没多久，我们正式启动“厨房副本”，为此特地做了一张海报贴在店门口。孟凡在旁边一家酒馆里喝酒，喝到人家要打烊了才离开，晃到我们店门口，瞄了两眼海报，只看到“深夜厨房”“延迟打烊”的字样，就直接推门进来了。

当时，我们正在做清洁准备关门。昀旸对他说：“不好意思，先生，我们打烊了。”

孟凡已经有点醉了，瓮声瓮气地说：“你们门口不是写着到深夜吗？这才10点钟，算哪门子深夜啊！”

我一听声音就感觉来者不善，赶紧出来挡在前面。孟凡个头很高，有一米八左右，当时头发很长，烫了个枯草黄，在脑袋后面扎了个辫子，后颈露出一小节文身，左边耳朵上有两个耳钉，全身松松垮垮的穿得很嘻哈，手腕上却绕了两串佛珠。他外表的每一处都是个性化的符号，唯独眼神空乏，表情僵硬，让他本来略带愤怒的话语，说出来也失去了情绪，更像某种可有可无的抱怨。

我走到他面前，挤出职业化的笑容，解释道：“不好意思，您可能理解有误，我们海报上写的是，如果客人有故事能够打动我们，我们可以延迟打烊，并且为他做一道菜或者调一杯酒。”

他重重地哼了一声，说：“故事，巧了，我这个人什么都没有，偏偏故事很多，你们想听吗？”

如此不友好的开场，他的故事我当然是不想听的，所以我再次解释了一遍："不是说所有的故事都可以，得是我们喜欢的故事才行。"

他似乎没听到我说什么，径自往吧台一坐，说："先给我来瓶白熊，故事好，你们请了，故事不好，我自己买单。"

这种情况下也只能顺其自然了，我们可不想被醉汉砸店。孟凡先倒了杯啤酒，一口气喝干，一抹嘴，对我们说："我就是个烂人，真的，无可救药的那种。"

他以这样的开场白，开始讲他的故事。

孟凡是北京人，父母都是重点中学的老师，父亲教物理，母亲教英文，他从小学习成绩还不错，在班级里算是名列前茅，父母对他寄予厚望，集中家庭所有资源，想要培养他进入美国的常春藤名校。上初中之后，孟凡意识到自己并不具备那样的天赋，只是比普通人更善于应对考试而已，越到后面越吃力。由于父母就在本校教书，他几乎被无死角地监控着，没有一丝松懈的机会，一鼓作气跑到18岁，最终虽然没能进入常春藤，也被一所不错的美国大学录取了。

出国后的孟凡如羁鸟归林、池鱼入海，突然出现的新世界迷乱了他的双眼，尤其他的室友是一位上海来的富二代，带着他进出各种声色场所，他对这些新奇的体验毫无抵抗能力，沉溺其中无法自拔。孟凡父母的收入虽然殷实，却也支撑不起他这种花天酒地的生活，他开始不断地编造各种理由从父母那里骗钱供自己花销，最后甚至自导自演了一次车祸，假装躺进医院需要手术，让父母转20万美元治疗费，没想到父亲直接飞到美国，戳破了他的谎言，同时也发现了他糜烂的生活和荒废的学业。父亲被气得不行，给他办了休学，强行带回国内。

孟凡复读一年重新参加高考，纵使被父母每天耳提面命盯着学习，成绩却再也捡不回来，最终他只考上了北京一所普通高校。大学里的孟凡依旧浑浑噩噩，和一帮玩说唱的人天天混在一起，文身、打耳洞，混迹各种地下演出场所，幻想着有朝一日跃身成为金光闪闪的偶像，最后这群人全都没有混出名堂，各自作鸟兽散。尽管如此，孟凡还是勉强拿到了毕业证，这也是父亲把他从美国带回来的原因。

大学毕业后，孟凡一直没有稳定的工作，家里安排的他不想去，自己找的工作没有做过超三个月的。他想自己创业，受朋友怂恿一起合伙开酒吧，和家里借了 80 万投进去，开业不到一年就倒闭了。孟凡不服气，想起自己在美国的时候打德州扑克经常赢钱，孤注一掷想要赌一把翻盘，于是偷出家里的房产证抵押借了高利贷，拿着 100 万跑到澳门，赌了两天两夜，最后输了个精光，躲在外面不敢回家。放贷公司拿着房产证和借条找到他家里，本息已经滚到了 150 万，母亲又惊又气，当场高血压发作被送进了医院。父母几乎掏光了一生的积蓄才还上高利贷，孟凡躲了两个月，回去之后搞了个负荆请罪，光着上身背着一根树枝在家门口跪了一天一夜，指望父母能够再次原谅他。

如此戏剧化的情节听得我和昀旸连连咋舌，一度怀疑其真实性，虽然我们一直都知道生活远比小说要精彩，但如此鲜活的故事展现在眼前时，依然无法控制脸上惊讶的表情。

孟凡讲到此处就停住了，像是酒突然醒了一样，眼神放空，怔怔地盯着面前的空酒瓶，很久才回过神，长叹一声："不讲了，就这样吧。”

他抬头望向我：“这个故事到目前为止，值得起一瓶啤酒吧？”

我说：“故事很精彩，但恕我冒昧，你为什么要选择那样的一种人生呢？”

他反问我：“你觉得我选择的是哪样的人生？”

我说：“在我看来，就是一种失控的人生，一步错步步错，一路坍塌，你都没有想过停止步伐或者改变方向吗？”

他冷笑一声，用一种坚定的语气反驳我：“什么方向才是正确的方向？人生有方向可言吗？有哪一种人生是值得过的，又有哪一种人生不值得一过呢？”

我说：“未经审视的人生不值一过——这句话不是我说的，是苏格拉底说的。”

他更来劲了，说：“我知道那是苏格拉底说的，我读过的哲学书可不少，哲学家们自己的人生都没有搞清楚，又怎么能指导别人的生活？叔本华那么伟大，思想那么深刻，人生却很糟糕。我们自以为的清醒，可能是糊涂，我们以为掌控的人生，也可能是早就写好的剧本。”

我感觉到他的偏执，无意和他辩论，只好转移话题：“总之，感谢你分享的故事，这瓶酒我请你，不仅如此，如果你想要吃点东西的话，也可以的。”

“挺好，有什么吃的呢？”

“我们的规矩是，厨房里有什么食材就做什么。”

他也没什么异议，于是我和昀旸转身进了厨房。这是“厨房副本”第一次正式出品，厨房里准备的食材不算少，昀旸思来想

去，决定做厚蛋烧。

取一个大碗，打入六个鸡蛋搅拌成蛋液，加少许盐少许水，厚蛋烧需要用专门的方形平底煎锅，锅底刷一层油，倒入薄薄一层蛋液，稍微凝固之后，用筷子将蛋皮稍稍搅乱，然后像卷被子一样把蛋皮从右到左卷起来，推到最左边，继续倒入蛋液，重复上述操作，用第二层蛋皮盖住第一层，适度用锅铲压平，如此叠加五六层之后，取出来用寿司卷帘裹住，轻轻按压塑形，然后放回锅中，将外皮煎至焦黄色，用刀横着切成卷摆盘出品，便是一道厚蛋烧。

孟凡看到菜端上桌的时候，表情有点讶异，昀旸解释说 ：“这个是厚蛋烧，也叫玉子烧，深夜食堂那部日剧里出现过这道菜。”

孟凡说 ：“我没看过那部剧，我还以为是蒸蛋糕。”

昀旸也不知道蒸蛋糕是什么，回答说 ：“应该是不一样的，你先尝尝看吧。”

孟凡夹起一块厚蛋烧咬了一口，身体突然像僵住了似的，动作明显变得缓慢，他垂下头，非常用力地咀嚼，我们都能听到他的吞咽声。慢慢地，他拿筷子的手开始颤抖，我们听到声音，才发现他在哭。他用手去抹眼泪，眼泪却越落越多，最终他埋头伏在桌上，大声地痛哭起来。我和昀旸面面相觑，也不知触到了他的什么，只能把纸巾放到他面前，默默地等着他哭完。

他的痛哭来得很莫名，结束得也很突兀，或许是在某一刻，情绪刚好倾泻一空，他突然止住了声，直起身来，擦干净鼻涕眼泪，说 ：“不好意思了，有点失态。”

昀旸小心翼翼地说 ：“是这个菜有什么问题吗？”

孟凡说 ：“没什么问题，很好吃，我只是突然想起了小时候我妈妈给我做的蒸蛋糕，味道非常像，一下子勾起了很多回忆。”

后来我吃到北方传统的蒸蛋糕，感觉味道和厚蛋烧差别其实很大，说明人对于食物的感知是会受到情绪影响的，孟凡是先想起了母亲，然后才会将两种食物关联到一起。

我倒了一杯啤酒放到孟凡面前，自己也拿了一杯，举杯示意，说 ：“喝点吧，感觉可能会好一些。”

孟凡喝了一口啤酒，低头盯着盘子里的厚蛋烧发呆，沉默了好久，开始和我们讲述故事的后半截，他说 ：“我曾经有两个妈妈，但现在一个都没有了。”

孟凡以为负荆请罪、浪子回头的态度能够换来父母的原谅，殊不知父母已经心如死灰，决意要清理门户。孟凡跪了一天一夜之后，最后父亲出来交给他两封信，一句话没说，转身又关上了门。

一封是父亲手写的，痛斥了孟凡的恶劣行径和不孝事迹，宣布和他断绝家庭关系，同时也告诉了孟凡一个惊人的秘密：他不是他们的亲生儿子，因为父母无法生育，他是他们从福利机构领养的一名弃婴。另外一个信封里，装的就是孟凡的领养证明文件。孟凡读完信如同五雷轰顶，整个人生都彻底崩塌了，他像一下子失去了魂魄，如行尸走肉一般，到处寄人篱下，蹭酒买醉度日，没过了几个月就没有人愿意再收留他了。

他一度生无可恋，甚至想要卧轨自杀了结生命，但在实施计划前，他突然涌出一种渴望，很想见一见他的生母，那个给予他生命却又抛弃了他的人，她对孟凡来说就像是一个虚无的必然存在。这个念头冒出来之后就再也止不住，支撑着孟凡继续活下去，他沿着线索一路追查，最后知道母亲是一位从重庆某个山区农村到北京川菜馆打工的女性。

孟凡到一家川菜馆当了大半年服务员，混入重庆打工人的圈子里，一个挨着一个地打听，最终将目标锁定在了秀山县的某个小镇。于是，孟凡只身来到重庆，到那个小镇住了半个月，以作家采风为借口找一些年纪大的人闲聊套话，终于从一个老婆婆那里听到一个名字，说她当年去北京打工不知道和什么人好上了，怀了孩子之后男的跑了，她把孩子生下来之后扔了，回农村之后嫁给一个鳏夫，又生了两个孩子。孟凡几乎可以确认那就是她的生母，他拿到具体住址之后激动得一夜无眠。第二天一大早就拎着一兜礼品坐了个摩托车前往她所在的村庄，摩托车司机指着竹林掩映下的一栋房屋，告诉他就是那里。

那是一户贫困的人家，老旧的泥土墙瓦片顶木格窗，房子旁边是猪圈和鸡舍，屋里亮着昏黄的灯，有炊烟升腾，一个身材矮小的中年妇人走出屋门，拎着一桶猪食走到猪圈，一瓢一瓢地往槽里倒。这个全然陌生的妇人就是孟凡的生母，孟凡远远地望着她，内心的喜悦与渴望只维持了几秒钟，随之便被巨大的恐慌吞没了：母子相认仅一步之遥，但下一步呢？然后呢？他应该如何向她描述自己的人生？以及他想要从她那里得到什么样的安慰？当生母的存在处于被遮蔽的状态时，可以提供支撑他生命的力量，但当这一切完全暴露之后，他又该如何继续他无处附着的人生？

孟凡突然意识到，他不应该上前与她相认，这个行为可能会同时摧毁两个人。他正犹豫着，那名妇人的视线扫到了他，在目光交汇之前，他慌忙背过身，假装成路人快步走开了。他放弃了，搭车回到宾馆，收拾好行李，马不停蹄地逃离了那个地方。

孟凡回到重庆待了将近一周，终日饮酒闲逛，存款将尽，不知何去何从，这便是他跨进我们店里的时候所处的境况。

听完孟凡的故事，昫旸和我半天都说不出话，这是一种我们从未体验过的人生，这种极端的人生故事蕴藏着千钧之力，压得人喘不过气来。我知道将孟凡推入黑暗的那个魔鬼是什么，那是一种否定了生命意志和世间万象的虚无主义，但我却不知道可以拯救他的力量是哪一种。

我继续陪他喝酒，看着啤酒泡沫翻起，我突然问道：“你喜欢看书吗？我送你一本书吧。你是我们厨房副本的第一位客人，给你留作纪念。”

孟凡苦笑一声："谢谢老板，请我喝酒就好了，书就不用了，我很久不看书了。年轻的时候读过好多书，以为书里有全部问题的答案，最后却发现根本没有。而且书读得越多，越觉得什么都抓不住。有一位作家说过，人生还不如波德莱尔的一行诗。"

我说："你读过波德莱尔吗？"

他说："没有。"

我说："我读过，不过我已经记不起波德莱尔的任何一行诗，但我会记住你和你的故事，对于全人类来说，波德莱尔很重要，但对于你结识的身边人而言，你的人生是很重要，比波德莱尔的任何一行诗都重要。当然，我们还是想要成为波德莱尔，但波德莱尔不是单独存在的，他是被所有热爱他的人延续下来的，你与这个世界的关联，就是你被铸就的可能。"

孟凡没有再说话，沉吟半晌，将杯子里的酒一饮而尽，起身说："谢谢老板和老板娘招待，很晚了，我要走了。"

昀旸有点担心，问道："你要去哪儿？"

孟凡笑了笑，说："去找我的波德莱尔。"

我说："真的不打算带一本书走吗？"

他说："下次吧，如果有机会，我会再来你们店的，到时候记得把书给我。"

孟凡第二次来到店里，是在一年多以后的一个夜里，和他一起来的还有一个女人，后来我知道她叫小唯。

我其实记不住孟凡的样子了，但他一进来就很热情地和我打招呼："老板好，还记得我吗？你们厨房副本的第一位客人，你还说要送我一本书呢。"

我认出了他，同时也觉得非常诧异，记忆中的他颓废、沮丧，甚至邋遢，而现在的他精神焕发，穿着整洁，完全判若两人。

我说：“当然记得，这次你愿意看书了吗？”

他说：“我待会儿再拿书，想先吃点东西，厨房副本还有吧——今天，老板娘好像不在？”

那时，昀旸已经开始准备出国的考试，很少来店里了。我说：“厨房副本还有的，还是老规矩，需要用故事来换。”

孟凡转身对小唯说：“我要开始讲故事了，你是想看书还是听我讲故事？”

小唯微笑着看着他，在吧台挨着他坐下。

孟凡说：“上次从这里离开后，我在全国各地漂泊了一阵子，每到一处便在当地找青旅或者民宿做义工，换取免费的食宿，顺便游览当地景观，结识各色旅客，做一两个月就去下一个城市，在感到厌倦之前离开，我不确定自己在找寻什么，但我知道这是一个从混沌到有序的过程，我在慢慢地靠近它。后来我去了厦门，在曾厝垵的一家客栈里打工，我很喜欢那座城市，海风、沙滩、日出日落，都让我觉得很舒服，待了三个月都不想离开。现在回想起来，应该是老大爷不让我走吧，因为我要等的那个人三个月之后才到来。

“她是店里的客人，从北京过来旅游的，看到她的第一眼我就觉得她与众不同，她身上那种恬静平和又带着些许忧郁的气质对我产生了致命的吸引，我毫无防备地坠入了爱河，而且我感受到了一种这辈子从未体验过的狂喜，所以第二天我就开始追求她。她很冷静地拒绝了我，然后告诉我，她是一位单亲妈妈，比我大六岁，家里有一个三岁大的女儿，她怀孕五个月的时候，丈夫在警察工作岗位上殉职，她坚持把孩子生下来并独自抚养，她说她不适合我，她也没有打算再接受新的感情。

“我的心并没有因为这些而动摇。她离开厦门之后，我也随之回到北京，找了一份酒吧的工作，晚上上班，白天就可以有很多时间陪在她身边，守护着她还有她的女儿西西。我想用时间来证明这一切。慢慢地，我们彼此的人生也在对方面前徐徐展开，对于我之前一塌糊涂的人生，她没有惊讶也没有质问，但她责备我当年没有与母亲相认，因为只有母亲可以理解母亲。所以她主动提议，陪着我再次来到重庆，去秀山与母亲见面。很奇怪，我当年那些恐慌全都消散了，见面后也没有摧毁任何一个人，只是对彼此的人生进行了一次位置的确认，我们的生活还是原来的生活。但我又明显地感觉到，我不再是从前的那个我了。所以我专程回到刀锋，回到这个对我意义重大的地方，我想告诉老板我的变化，也想对那个我生命中无比重要的人说一句话……”

孟凡转身面向小唯，郑重地说：“小唯，曾经的我虚度光阴，找不到任何人生的意义，直到遇见了你，我愿意为了你，去追寻更好的生活，我会找一份稳定的工作，认认真真地生活，我会给你和西西一个温暖的家，你愿意嫁给我吗？”

这显然是一次计划之外的求婚，以至于两手空空的孟凡只有诚恳到快要落泪的眼神。我赶紧将吧台花瓶里插着的两支红色康乃馨抽出来递给孟凡，他才完成了一个简单的仪式。小唯扑哧一下笑出声，说：“哪有求婚送康乃馨的啊——不过，我倒是很喜欢康乃馨。”

摄影@陈国森

小唯伸手把花接过去，说：“今天先答应你，回去把仪式重新补上。”

孟凡兴奋地蹦起来，我也很替他开心，开了两瓶啤酒送给他们，说道：“这是我在店里听过和看过的故事里最完满的一个，今天必须下厨给你们做点好吃的。”

孟凡说：“谢谢老板，我想吃厚蛋烧，可以吗？”

“原则上客人是不能点菜的……”我故意顿了一下，“但厚蛋烧可以。”

我其实从来没有亲自做过厚蛋烧，进厨房后我给昀旸打电话让她远程指导，并简单讲了一下孟凡和小唯的故事，昀旸的反应出乎意料地冷淡，甚至出现了短暂的沉默。后来我才想到，那一刻的昀旸应该想的是，我为什么就不能够像孟凡那样，为了她开启新的生活。

我做的厚蛋烧切出来明显不够漂亮，但孟凡和小唯还是开心地吃完了。离开之前，孟凡问我："老板，你要送我的书呢？"

我说："那时候我想送你一本关于尼采的书，我觉得尼采关于酒神精神和日神精神的观点可能对你会有帮助——但是，现在你用不着那本书了，爱才是一切问题的终极答案。你已经拥有最好的答案了！"

孟凡回北京后不久就和小唯领了结婚证，没有宴席和婚礼，平平淡淡，一家三口过着舒心的小日子。孟凡进入一家广告公司做商务推广，在小唯的不断调解下，和养父母重归于好，每年还会到重庆看望生母，顺便也来店里看看我。

这是他第四次来店里，正好碰上断电事件。但无论孟凡怎么说，我都不肯接受他的 3 万块钱。在推来让去的时候，和孟凡一起来的那位朋友过来了。他说："老板，你的选书品味真好啊，真是一家好书店，而且还能喝酒，处处都合我的口味。"

孟凡再次介绍说："老杨是一位导演，跟我们公司合作过，他特别爱书，之前也在出版社里待过。"

老杨说："那时候年轻啊，充满理想主义，一心想要做书，觉得这件事情很伟大。不过，这个行业太清贫，看书的人少，做书的人穷，后来我还是被生活磨圆了，跳出来从事影视工作，天天拍商业广告，能赚钱，但总感觉生活缺少了点什么。老板，你现在还能开着这样的书店，真的很不容易，一定要坚持下去啊。”

孟凡把书店的现状说了一下，老杨也是一声长叹，他问了我一些开书店的经历，最后主动加了我的微信，也没多说什么。

两周过后，老杨带着团队的几个人过来勘场。原来他正在给一个大品牌拍广告片，要以重庆作为背景，并且请一线明星出场，老杨硬生生地改了原定的脚本，把刀锋书酒馆塞进去作为其中一个重点场景。

后来，这条广告在公交、地铁、电视、网络等各种媒体反复播放了几个月，那位明星在我们店里的照片也被刷屏，刀锋书酒馆一下子成为“网红店”，无数的明星粉丝和探店达人来店里打卡，一度生意爆棚，连进店都需要排队。在这股力量的推动下，书店奇迹般地起死回生了。

尽管大众的热情都是短暂的，几个月之后他们又奔向了新的网红店，但在这个过程中，刀锋书酒馆被更多人知晓，迎来了更多真正喜爱它的人，这些人留了下来，变成了店里的常客，喝一杯咖啡或买一本书，支撑着这家小店继续存活。

不过，也仅仅是活下来而已。我渐渐明白，对于一家书店而言，活着就是全部的意义所在，它的价值是通过来店里的客人实现的，而不是我赋予的。

我一如既往地每天夜间守店，给客人调酒做菜，没人的时候看看书，慢慢动笔写下其中一些故事，日子就这样一天天过去，如同一条平静缓慢流淌的河，我不知道它将流向何处，但我知道它终将汇入大海。

后来，我特地向老杨致谢，他说：“我只是做了我觉得要做的事情，一切都在机缘巧合之下，大概也是某种命中注定吧。你要谢，还应该谢谢孟凡。”

而孟凡回复我：“赠人玫瑰，手有余香。”他依然会每年来一趟店里，去年还带着小唯和西西，照例还是吃厚蛋烧，一家三口其乐融融，幸福甜蜜。

在刀锋书酒馆里发生了那么多爱恨交织的故事，在第一个也是最后一个故事里，终于迎来宁静宽广的结局。如果爱是所有问题的答案，那么我自己呢？

小贴士

厚蛋烧

取一个大碗，打入六个鸡蛋搅拌成蛋液，加少许盐少许水，厚蛋烧需要用专门的方形平底煎锅，锅底刷一层油，倒入薄薄一层蛋液，稍微凝固之后，用筷子将蛋皮稍稍搅乱，然后像卷被子一样把蛋皮从右到左卷起来，推到最左边，继续倒入蛋液，重复上述操作，用第二层蛋皮盖住第一层，适度用锅铲压平，如此叠加五六层之后，取出来用寿司卷帘裹住，轻轻按压塑形，然后放回锅中，将外皮煎至焦黄色，用刀横着切成卷摆盘出品，便是一道厚蛋烧。

尾声

2020 年 3 月 17 日，在新冠病毒肆虐之下，法国宣布“封城”。

我看着社交网络里的图片，突然感到一阵巨大的恐慌，我想到了昀旸，巴黎的街头空空荡荡，一扇扇房门都紧闭着，不知道昀旸住在哪一扇门的后面。

分开两年多，我和她失去了所有联络，打开她的朋友圈只能看到一条黑线。很久以来，我甚至都没有勇气给她发一条信息，证明她到底是屏蔽了我还是删除了我，我害怕接受可能的残酷结果。

我只能从共同的朋友那里打听她零星的消息，听说她一切顺利，也没有新的恋情，我便暗暗地舒了一口气。我们都倔强地守着自己的防线，似乎在玩“123 木头人”的游戏，谁先开口谁就输了。

此刻，我已顾不得输赢，我害怕那每天新增的成千上万的病例里会有昀旸的名字，我害怕她被隔绝在家里没办法弄到食物，我害怕她在极度的孤独和恐惧中慌张哭泣。

我心慌地找到她的微信，稍做斟酌，发出信息：你还好吗？

没有拒收提醒，信息顺利发出。

我一直盯着手机屏幕，这几年的时光在我脑海里飞快地重现，等待的时间里，像是又过去了好几年。几分钟之后，她回复了。

她说：我还好，不用担心。你还好吗？书店还好吗？

我说：我很好，书店也没事。

她没有再回复我，我使劲攥着手机，很久很久，都没有再等来任何消息。我闭上眼睛，仿佛看见命运之神双手叉腰站在一边冷眼旁观，是在等我的选择吗？让我猜测哪一个选择的背后是蜜糖，哪一个背后是苦酒，哪一个背后又是刀尖。我已经在这样的选择里彷徨太久了，我终于发现，我始终无法猜透，我也终于明白，我不需要猜透，因为爱就是所有问题的答案。

我拿起手机，用颤抖的手，给她发出一条信息：

我爱你。

后记

看到这里，如果这本书里有哪个故事侥幸打动了你，我要向你说声抱歉，因为我有刻意赚人眼泪的嫌疑。真实的故事本身蕴藏着千钧之力，而我为书里的这些故事戴上了真实的面具，的确有借力和取巧的考虑，所以在后记里不得不跳出来说几句。如果你不想让阅读时的感觉被破坏，也不在意故事的真假，建议就此合上书本。

我的确在重庆开了一家卖书又卖酒还有深夜食堂的书店，店名也的确叫作刀锋书酒馆。它诞生于2016年，至今已经六年有余，店里来过的客人数以万计，发生过的故事数不胜数，的确有人深夜在店里饮酒痛哭，也的确有人在店里遇见或终结爱情，我也的确在吧台为客人调过酒，在厨房给客人做过菜，但所有的故事一定没有书里写得那么精彩。好在虚构是写作者公认的技艺，

我将很多个夜晚拼接在一起，将很多张面孔融成一张，将一个个故事雕琢出榫卯，时间拆散，话语重组，再加入大量无中生有的构件，最后穿针引线，呈现出这样一本深夜书店故事集。

这是我写的第三本书，上一本书写稿的阶段横跨我开书店时最快乐的时光，也就是装修的半年和开业后的半年，而这本书的创作过程是痛苦的，或者说开书店是痛苦的，它几乎是我过去六年书店生活的投影，人生百味，逐一体会。

我和我的书店就像是镜子，照出了人们心灵深处隐秘的情感和欲望。如果你在某个故事里看到了自己，欢迎你有朝一日走进这家深夜书店，未必能碰到给你调酒做菜的老板，但或许能在某一本书里遇见另一个自己。

此外，我要特别感谢我的妻子陈三天，不同于书里虚构的老板娘开店后又离开，她一直陪在我的身边，默默地支持着我所有的决定，爱让我们携手渡过了那些困难时期。感谢刀锋书酒馆的合伙人和共建人，是他们的加入让这家店涅槃重生，否则，它已经死于 2018 年的春天里。

感谢故事里出现和未出现的客人们，书店的六年由你们构成，这些故事也由你们构成。

好了，我的故事就讲到这吧，你的故事讲到哪了？

江凌

2022 年 6 月于重庆